A FUEGO LENTO

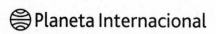Planeta Internacional

PAULA HAWKINS

A FUEGO LENTO

Traducción de Aleix Montoto

 Planeta

Título original: *A Slow Fire Burning*

© Paula Hawkins, 2021
© por la traducción, Aleix Montoto, 2021
© Editorial Planeta, S. A., 2021
Avda. Diagonal, 662-664, 08034 Barcelona (España)
www.editorial.planeta.es
www.planetadelibros.com

La página 479 es una extensión de esta página de créditos

Primera edición: septiembre de 2021
Segunda impresión: septiembre de 2021
ISBN: 978-84-08-24636-7
Depósito legal: B. 11.071-2021
Composición: Realización Planeta
Impresión y encuadernación: EGEDSA
Printed in Spain - Impreso en España

El papel utilizado para la impresión de este libro está calificado como papel ecológico y procede de bosques gestionados de manera sostenible.

La expresión inglesa *slow fire* («fuego lento») se refiere al proceso por el cual el papel de los libros se vuelve quebradizo con el tiempo a causa de la acidificación. El ácido procede del papel mismo, que contiene las semillas de su propia destrucción en las fibras que lo forman.

Los personajes que estás a punto de conocer albergan algo en su interior que los consume (la necesidad de venganza, de amor, de pasar página), algo que ha estado ardiendo en sus entrañas durante años y años.

¿No nos pasa a todos?

*Este libro está dedicado a la memoria de
Liz Hohenadel Scott, cuya radiante personalidad
hizo del mundo un lugar más agradable.
Siempre la echaremos de menos.*

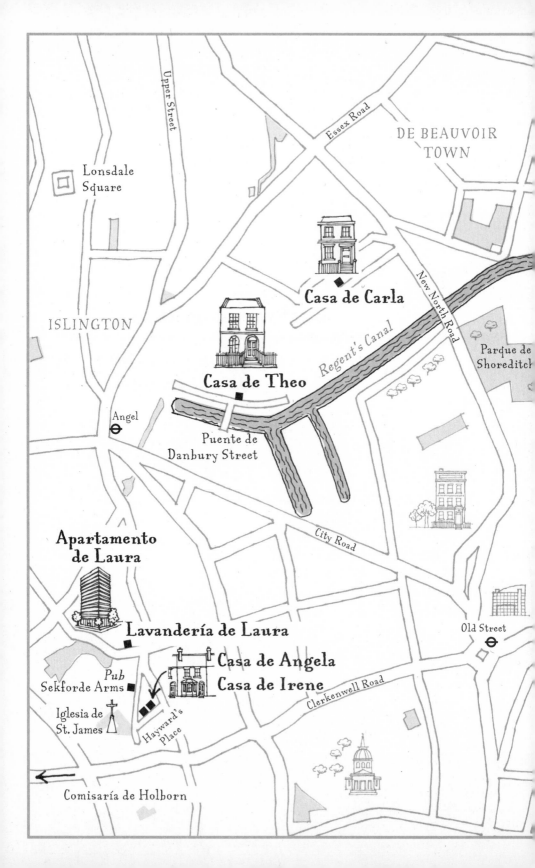

Upper Street

Essex Road

DE BEAUVOIR TOWN

Lonsdale Square

Casa de Carla

ISLINGTON

New North Road

Casa de Theo

Regent's Canal

Parque de Shoreditch

Angel

Puente de Danbury Street

City Road

Apartamento de Laura

Old Street

Lavandería de Laura

Casa de Angela

Pub Sekforde Arms

Casa de Irene

Clerkenwell Road

Iglesia de St. James

Hayward's Place

Comisaría de Holborn

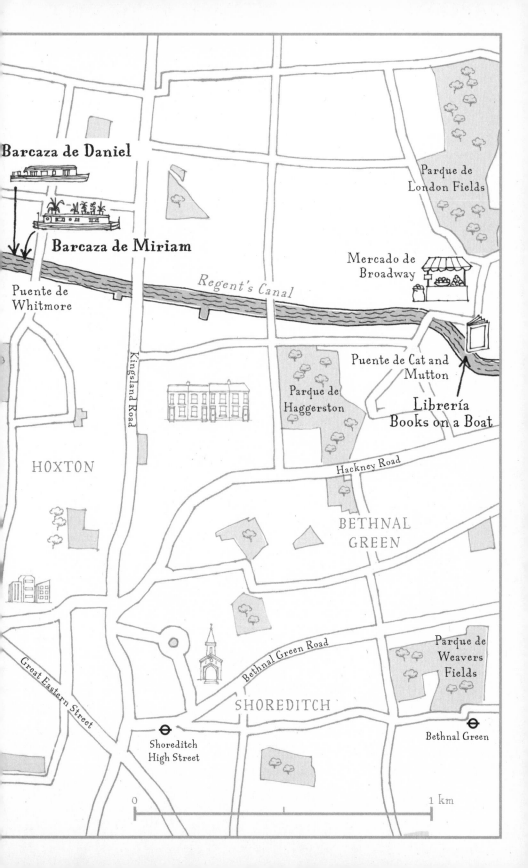

Barcaza de Daniel

Barcaza de Miriam

Puente de
Whitmore

Regent's Canal

Parque de
London Fields

Mercado de
Broadway

Puente de Cat and
Mutton

Librería
Books on a Boat

Kingsland Road

Parque de
Haggerston

Hackney Road

HOXTON

BETHNAL
GREEN

Great Eastern Street

Bethnal Green Road

Parque de
Weavers
Fields

SHOREDITCH

Shoreditch
High Street

Bethnal Green

0   1 km

algunos hemos nacido para ser aves carroñeras,
& otros hemos nacido para que vuelen en círculos
a nuestro alrededor.

EMILY SKAJA, *Brute*, «My history as»

Cubierta de sangre, la chica se adentra en la oscuridad con paso tambaleante. Lleva la ropa hecha jirones. Cuelgan de su joven cuerpo y dejan a la vista partes de su carne pálida. Ha perdido un zapato y le sangra el pie. Le duele todo el cuerpo, pero el dolor se ha vuelto irrelevante, eclipsado por otros sufrimientos.

Su rostro es una máscara de terror; el corazón, un tambor; la respiración, el jadeo angustiado de un zorro escondido.

Un leve zumbido rompe el silencio de la noche. ¿Un avión? Tras enjugarse la sangre de los ojos, la chica levanta la mirada hacia el cielo y no ve nada más que estrellas.

El zumbido es cada vez más alto y más

grave. ¿Es un coche cambiando de marcha? ¿Ha llegado a la carretera principal? El corazón le da un vuelco, y en algún lugar de lo más profundo de sus entrañas consigue encontrar la energía necesaria para correr.

Más que ver la luz a su espalda, puede sentirla. Siente cómo ilumina su contorno en la oscuridad y sabe que el coche se acerca por detrás. Llega de la granja. Ella se da la vuelta.

Antes de verlo, ya sabe que la ha encontrado. Antes de verlo, ya sabe que es él quien va tras el volante. Se queda inmóvil. Vacila durante unos instantes y luego sale de la carretera y aprieta a correr. Se mete en una zanja y salta una cerca de madera. Al llegar al campo que hay al otro lado, sigue corriendo a ciegas, cayéndose y levantándose sin emitir sonido alguno. ¿De qué serviría gritar?

Cuando él la alcanza, le agarra un puñado de pelo y la tira al suelo. Ella puede oler su aliento. Sabe lo que va a hacerle. Sabe lo que le espera porque ya lo ha visto, ha visto cómo se lo hacía a su amiga, la violencia con la que...

—¡Oh, por el amor de Dios! —masculló Irene en voz alta. Cerró el libro de golpe y lo dejó sobre la pila de libros que llevaría a la tienda solidaria de segunda mano—. ¡Menuda sarta de tonterías!

1

Laura oyó la voz de Deidre en el interior de su cabeza. «Tu problema, Laura —le dijo—, es que tomas malas decisiones.»

«¡Tienes toda la puta razón, Deidre!» Esto no era algo que Laura esperara decir, o siquiera pensar, pero, ahí de pie en el cuarto de baño, temblando incontrolablemente mientras la sangre manaba del corte que se había hecho en el brazo, tenía que admitir que esa Deidre imaginaria había dado en el clavo. Se inclinó hacia delante y apoyó la frente contra el espejo para no tener que mirarse directamente a los ojos, pero mirar hacia abajo era aún peor, porque podía ver cómo brotaba la sangre y eso hacía que se sintiera mareada y le entraran ganas de vomitar. Había mucha sangre. El corte era más profundo de lo que había pensado, debería ir a urgencias. No tenía intención alguna de ir a urgencias.

Malas decisiones.

Cuando la herida comenzó a sangrar menos, Laura se quitó la camiseta y la dejó en el suelo. Luego se sacó los vaqueros, las bragas y, contoneándose, el sujetador (sorbiendo aire con fuerza a través de los dientes cuando el cierre metálico rozó la herida).

—Joder joder la puta joder —masculló.

Tras dejar también el sujetador en el suelo, se metió en la bañera, abrió el grifo de la ducha y permaneció temblando debajo del irrisorio chorrito de agua hirviendo (su ducha ofrecía la posibilidad de agua muy caliente o muy fría, no existían las opciones intermedias). Pasó las yemas de sus arrugados dedos por sus cicatrices, pálidas y hermosas: cadera, muslo, hombro, parte posterior del cráneo. «Aquí estoy —se dijo a sí misma—. Aquí estoy.»

Luego, con el antebrazo envuelto inútilmente en un montón de papel higiénico y con una toalla andrajosa alrededor del cuerpo, se sentó en el feo sofá de cuero sintético gris que había en el salón y llamó a su madre. Enseguida saltó el contestador automático y colgó. No tenía ningún sentido malgastar saldo. A continuación llamó a su padre.

—¿Estás bien, jovencita? —Se oían ruidos de fondo, la radio, 5 Live.

—Papá. —A Laura se le hizo un nudo en la garganta y tragó saliva con fuerza para deshacerlo.

—¿Qué sucede?

—¿Podrías venir, papá? Yo... he tenido una mala noche. Me preguntaba si podrías venir un rato. Sé que vives algo lejos, pero yo...

—No, Philip —oyó que decía Deidre al fondo, con los dientes apretados—. Tenemos *bridge*.

—Papá, ¿podrías apagar el altavoz del móvil?

—Cielo, yo...

—En serio, ¿podrías apagar el altavoz del móvil? No quiero oír su voz, hace que me entren ganas de incendiar cosas...

—Vamos, Laura...

—Da igual, papá. Olvídalo. No importa.

—¿Estás segura?

«No claro que no claro que no joder claro que no.»

—Sí, por supuesto. Estoy bien. No pasa nada.

De camino al dormitorio pisó su chaqueta. Con las prisas por llegar al cuarto de baño la había dejado caer en la entrada. Se inclinó y la recogió. Tenía una manga rasgada, y el reloj de Daniel todavía estaba en el bolsillo. Lo cogió, le dio la vuelta y se lo puso en la muñeca. El papel higiénico que le envolvía el antebrazo se había teñido de rojo, y podía sentir cómo la herida le palpitaba a medida que, con cada pulsación, sangraba más. La cabeza le daba vueltas. En el cuarto de baño dejó caer el reloj en el lavabo, se deshizo del papel, soltó la toalla en el suelo y volvió a meterse debajo de la ducha.

Utilizó unas tijeras para limpiar la suciedad que tenía debajo de las uñas y observó cómo el agua se volvía rosada a sus pies. Cerró los ojos. Oyó la voz de Daniel preguntándole «¿Qué te pasa?», y la de Deidre diciendo «No, Philip, tenemos *bridge*», y luego la suya propia: «Incendiar cosas. Incendiar. Incendiar incendiar incendiar».

2

Cada segundo domingo del mes, Miriam limpiaba el inodoro. Tenía que sacar el depósito del pequeño cuarto de baño que había al fondo de la barcaza (siempre sorprendente y desagradablemente pesado), cargar con él hasta el camino de sirga y recorrer los buenos cien metros que debía de haber hasta el baño público, donde vertía las aguas residuales en el retrete principal y, tras tirar de la cadena, enjuagaba el recipiente para limpiar los restos que hubieran podido quedar. Era una de las partes menos idílicas de vivir en una de esas barcazas estrechas del canal reconvertidas en viviendas, y una tarea que le gustaba hacer a primera hora de la mañana, cuando no había nadie alrededor. Le parecía muy poco digno tener que transportar la mierda de una en medio de desconocidos, paseantes de perros y corredores.

Estaba en la cubierta de popa, comprobando que el trayecto estuviera despejado y no flotara ningún obstáculo en su camino, como bicicletas o botellas (la gente podía ser extremadamente antisocial, sobre todo los sábados por la noche). Era una mañana radiante, fría para ser marzo, aunque los brotes de las lustrosas ramas nuevas de los plátanos y los abedules anunciaban ya la primavera.

Fría para ser marzo y, sin embargo, había reparado en que la puerta de la barcaza vecina estaba entreabierta, igual que también lo había estado la noche anterior. Era extraño. Lo cierto era que hacía ya un tiempo que quería hablar con el inquilino de esa barcaza, un hombre joven, sobre el hecho de que llevara en ese amarre más tiempo del permitido. Hacía dieciséis días que se encontraba ahí, dos más de los que tenía derecho a estar, y ella tenía intención de hablar con él para que se marchara de una vez, a pesar de que no era su trabajo ni su responsabilidad, pero —a diferencia de la mayoría— ella vivía en el canal de forma permanente y eso le infundía un particular espíritu cívico.

En cualquier caso, eso fue lo que Miriam le contó a Barker cuando más tarde él le preguntó qué la había impulsado a ir a mirar. El detective inspector estaba sentado frente a ella, las rodillas de ambos casi se tocaban y tenía los hombros encorvados y la espalda inclinada. Una barcaza no es un lugar muy cómodo para un hombre alto, y él era muy alto. Tenía, además, la cabeza como una bola de billar y una expresión de molestia en el rostro, como si ese día hubiera planeado hacer alguna otra cosa, algo divertido como llevar a los niños al parque, y ahora, en cambio, se encontrara ahí con ella y no le hiciera la menor gracia.

—¿Ha tocado algo? —preguntó él.

¿Lo había hecho? ¿Había tocado algo? Miriam cerró los ojos. Se visualizó a sí misma, llamando con unos golpecitos a la ventana de la barcaza azul y blanca, y luego esperando una respuesta: una voz, o el tirón de una cortina descorriéndose. Al no obtenerla, se había inclinado para intentar ver el interior, pero se lo impidieron la cortina y lo que parecía una década entera de suciedad del río y la ciudad. Había vuelto a dar unos golpecitos, y luego, tras aguardar un momento, había subido a la cubierta de popa y había exclamado: «¡¿Hola? ¿Hay alguien en casa?!».

Se vio a sí misma empujando la puerta con mucho cuidado. Al hacerlo, había percibido un tufillo a algo, una suerte de efluvio metálico y carnoso que le había dado hambre. «¿Hola?» Tras abrir la puerta del todo, había descendido los dos escalones que conducían al interior de la barcaza y, al reparar finalmente en la escena, se había callado de golpe mientras pronunciaba su último *hola*: el chico (bueno, en realidad no era un chico, sino un hombre joven) estaba tumbado en el suelo, cubierto de sangre y con un amplio corte en forma de sonrisa en la garganta.

Se vio a sí misma avanzando con paso tambaleante y una mano en la boca, inclinándose hacia delante durante un largo y mareante momento y extendiendo una mano para apoyarse en la encimera. «Oh, Dios mío.»

—He tocado el mostrador —le indicó al detective—. Creo que me he apoyado en esa encimera de ahí, la que queda a la izquierda cuando entras en la barcaza. He visto el cadáver y he pensado... Bueno, he sentido... náuseas. —Se sonrojó—. Aunque no he vomitado, no en ese instante. Lo he hecho fuera... Lo siento, yo...

—No se preocupe por eso —la tranquilizó Barker sosteniéndole la mirada—. No tiene de qué preocuparse. ¿Qué ha hecho entonces? Ha visto el cadáver, se ha apoyado en la encimera y...

Le había impactado el olor. Por debajo de la sangre, toda esa sangre, se percibía algo más, algo antiguo, dulce y nauseabundo, como un ramo de lirios que lleva demasiado tiempo en el jarrón. Había sido el olor y también la expresión de su rostro, irresistible, ese hermoso rostro sin vida, con unos ojos vidriosos enmarcados por largas pestañas y unos labios carnosos que dejaban a la vista la dentadura, blanca y uniforme. Tenía el torso, las manos y los brazos cubiertos de sangre, y los dedos curvados hacia el suelo, como si estuviera aferrándose a él. Al darse la vuelta para marcharse, Miriam había visto algo más en el suelo, algo que estaba fuera de lugar: un resplandor plateado en medio de la pegajosa sangre, cada vez más ennegrecida.

Con paso tambaleante había subido los escalones y había salido de la barcaza, aspirando grandes bocanadas de aire entre arcadas. Tras vomitar en el camino de sirga, se había limpiado la boca y había exclamado «¡Socorro! ¡Que alguien llame a la policía!», pero no eran más que las siete y media de la mañana de un domingo y no había nadie alrededor, el camino de sirga estaba desierto y las calles que había más arriba también. No se oía nada salvo el ruido de un generador y los graznidos de las gallinetas que sobrevolaban el lugar. Al levantar la vista hacia el puente que cruzaba el canal, le había parecido ver a alguien, pero había desaparecido de su vista enseguida. Estaba sola y se había sentido presa de un miedo paralizante.

—Me he marchado —le contó Miriam al inspector—. He vuelto directamente y... he llamado a la policía. Bueno, primero he vomitado y luego he venido corriendo a mi barcaza y he llamado a la policía.

—Está bien, está bien.

Cuando Miriam volvió a levantar la mirada hacia el policía, este estaba echando un vistazo al diminuto y ordenado espacio. Se fijó en los libros que había sobre el fregadero (*Cocinar con una sola olla, La nueva cocina con vegetales*) y en las hierbas aromáticas del alféizar (la albahaca y el cilantro en sus botes de plástico; el romero, ya algo seco, en un tarro de esmalte azul). Reparó asimismo en la estantería, repleta de libros de bolsillo; el polvoriento lirio de la paz, que descansaba encima, y la fotografía enmarcada de una pareja anodina flanqueando a una niña corpulenta.

—¿Vive aquí sola? —preguntó Barker, aunque en realidad no era una pregunta. Ella sabía lo que pensaba: que se trataba de una solterona vieja y gorda, una jipiosa abraza-árboles de esas que se dedican a husmear tras los visillos y a meter las narices en los asuntos de los demás. Miriam sabía cómo la veía la gente.

»¿Alguna vez... alguna vez llega a conocer a sus... vecinos? ¿Se los puede considerar vecinos? Imagino que no, si solo están aquí un par de semanas...

Miriam se encogió de hombros.

—Algunos vienen y van con regularidad, y limitan sus amarres a una determinada zona o extensión del canal, de modo que se los puede llegar a conocer. Si se quiere. También puede una ocuparse de sus propios asuntos, que es lo que yo hago.

El inspector no dijo nada y se limitó a mirarla inexpresivamente. Ella se dio cuenta de que estaba intentando desentrañarla, de que ni se fiaba de ella ni terminaba de creerse lo que le contaba.

—¿Qué hay de él? Me refiero al hombre que ha encontrado esta mañana.

Miriam negó con la cabeza.

—No lo conocía. Lo había visto algunas veces y habíamos intercambiado... bueno, ni siquiera diría que cortesías. Yo le decía «hola» o «buenos días» o algo así y él me respondía. Nada más.

(No *exactamente*: era cierto que lo había visto un par de veces desde que había amarrado ahí, y se había dado cuenta de inmediato de que era un aficionado: su barcaza estaba hecha un desastre —pintura descascarillada, dinteles herrumbrosos, chimenea torcida— y a él se le veía demasiado arreglado para la vida en el canal —ropa limpia, dientes blancos, sin piercings ni tatuajes; ninguno visible, al menos—. Era un joven imponente, bastante alto, moreno, de ojos oscuros y rostro de facciones marcadas. La primera vez que lo había visto le había dado los buenos días y él había levantado la mirada y había sonreído, provocando que a ella se le erizara el vello de la nuca.)

Esa fue la impresión que tuvo en su momento. Pero, claro, no iba a decírselo al inspector. «La primera vez que lo vi tuve una sensación extraña...» Pensaría que estaba pirada. En cualquier caso, ahora se daba cuenta de qué era en realidad eso que había notado. No se trataba de una premonición ni ninguna ridiculez de esas, sino de un *reconocimiento*.

Ahí había una oportunidad. Eso era lo que había pensado al descubrir quién era el joven, pero sin saber todavía qué provecho podía sacarle a la situación. Ahora que estaba muerto, sin embargo, tenía la sensación de que todo esto era cosa del destino. Una serendipia.

—¿Señora Lewis? —El inspector Barker estaba haciéndole una pregunta.

—Señorita —precisó Miriam.

Él cerró los ojos un segundo.

—¿Recuerda haberlo visto acompañado, señorita Lewis? ¿Recuerda haberlo visto hablando con alguien?

Ella vaciló un momento y luego asintió.

—Lo visitó una mujer. Un par de veces, creo. Es posible que lo visitara alguien más, pero yo solo vi a esa mujer. Era mayor que él, más cercana a mi edad, de unos cincuenta años. Pelo canoso muy corto. Delgada y creo que bastante alta, metro setenta y cinco o incluso ochenta, rasgos angulosos...

Barker enarcó una ceja.

—Parece que la vio bien.

Miriam volvió a encogerse de hombros.

—Bueno, sí. Soy muy observadora. Me gusta fijarme bien en las cosas. —Ya puestos, daría pábulo a sus prejuicios—. Pero lo cierto es que era el tipo de mujer en la que una repara aunque no quiera. Era bastante imponente. El corte de pelo, la ropa... Tenía un aspecto *pudiente*.

El inspector volvió a asentir mientras lo anotaba todo, y Miriam estuvo segura de que no tardaría en descubrir de quién estaba hablando exactamente.

En cuanto el detective se hubo marchado, los agentes acordonaron el camino de sirga entre De Beauvoir y Shepperton y obligaron a desalojar a todas las barcazas salvo la de la víctima, pues había sido el escenario del crimen, y la de Miriam. Al principio intentaron convencerla para que se marchara, pero ella les dejó claro que no tenía ningún otro sitio al que ir. ¿Dónde pensaban hospedarla? El agente uniformado con el que habló, un joven de voz chillona y granos en la cara, pareció sentirse contrariado porque le impusiera esa responsabilidad. Levantó la vista al cielo, luego miró a un lado y otro del canal; finalmente volvió a posar los ojos sobre esa mujer de mediana edad menuda, gorda e inofensiva, y optó por ceder. Habló con alguien por el walkie-talkie y luego regresó para comunicarle que podía quedarse.

—Puede entrar y salir de su... esto... *residencia* —dijo—, pero nada más.

Esa tarde Miriam decidió aprovechar la inusual tranquilidad del canal acordonado y se sentó en la cubierta de popa de su barcaza bajo la pálida luz del sol. Con una manta sobre los hombros y una taza de té al lado, la mujer contempló cómo policías y criminólogos iban de un lado para otro y llevaban perros y botes mientras rastreaban el camino de sirga y sus márgenes, así como las turbias aguas del canal.

Teniendo en cuenta el día que había tenido, lo cierto era que se sentía extrañamente en paz y embargada por cierto optimismo ante las nuevas posibilidades que se abrían ante ella. Tocó la pequeña llave que guardaba en el bolsillo del cárdigan, todavía pegajosa por la sangre. Era la que había recogido del suelo de la barcaza y cuya existencia había ocultado al inspector sin saber por qué lo hacía.

Instinto.

Había visto la llave brillando en el suelo junto al cadáver del joven. Pendía de un llavero de madera con forma de pájaro. Lo había reconocido de inmediato: lo había visto antes, colgando de la cintura de los vaqueros que llevaba Laura, la de la lavandería. *Laura la Loca*, la llamaban. A Miriam siempre le había parecido bastante simpática y para nada loca. Laura, a quien Miriam había visto llegar —suponía que achispada— a la pequeña barcaza destartalada del brazo de ese guapo joven... ¿Cuándo? ¿Dos noches atrás? ¿Tres? Estaría en su cuaderno; las idas y venidas interesantes eran el tipo de cosa que solía anotar.

Al anochecer, Miriam vio cómo sacaban el cadáver de la barcaza y lo subían por los escalones que conducían a la calle para meterlo en la ambulancia que lo estaba esperando. Cuando pasaron a su lado, ella se puso de pie en señal de respeto e, inclinando la cabeza, murmuró en voz baja un descreído «Ve con Dios».

También susurró un agradecimiento. Y es que, gracias al hecho de haber amarrado su barcaza junto a la de ella y luego haber sido brutalmente asesinado, Daniel Sutherland le había proporcionado a Miriam una oportunidad que no podía dejar pasar: la oportunidad de vengar la injusticia que se había cometido con ella.

Al fin sola y, a su pesar, un poco asustada en medio

de la oscuridad y la inusual quietud, Miriam volvió a meterse en la barcaza y cerró la puerta tras de sí. Después sacó la llave de Laura del bolsillo y la guardó en la cajita de madera, en la estantería superior de la librería. El jueves era el día que solía hacer la colada. Ya se la devolvería entonces.

O quizá no.

Nunca sabes qué puede terminar siendo de utilidad, ¿no?

3

—¿Necesita sentarse, señora Myerson? Así, muy bien. Limítese a respirar. ¿Quiere que llamemos a alguien?

Carla se sentó en el sofá y, doblándose por la cintura, pegó la frente a las rodillas. Se dio cuenta de que estaba gimoteando como un perro.

—Theo —consiguió decir—. Llamen a Theo, por favor. Mi marido. Exmarido. Su número está en mi móvil. —Levantó la mirada y echó un vistazo alrededor del salón en busca del aparato—. No sé dónde está, no sé dónde lo he...

—Lo tiene en la mano, señora Myerson —la avisó la detective en tono amable—. Tiene el móvil en la mano.

Carla bajó la mirada y comprobó que, efectivamente, estaba agarrando con fuerza el aparato con su trémula mano. Negó con la cabeza y se lo dio a la mujer policía.

—Estoy volviéndome loca —dijo.

La mujer esbozó una leve sonrisa con los labios apretados y, tras colocar momentáneamente una mano sobre el hombro de Carla, salió fuera con el móvil para hacer la llamada.

El otro policía, el detective inspector Barker, se aclaró la garganta.

—Tengo entendido que la madre de Daniel ya ha fallecido, ¿es así?

Carla asintió.

—Murió hace seis..., no, hace ocho semanas —respondió, y vio cómo las cejas del inspector se alzaban hasta el punto en el que antaño le nacía el cabello—. Mi hermana se cayó —prosiguió Carla—. En casa. No fue... Se trató de un accidente.

—¿Y tiene usted los datos de contacto del padre?

Carla negó con la cabeza.

—Me temo que no. Vive en Estados Unidos desde hace mucho. Nunca ha estado involucrado en la vida de Daniel. Eran solo... —Se le quebró la voz. Respiró hondo y exhaló despacio—. Eran solo Angela y Daniel. Y yo.

Barker asintió y permaneció en silencio frente a la chimenea a la espera de que Carla se recompusiera.

—Hace poco que vive aquí, ¿verdad? —preguntó tras lo que Carla supuso que él consideraba una pausa respetuosa. Ella levantó la mirada hacia él, desconcertada. El inspector señaló con un largo dedo índice las cajas que había en el suelo del comedor y los cuadros apoyados contra la pared.

Carla se sonó la nariz ruidosamente.

—Hace seis años que quiero colgar esos cuadros. Algún día conseguiré comprar los clavos para hacerlo. En las cajas hay cosas de casa de mi hermana. Cartas, fotografías, ya sabe... Cosas que no quiero tirar.

Barker asintió. Se cruzó de brazos, cambió el peso de una pierna a la otra y estaba abriendo la boca para decir algo cuando el estruendo de la puerta de entrada lo interrumpió. Carla se sobresaltó. La detective Chalmers entró en el salón inclinando la cabeza en señal de disculpa.

—El señor Myerson está de camino. Ha dicho que no tardará.

—Vive a cinco minutos de aquí —explicó Carla—. En Noel Road. ¿Conocen la calle? Joe Orton vivió ahí en los sesenta. El dramaturgo, ¿saben? Fue donde lo asesinaron, creo que apaleado. ¿O fue apuñalado? —Los inspectores se quedaron pasmados mirando a la mujer—. Ya, no es... relevante —dijo Carla. Durante un horrible momento pensó que iba a echarse a reír. ¿Por qué habría contado eso? ¿Por qué se había puesto a hablar de Joe Orton y apaleamientos? Sin duda estaba volviéndose loca. Los inspectores no parecían darse cuenta o no les importaba. Puede que todo el mundo se comportara como un lunático cuando recibía la noticia de que un miembro de su familia había sido asesinado.

—¿Cuándo vio por última vez a su sobrino, señora Myerson? —le preguntó Barker.

Carla se quedó con la mente en blanco un instante.

—Yo... ¡Uf! Lo vi... en casa de Angela. En casa de mi

hermana. No está lejos, a unos veinte minutos a pie, al otro lado del canal, en Hayward's Place. Las últimas semanas he ido por ahí, para recoger sus pertenencias, y Daniel vino un día a buscar algunas de sus cosas. Hacía siglos que no vivía en esa casa, pero todavía guardaba algunas cosas en su antiguo dormitorio. Cuadernos de bocetos, casi todo. Era un artista con mucho talento. Dibujaba cómics, ¿saben? Novelas gráficas. —Se encogió de hombros de manera involuntaria—. Eso fue hace... ¿una semana?, ¿dos? Dios mío, soy incapaz de recordarlo, tengo la cabeza embotada, yo... —Hundió los dedos en su corto pelo y se rascó el cuero cabelludo.

—Es completamente normal, señora Myerson —la tranquilizó Chalmers—. Ya repasaremos los detalles más tarde.

—Y ¿cuánto hacía que vivía Daniel en el canal? —le preguntó Barker—. ¿Sabe desde cuándo...?

La aldaba sonó con fuerza y Carla volvió a sobresaltarse.

—Theo —murmuró, ya de pie—. Gracias a Dios.

Chalmers se adelantó para abrir la puerta e hizo entrar a Theo, que tenía el rostro enrojecido y sudado.

—Por el amor de Dios, Cee —dijo, atrayéndola hacia sí y abrazándola con fuerza—. ¿Qué diantre ha pasado?

Los policías volvieron a relatar lo ocurrido: el sobrino de Carla, Daniel Sutherland, había sido hallado muerto esa misma mañana en una barcaza amarrada en el Regent's Canal, cerca de De Beauvoir Road. Lo habían apuñalado múltiples veces. Probablemente había muerto entre veinticuatro y treinta y seis horas antes de que lo encontraran. Lo determinarían con más certeza a su debido tiempo. Luego hicieron algunas preguntas más sobre el trabajo y los amigos de Daniel: ¿sabían ellos dos si tenía problemas de dinero?, ¿si tomaba drogas?

No lo sabían.

—¿No tenían una relación estrecha? —quiso saber Chalmers.

—Apenas lo conocía —respondió Theo. Estaba sentado junto a Carla y se frotaba la parte superior de la cabeza con el dedo índice, tal y como solía hacer cuando estaba inquieto por algo.

—¿Señora Myerson?

—No demasiado, la verdad. No... mucho. Lo cierto es que mi hermana y yo nos veíamos poco...

—¿A pesar de que vivía justo al otro lado del canal? —intervino Chalmers.

—No. —Carla negó con la cabeza—. Yo... hacía mucho tiempo que no trataba con Daniel. En realidad, desde que era niño. Como ya les he contado, volví a verle cuando mi hermana murió. Había pasado una temporada en el extranjero. En España, creo.

—¿Y cuándo se trasladó a la barcaza? —preguntó Barker.

Carla apretó los labios y negó con la cabeza.

—La verdad, no lo sé —dijo.

—No teníamos ni idea de que estaba viviendo ahí —añadió Theo.

Barker lo miró inquisitivamente.

—La barcaza estaba muy cerca de su casa. Vive usted en Noel Road, ¿verdad? ¿Eso no está a un par de kilómetros del lugar en el que estaba amarrada?

Theo se encogió de hombros y se frotó la frente con más insistencia, enrojeciéndose la piel a la altura del nacimiento del pelo. Parecía que hubiera estado tomando el sol.

—Puede, pero no tenía ni idea de que Daniel estaba viviendo ahí.

Los inspectores intercambiaron una mirada.

—¿Señora Myerson? —Barker la miró.

Carla negó con la cabeza.

—Ni idea —respondió en voz baja.

Entonces los inspectores se quedaron en silencio durante un largo rato. Debían de estar esperando a que dijera algo más, supuso Carla, a que ella o Theo hablaran.

Finalmente lo hizo él.

—Han dicho... veinticuatro horas, ¿no? ¿De veinticuatro a treinta y seis horas?

Chalmers asintió.

—Estimamos que murió en algún momento entre las ocho de la tarde del viernes y las ocho de la mañana del sábado.

—¡Oh! —Theo volvió a frotarse la frente al tiempo que echaba un vistazo por la ventana.

—¿Ha recordado algo, señor Myerson?

—Vi a una chica —respondió Theo—. El sábado por la mañana. Debía de ser pronto, ¿tal vez las seis? Iba por el camino de sirga y pasó por delante de mi casa. Yo estaba de pie en mi estudio y la vi. La recuerdo porque tenía sangre. En la cara. Y en la ropa, creo. No estaba empapada ni nada de eso, pero... estaba ahí.

Carla se lo quedó mirando con la boca abierta, sin dar crédito.

—¿Qué estás diciendo? ¿Por qué no me lo contaste?

—Tú dormías —le respondió Theo—. Me levanté para hacer café y fui un momento a mi estudio a por cigarrillos. La vi por la ventana. Iba por el camino de sirga. Cojeando. O quizá haciendo eses. Pensé que estaba borracha. Yo... no le di demasiada importancia, la verdad. A fin de cuentas, Londres está lleno de gente rara y borracha, ¿no? A esas horas suelen verse personas de regreso a casa...

—¿Ensangrentadas? —preguntó Barker.

—Bueno, eso quizá no. Tal vez sin sangre. Esa es la razón por la que la recuerdo. Pensé que se habría caído o que se habría metido en alguna pelea. Yo...

—Pero ¿por qué no dijiste nada? —insistió Carla.

—Estabas dormida, Cee. No creí que...

—¿La señora Myerson estaba durmiendo en *su* casa? —preguntó Chalmers con el ceño fruncido, interrumpiéndolo—. ¿Es así? ¿Pasó usted la noche en casa del señor Myerson?

Carla asintió lentamente. En su rostro era perceptible una expresión de absoluto desconcierto.

—El viernes cenamos juntos y me quedé a dormir...

—Aunque estamos separados, todavía tenemos relación y, a veces...

—Eso no es relevante, Theo —lo cortó Carla con brusquedad, provocando que Theo se encogiera. Luego ella se llevó un pañuelo de papel a la nariz—. Lo siento. Lo siento. Pero eso no es importante, ¿no?

—Nunca sabemos qué es lo que va a terminar siendo importante —dijo Barker en un tono enigmático, y comenzó a dirigirse hacia el vestíbulo. Una vez ahí les tendió a ambos sendas tarjetas de visita y le dijo a Theo algo sobre una identificación formal, sobre el agente de enlace familiar y le pidió que se mantuviera en contacto. Él asintió, se guardó la tarjeta de visita en el bolsillo y le estrechó la mano al inspector.

—¿Cómo se han enterado? —soltó Carla de repente—. Es decir, ¿quién les ha informado del...? ¿Quién lo ha encontrado?

Chalmers se volvió hacia su jefe y luego otra vez hacia Carla.

—Lo encontró una mujer —contestó.

—¿Una mujer? —quiso saber Theo—. ¿Su novia? ¿Era joven? ¿Delgada? Puede que fuera la chica que vi, la de la sangre. Quizá ella...

Chalmers negó con la cabeza.

—Se trata de una mujer que vive en otra de esas barcazas estrechas del canal. De mediana edad, diría. Se dio cuenta de que la de Daniel hacía días que no se movía y fue a ver cómo estaba.

—Entonces ¿no vio nada? —preguntó Theo.

—Lo cierto es que ha sido de mucha ayuda —respondió Barker—. Se trata de una mujer muy observadora.

—Bien. —Theo se frotó de nuevo la parte superior de la cabeza—. Muy bien.

—Lewis, se llama —añadió Barker—. La señora Lewis.

—Señorita —lo corrigió Chalmers.

—Eso es. La señorita Miriam Lewis —dijo él. Carla reparó en que el rostro de Theo palidecía de golpe.

4

—Fue él quien comenzó, ¿de acuerdo? Antes de que digan nada. Fue él.

Habían estado esperando a que llegara a casa. Seguro, porque literalmente treinta segundos después de haber vuelto del supermercado Iceland empezaron a aporrear la puerta. Todavía no había recobrado el aliento (vivía en el séptimo piso y los ascensores volvían a estar estropeados) y ahí estaban. Eso la enfadó, y también la puso algo nerviosa, la verdad, de modo que empezó a hablar de inmediato como una jodida idiota, algo que sabía muy bien que no debía hacer. Esta no era precisamente la primera vez que se veía envuelta en problemas.

Aunque, claro, por lo general se trataba de algo distinto. Embriaguez, hurto, allanamiento, vandalismo, alteración del orden público. En una ocasión había sido hallada no culpable de agresión simple. Y tenía pendiente un cargo por agresión con lesiones.

Pero *esto* era *distinto*. Y se dio cuenta de ello casi de inmediato, pues mientras estaba ahí resoplando y hablando por los codos, pensó: «Un momento, estos polis son *detectives*». Sí, le habían dicho sus nombres y sus rangos y todo eso (que había olvidado al segundo), pero estaban en la puerta de su casa, vestidos con ropa de paisano, y eso indicaba que se trataba de un problema distinto.

—¿Le importaría que entráramos, señorita Kilbride? —pidió el hombre con educación. Era un tipo alto, delgaducho y calvo como un huevo—. Sería mejor que habláramos dentro. —Echó un vistazo receloso a la ventana de la cocina, que ella había tapiado de manera chapucera con tablones.

Laura ya estaba negando con la cabeza.

—Creo que no, no. Creo que no. Verán, necesito que haya un adulto responsable presente. No pueden interrogarme... ¿Se puede saber de qué va todo esto? ¿Es por lo del tipo del bar? Porque eso ya está en el sistema, ¿saben? He recibido la citación del juzgado. La he pegado con un imán a la puerta de la nevera. Pueden verlo ustedes mismos si quieren... No, no, no, un momento. Un momento. Esto no es una invitación para que entren. No es más que una manera de hablar...

—¿Por qué necesita que esté presente un adulto responsable, señorita Kilbride? —preguntó la mujer enarcando su uniceja. Era unos treinta centímetros más baja que su colega, de cabello moreno y encrespado y con unos rasgos pequeños que parecían concentrarse todos en el centro de su gran cara de pan—. No es usted menor de edad, ¿verdad?

—Tengo veinticinco años, como bien saben —respondió Laura.

No pudo detenerlos. Huevo ya había entrado en el recibidor y Ceja estaba pasando a su lado al tiempo que decía:

—¿Cómo diantre íbamos a saber eso?

—¿Quién ha comenzado qué, señorita Kilbride? —exclamó Huevo. Ella siguió la voz de este hasta la cocina y se lo encontró inclinado, con las manos a la espalda ante la puerta de la nevera, examinando sus citaciones.

Laura resopló ruidosamente y se dirigió hacia el fregadero para servirse un vaso de agua. Tenía que calmarse. Pensar. Cuando se volvió hacia el poli, este estaba mirándola a ella, pero luego levantó la vista hacia la ventana.

—¿Ha tenido algún problema? —Enarcó las cejas adoptando una expresión cándida.

—No exactamente.

La mujer se unió a ellos.

—¿Es que te has hecho daño, Laura? —quiso saber, frunciendo el ceño.

Ella se bebió el agua con excesiva rapidez, tosió y miró a la policía arrugando el entrecejo.

—¿Qué ha pasado con lo de «señorita Kilbride»? ¿Es que ahora ya somos colegas? ¿Amigas para siempre?

—Tu pierna, Laura. —Él también comenzó a tutearla—. ¿Cómo te has hecho esa herida?

—Me atropelló un coche cuando era pequeña. Fractura abierta hasta el fémur. Tengo una cicatriz tremenda —respondió y, llevándose los dedos a la bragueta de los vaqueros al tiempo que le sostenía la mirada, le preguntó—: ¿Quieres verla?

—No especialmente —contestó él con indiferencia—. ¿Y qué hay del brazo? —Señaló con un dedo el vendaje que envolvía la muñeca derecha de la joven—. Eso no te lo hiciste de pequeña.

Laura se mordió el labio.

—Perdí la llave de casa. El viernes por la noche. Tuve que entrar por la ventana. —Y, con un movimiento de cabeza, señaló la ventana de la cocina, detrás de ella, que daba al pasillo exterior que recorría toda la extensión del bloque de apartamentos—. No lo hice muy bien.

—¿Puntos?

Laura negó con la cabeza.

—No fue tan grave.

—¿La encontraste? —preguntó él al tiempo que se apartaba de ella y se dirigía hacia el espacio que conectaba la cocina con el salón; lo examinaba todo como si estuviera considerando la posibilidad de hacer una oferta para comprar el lugar. Algo improbable, pues el apartamento era un vertedero. Ella sabía que debería estar avergonzada de él, de los muebles baratos y de las paredes desnudas y del cenicero en el suelo que alguien había volcado con el pie, de modo que ahora había ceniza en la moqueta y solo Dios sabía cuánto tiempo hacía de eso porque ella ni siquiera fumaba y no podía recordar la última vez que había invitado a alguien a casa, aunque lo cierto era que eso tampoco le importaba demasiado.

—¿Y bien? ¿Lo hiciste? —Ceja arrugó la nariz mientras miraba a Laura de arriba abajo, y luego arriba otra vez: vaqueros anchos, camiseta manchada, esmalte de uñas descascarillado, pelo grasiento... A veces a Laura se le olvidaba ducharse, en ocasiones puede incluso que durante días, ya que había veces en las que el agua salía hirviendo y otras en las que estaba congelada, como ahora, porque el calentador tenía voluntad propia y unas veces funcionaba y otras no, y ella no tenía dinero para pagar a un fontanero y, por mucho que llamara a los del ayuntamiento, a ellos se la traía floja.

—¿El qué?

—Encontrar la llave —dijo Ceja con una ligera sonrisa en los labios, como si la hubiera pillado mintiendo—. ¿Encontraste la llave?

Laura le dio un último trago a su vaso de agua, aspiró aire a través de los dientes y decidió ignorar la pregunta.

—¡¿Se puede saber adónde vas?! —exclamó entonces, haciendo a un lado a Ceja para ir detrás de Huevo.

—A ningún sitio —respondió él. Estaba en medio del salón, mirando el único adorno de la estancia: la fotografía enmarcada de una familia, unos padres y una niña. Alguien se había tomado la molestia de dibujar un par de cuernos en la cabeza del padre y una lengua bífida saliendo de la boca de la madre, así como unas equis sobre los ojos de la niña, a la que también habían pintado los labios de rojo antes de enmarcar la foto y colgarla. Huevo enarcó las cejas y se volvió hacia Laura—. ¿Un retrato de familia? —Laura se encogió de hombros—. Papá es un demonio, ¿no?

Ella negó con la cabeza y se lo quedó mirando fijamente a los ojos.

—Un cornudo.

Huevo frunció los labios, asintió y se volvió despacio hacia la fotografía.

—Ajá —murmuró—. Ajá.

—Soy una adulta vulnerable —repitió Laura, y el detective suspiró.

—No, no lo eres —contestó con cansancio. Luego se volvió y se sentó pesadamente en el sofá—. Vives sola, trabajas a media jornada en la lavandería Sunshine de Spencer Street y sabemos con certeza que la policía te ha interrogado numerosas veces sin la presencia de ningún adulto responsable, de modo que déjalo ya, ¿de acuerdo?

Podía percibirse cierta irritación en su tono de voz, tenía la ropa arrugada y parecía muy cansado, como si hubiera hecho un largo viaje o hubiera dormido poco.

—¿Por qué no te sientas? Háblame de Daniel Sutherland.

Laura se sentó encima de la pequeña mesita que había en un rincón del salón, la misma que solía usar para cenar mientras veía la tele. Por un momento se sintió aliviada. Se encogió de hombros de forma teatral, llevándolos hasta las orejas.

—¿Qué le pasa? —preguntó ella.

—Entonces ¿lo conoces?

—Por supuesto que sí. Está claro que ha acudido a vosotros quejándose de mí, lo cual, si me permitís, es una gilipollez porque no pasó nada y, en cualquier caso, fue él quien empezó.

Huevo sonrió. Tenía una sonrisa sorprendentemente afectuosa.

—¿No pasó nada pero comenzó él? —repitió.

—Así es.

—Y ¿cuándo pasó esto que no es nada y que comenzó él? —señaló Ceja, saliendo de la cocina y entrando en el salón. Se sentó junto a su colega en el feo sofá de cuero sintético de dos plazas. Sentados uno al lado del otro tenían un aspecto ridículo: ella pequeña y gruesa y él alto y delgado. Era como ver a Lurch junto a Fétido. Laura dejó escapar una sonrisita.

A Ceja eso no le gustó y, endureciendo su expresión, preguntó:

—¿Algo te hace gracia? ¿Crees que hay algo divertido en esta situación, Laura?

49

Laura negó con la cabeza.

—Fétido —contestó, sonriendo—. Eres como el tío Fétido, pero con pelo. ¿Te lo ha dicho alguien alguna vez?

La mujer abrió la boca para protestar, pero Huevo, imperturbable, la interrumpió.

—Daniel Sutherland no nos ha dicho nada sobre ti —intervino, hablando esta vez en voz más alta—. Hemos venido a hablar contigo porque hemos encontrado dos juegos de huellas dactilares en un vaso que había en su barcaza, y uno de los juegos coincide con las tuyas.

De repente Laura sintió frío. Se frotó la clavícula con los dedos y se aclaró la garganta.

—¿Que habéis encontrado qué? ¿Huellas dactilares? ¿Se puede saber qué está pasando aquí?

—¿Puedes decirnos cuál era tu relación con el señor Sutherland, Laura? —preguntó Ceja.

—¿Relación? —Laura se rio a su pesar—. Eso es mucho decir. Me lo follé dos veces. El viernes por la noche. Yo no llamaría a eso una «relación».

Ceja negó con la cabeza, mostrando desaprobación o incredulidad.

—Y ¿cómo lo conociste?

Laura tragó saliva ruidosamente.

—Lo conocí porque, bueno, a veces ayudo a una señora, Irene, que vive en Hayward's Place, ya sabes, al lado de la iglesia, de camino al pequeño Tesco. A ella la conocí hace unos meses y, como decía, la ayudo de vez en cuando porque está mayor y algo artrítica y a veces le falla un poco la memoria y además tuvo una pequeña caída hace algún tiempo y se torció el tobillo o algo así, y no siempre puede ir a comprar. No lo hago por dinero ni nada de eso, aunque ella suele darme algún billete de vez en cuando, ya sabes, por mi tiempo, es así de amable... Bueno, la cosa es que Dan, Daniel Sutherland, vivía en la casa de al lado. Hacía siglos que ya no, pero su madre todavía vivía allí, al menos hasta que murió, que es cuando lo conocí a él.

—¿Lo conociste cuando murió su madre?

—Después —aclaró Laura—. No estuve presente cuando la palmó.

Ceja echó un vistazo a su colega, pero, en vez de mirar a Laura, este estaba observando de nuevo el retrato familiar con una expresión triste en el rostro.

—De acuerdo —dijo Ceja—. Entonces el viernes estuviste con el señor Sutherland, ¿es así?

Laura asintió.

—Tuvimos una *cita* —explicó—, lo cual para él significaba ir a tomar un par de copas a un bar de Shoreditch antes de volver a esa barcaza tan cutre suya para echar un polvo.

—Y... ¿te hizo daño? ¿O te presionó para hacer algo? ¿Qué es lo que *comenzó*? —preguntó Huevo, inclinándose hacia delante. Ahora toda su atención estaba puesta en Laura—. Has dicho que él había comenzado algo. ¿El qué?

Laura parpadeó con fuerza. Recordaba con asombrosa claridad la expresión de sorpresa en el rostro de Daniel cuando arremetió contra él.

—Todo iba de maravilla. Nos lo estábamos pasando bien. O, al menos, yo pensaba que nos lo estábamos pasando bien. —Inesperadamente, Laura se sonrojó y sintió un intenso calor que se extendía por su pecho y luego por el cuello y las mejillas—. Pero, de repente, Daniel empezó a comportarse en plan distante y tal, como si no quisiera que estuviera ahí. Fue... ofensivo. —Laura bajó la vista hacia su pierna mala y suspiró—. Tengo un problema médico. Soy una adulta vulnerable. Ya sé que habéis dicho que no, pero sí que lo soy. Vulnerable.

—Entonces ¿discutiste con él? —preguntó Ceja.

Laura asintió, mirándose los pies.

—Sí, podría decirse que sí.

—¿Os peleasteis? ¿Llegasteis a las manos?

Había una mancha en una de sus zapatillas deportivas, justo a la altura del dedo pequeño del pie izquierdo. Una mancha marrón oscuro. Escondió el pie detrás del tobillo derecho.

—No, no... Bueno, no *de verdad*.

—Entonces hubo violencia, pero no lo que considerarías violencia de verdad.

Laura pegó el pie izquierdo a la pantorrilla derecha.

—No fue nada —dijo—. Solo... un pequeño forcejeo.

Levantó la mirada hacia Huevo, que en ese momento estaba frotándose los delgados labios con un dedo. Este a su vez miró a Ceja y ella a él, y pareció que hablaban sin palabras, como si acordaran algo.

—Señorita Kilbride, el cadáver de Daniel Sutherland fue hallado en su barcaza el domingo por la mañana. ¿Puedes decirnos con exactitud cuándo lo viste por última vez?

De repente Laura sintió la boca dolorosamente seca, no podía tragar saliva, y notó un rugido en los oídos. Cerró los ojos con fuerza.

—Un momento... —Se puso de pie y se apoyó en la mesa para no perder el equilibrio; todo parecía dar vueltas. Luego volvió a sentarse—. Un momento —repitió—. ¿Su *cadáver*? ¿Estáis diciendo...?

—Que el señor Sutherland está muerto —concluyó Huevo en un tono de voz tranquilo y uniforme.

—Pero... no lo está, ¿verdad? —Laura notó que la voz se le quebraba. Huevo asintió despacio—. ¿El domingo por la mañana? ¿Habéis dicho «domingo por la mañana»?

—Así es —respondió Huevo—. El señor Sutherland fue descubierto el domingo por la mañana.

—Pero... —Laura podía notar palpitaciones en la garganta—. Yo lo vi el viernes por la noche y me marché el sábado por la mañana. Me marché el sábado por la mañana. A las siete, quizá... quizá incluso antes. *El sábado por la mañana* —repitió una última vez para enfatizar sus palabras.

Ceja comenzó a hablar en un tono de voz animado y

53

melódico, como si estuviera contando una historia graciosa y estuviera a punto de llegar al momento culminante.

—El señor Sutherland murió a causa de una pérdida masiva de sangre. Tenía heridas de arma blanca en el pecho y el cuello. La hora de su muerte todavía no ha sido establecida formalmente, pero la policía científica calcula que es probable que tuviera lugar entre veinticuatro y treinta y seis horas antes de ser hallado. Y tú dices que estuviste con el señor Sutherland el viernes por la noche, ¿no es así?

Laura notó que el rostro le ardía y los ojos le picaban. Idiota. Era una idiota.

—Sí —reconoció en voz baja—. Estuve con él el viernes por la noche.

—El viernes por la noche. Y fuiste con él a su barcaza y mantuvisteis relaciones sexuales, ¿no es así? ¿Dos veces, has dicho? ¿Y a qué hora del sábado por la mañana dejaste al señor Sutherland?

Una trampa. Era una trampa, y ella había caído de lleno en ella. Idiota. Colocó los dientes sobre el labio inferior y se mordió con fuerza. «No digas nada —supuso que le diría un abogado—. No hables con nadie.» Negó con la cabeza y un pequeño sonido surgió del fondo de su garganta, aparentemente en contra de su voluntad.

—¿Qué ha sido eso, Laura? ¿Has dicho algo?

—Lamento que esté muerto y todo eso —aseguró ella, ignorando el consejo que había oído en su cabeza—, pero yo no hice nada, ¿me oís? No hice nada. No he apuñalado a nadie. Todo aquel que diga que lo he hecho es un mentiroso. Dan... Bueno, me dijo cosas. Cosas que no me gustaron. Pero yo no hice nada. Puede que lo golpeara. Puede... —Notó sangre en la boca y tragó saliva con fuerza—. No... no intentéis decir que yo hice esto porque no tengo nada que ver con ello. Puede que hubiera algún forcejeo y algunos empujones, pero eso fue todo, ¿entendéis? Y luego se marchó. Eso fue todo. No es culpa mía. De verdad. No es culpa mía. Ni siquiera... La pelea o lo que fuera. No es culpa mía.

Laura podía oírse a sí misma hablando sin parar a un volumen cada vez más alto y sabía perfectamente la impresión que daba: parecía una loca despotricando, como esos pirados que pueden verse en las esquinas desgañitándose solos. Sí, sabía que esa era la impresión que daba, pero era incapaz de callarse.

—¿Se *marchó*? —dijo Ceja de repente—. Acabas de decir «y luego se marchó». ¿Qué has querido decir con eso, Laura?

—He querido decir que se marchó. Se fue, se largó... ¿Qué es lo que no entiendes? Después de la pelea, bueno, no era bien bien una pelea, ya me entendéis, después de eso, digo, se puso los pantalones y se marchó y me dejó ahí sola.

—¿Sola en su casa...? ¿En la barcaza?

—Eso es. Supongo que era una persona confiada. —Laura rio; sabía que era algo del todo inapropiado, pero aun así no pudo contenerse porque la idea de que fuera confiado resultaba divertida, ¿no? ¿Bajo esas circunstancias? Quizá no para reírse a carcajadas, pero aun así era graciosa. En cualquier caso, en cuanto comenzó a reír, no pudo parar, y al poco notó que se ponía roja, como si estuviera ahogándose.

Los detectives intercambiaron una mirada.

Ceja se encogió de hombros.

—Iré a buscar un vaso de agua —indicó al final.

Un momento después Laura oyó que la detective llamaba a su colega, no desde la cocina sino desde el baño.

—¿Podría venir un momento aquí, señor?

El calvo se puso de pie y, en cuanto lo hizo, Laura sintió una oleada de pánico que aplacó de golpe el ataque de risa del que había sido presa.

—Un momento, yo no os he dado permiso para que entréis ahí —protestó, pero ya era demasiado tarde. Siguió a Huevo hasta el umbral del cuarto de baño, y ahí estaba Ceja, señalando primero el lavamanos, donde Laura había dejado el reloj (que pertenecía inequívocamente a Daniel Sutherland, pues tenía sus iniciales grabadas detrás de la esfera), y luego la camiseta manchada de sangre, que descansaba en un rincón, hecha un gurruño.

—Me corté. —Laura se sonrojó—. Ya os lo he contado. Me corté al entrar por la ventana.

—Cierto, nos lo has contado —dijo Huevo—. ¿Quieres contarnos también lo del reloj?

—Lo cogí —contó Laura de mala gana—. *Obviamente*, lo cogí. Pero no es lo que parece. Solo lo hice para tocarle los huevos. Iba a..., no sé, tirarlo al canal y decirle que fuera a por él. Pero entonces, yo... Bueno, al ver las iniciales grabadas me pareció que tal vez significaba algo para él y que quizá se lo había regalado su madre antes de morir y era irremplazable. Pensaba devolvérselo.

Huevo se la quedó mirando con una expresión triste, como si tuviera que darle una noticia muy mala, lo cual en cierto modo era así.

—Lo que va a pasar ahora —empezó— es que vamos a llevarte a comisaría para que nos respondas algunas preguntas más. Ahí lo harás tras ser apercibida, ¿comprendes lo que significa eso? Y también vamos a tomar algunas muestras para compararlas con las que encontramos en la escena.

—¿Muestras? ¿Qué quieres decir con *muestras*?

—Un agente buscará restos debajo de tus uñas, fibras en tu pelo, cosas así. Nada invasivo, no tienes de qué preocuparte...

—¿Y si no quiero? —preguntó Laura con voz temblorosa, quería que alguien la ayudara, pero no se le ocurría quién podía hacerlo—. ¿Puedo decir que no?

—No te preocupes, Laura —intervino Ceja adoptando un tono de voz tranquilizador—. Es todo muy fácil y sencillo, no hay nada que temer.

—Eso es mentira —replicó ella—. Sabes que eso es mentira.

—La otra cosa que haremos —dijo Huevo— es solicitar una orden judicial para registrar tu casa, y estoy seguro de que, teniendo en cuenta las circunstancias, no vamos a tener ningún problema en obtenerla, así que, si hay algo más que creas que debamos saber, sería una buena idea que nos lo contaras ahora, ¿entendido?

Laura consideró la cuestión e intentó pensar en si había algo que pudiera contarles, pero tenía la mente en blanco. En un momento dado Ceja le tocó un brazo y ella se sobresaltó. La mujer estaba diciéndole algo.

—Tu ropa, Laura. ¿Puedes enseñarnos qué llevabas puesto el viernes por la noche?

Laura cogió varias prendas del suelo de su habitación y les dio unos vaqueros que tal vez llevó o tal vez no y luego también lanzó un sujetador en su dirección. Acto seguido fue al cuarto de baño y dejó a los dos policías en el pasillo. Huevo había inclinado la cabeza para oír lo que fuese que Ceja estuviera diciéndole. Laura se detuvo en la entrada del baño y oyó algunas de las palabras que decía la mujer como «grabado» y «extraño» y «está un poco ida, ¿no?».

Sentada en el retrete con las bragas alrededor de los tobillos, Laura sonrió para sí con tristeza. Le habían dicho cosas peores. ¿Un poco ida? «Un poco ida» no era nada. «Un poco ida» era casi un cumplido en comparación con las cosas que la habían llamado a lo largo de los años: lela, bicho raro, necia, mema, monguer, pirada.

«Jodida psicópata» había sido lo que la había llamado

Daniel cuando ella había arremetido contra él dándole patadas, puñetazos y clavándole las uñas. Él la había agarrado entonces por los brazos, hundiéndole los pulgares en la carne de los antebrazos. «Jodida psicópata. Estás como una puta *cabra*.» Había pasado todo muy rápido. Estaba tumbada en la cama fumándose un cigarrillo y, un momento después, se alejaba por el camino de sirga con sangre en la cara y el reloj de Daniel en el bolsillo.

Mientras descendía la escalera acompañada por los detectives, Laura se preguntó cómo diantre podía decirles la verdad: que había cogido el reloj para fastidiarle, sí, pero, por extraño que pareciera, también con la esperanza de volver a verlo. Quería castigarlo, pero también quería una excusa para regresar y verlo otra vez.

Pero eso ya no iba a pasar, ¿verdad?

5

En la comisaría, una agente de policía —joven y con una sonrisa amable— raspó debajo de las uñas de Laura, tomó una muestra de su mucosa bucal con un bastoncillo y le peinó la melena lenta y suavemente, una sensación que encontró tan relajante y que le recordó tanto a su infancia que le llenó los ojos de lágrimas.

Laura volvió a oír la voz de Deidre en el interior de su cabeza. «Careces de autoestima. Ese es tu problema, Laura.» Si se le insistía un poco, Deidre, esa mujer delgaducha y de facciones duras en cuyos brazos el apesadumbrado padre de Laura había buscado consuelo cuando la madre de esta lo dejó, era capaz de recitar toda una letanía de lo que consideraba que eran sus problemas. La baja autoestima era uno de sus favoritos. «No te valoras lo suficiente, Laura. Básicamente, ese es tu problema. Si te valoraras un poco más, no te irías con cualquiera que te prestara un mínimo de atención.»

Pocos días después de cumplir trece años, Laura fue a una fiesta a casa de una amiga. Su padre la pilló regresando a las seis de la mañana. La agarró por los hombros y la sacudió como si fuese una muñeca.

—¿Dónde has estado? ¡Vas a volverme loco! ¡Creía que te había pasado algo! No puedes hacerme esto, cielo. Por favor, no vuelvas a hacérmelo. —Luego la abrazó con fuerza y ella apoyó la cabeza en el amplio pecho de su padre y tuvo la sensación de que volvía a ser una niña pequeña.

—Lo siento, papá —susurró—. Lo siento de veras.

—No lo siente para nada —contradijo Deidre una hora después, cuando estaban sentados a la mesa, desayunando—. Mírala. Tú mírala, Philip. Sonríe como el gato que se ha comido al canario. —Laura sonrió por encima de su bol de cereales—. Tienes esa misma expresión —le señaló con una mueca de indignación—. ¿No tiene esa misma expresión? ¿Con quién estuviste anoche?

Más tarde Laura había oído discutir a su padre y a su madrastra.

—Carece de amor propio —estaba diciendo Deidre—. Ese es su problema. Te lo advierto, Philip, terminará quedándose embarazada antes de cumplir los quince. Tienes que hacer algo. Tienes que hacer algo al respecto.

Y luego la voz de su padre, suplicando:

—Pero no es culpa suya, Deidre. Ya lo sabes. No es culpa suya.

—¡Ah, claro, no es culpa suya! Es cierto. Nunca nada es culpa suya...

Unas horas después, cuando Deidre subió al dormitorio de Laura para llamarla a cenar, le preguntó:

—¿Usas protección, al menos? Por favor, dime que no has sido tan estúpida como para hacerlo sin condón.

Laura estaba tumbada en la cama con la vista clavada en el techo. Sin mirar a su madrastra, cogió un cepillo de pelo que descansaba sobre la mesita de noche y se lo lanzó.

—Que te jodan, Deidre.

—¡Oh, sí, muy bonito! Seguro que tampoco es culpa tuya que tengas una boca tan sucia. —Comenzó a darse la vuelta para marcharse, pero se lo pensó mejor y añadió—: ¿Sabes cuál es tu problema, Laura? Que no te valoras lo suficiente.

Efectivamente, la baja autoestima era uno de los problemas de Laura, pero no el único. Tenía muchos otros que le hacían compañía, entre los cuales, por ejemplo: hipersexualidad, falta de control de sus impulsos, un comportamiento social inapropiado, estallidos de agresividad, fallos de memoria a corto plazo y una cojera bastante pronunciada.

—Bueno, ya hemos terminado —dijo la agente de policía. Al darse cuenta de que Laura estaba llorando, le dio un pequeño apretón en la mano—. Todo saldrá bien, cielo.

—Quiero llamar a mi madre —pidió Laura—. ¿Puedo llamar a mi madre?

Pero su madre no contestó al teléfono.

—¿Puedo hacer otra llamada? —La agente negó con la cabeza, pero al ver la expresión consternada de Laura miró a un lado y a otro del pasillo y asintió.

—Está bien —cedió—. Que sea rápido.

Laura llamó entonces a su padre. Sonaron varios timbrazos y se hizo ilusiones cuando por fin contestaron la llamada, pero estas se vieron inmediatamente frustradas cuando oyó la voz de Deidre:

—¿Hola? ¿Hola? ¿Quién es?

Laura colgó y respondió a la inquisitiva mirada de la agente encogiéndose de hombros.

—Me he equivocado de número.

La agente de policía llevó a Laura a una habitación diminuta y mal ventilada con una mesa en el centro. Le dio un vaso de agua y le dijo que alguien le traería una taza de té en breve, pero nunca llegó a materializarse. La calefacción estaba demasiado alta y un olor extraño y químico cargaba el ambiente; a Laura le picaba la piel y sentía la mente embotada a causa del agotamiento. Cruzó los brazos sobre la mesa y apoyó la cabeza en ellos para intentar dormir, pero no podía dejar de oír voces (de su madre, de Deidre, de Daniel) mezcladas entre el ruido ambiental. Al tragar, le pareció percibir un sabor metálico y putrefacto.

—¿A qué estamos esperando? —le preguntó a la agente, que inclinó la cabeza y se encogió de hombros.

—Al abogado de oficio, creo. A veces tardan un poco.

Laura pensó en la compra en la que se había gastado sus últimas diez libras: los curris precocinados y las pizzas congeladas que ahora descansaban sobre la encimera de su cocina, descongelándose poco a poco.

Tras lo que le parecieron horas, pero que probablemente no fueron más de diez minutos, los detectives aparecieron sin el abogado.

—¿Cuánto rato creen que va a durar esto? —preguntó Laura—. Mañana tengo turno largo y estoy hecha polvo.

Huevo se la quedó mirando un momento con severidad y suspiró, como si estuviera decepcionado con ella.

—Puede que tardemos un poco, Laura —respondió—. Esto... Bueno, esto no pinta muy bien, ¿sabes? Y, verás, la cosa es que ya tienes experiencia en esto, ¿verdad?

—Y una mierda. ¿Experiencia? ¿De qué estás hablando? Yo no voy por ahí apuñalando gente. Yo...

—Apuñalaste a Warren Lacey —intervino Ceja.

—Con un *tenedor*. En la *mano*. ¡Joder, no es lo mismo para nada! —protestó ella, y comenzó a reírse porque, honestamente, era ridículo: manzanas y peras, una cosa no tenía nada que ver con la otra, en modo alguno... Aunque en realidad no tenía ganas de reír, sino de llorar.

—Resulta interesante, en cualquier caso, que todo

esto te resulte tan entretenido, Laura —dijo Ceja—. A mucha gente, gente que estuviera en tu situación, ya me entiendes, no le parecería tan divertido...

—A mí tampoco. No creo que sea *divertido*. Yo no... —Laura suspiró, frustrada—. A veces tengo problemas para que mi comportamiento se ajuste a mi estado emocional. No creo que esto sea divertido —repitió, pero seguía sin poder dejar de sonreír, y Ceja le devolvió la sonrisa con una mueca horrible. Estaba a punto de decir otra cosa cuando los interrumpió el abogado, un tipo de aspecto estresado, rostro grisáceo y aliento a café que no inspiraba demasiada confianza.

Cuando hubieron terminado las presentaciones y demás formalidades y todo el mundo estuvo listo, Ceja prosiguió:

—Hace un momento hablábamos sobre las dificultades que tienes para adecuar tu comportamiento a tu estado emocional. Eso es lo que has dicho, ¿no? —Laura asintió—. Tienes que hablar en voz alta, Laura, o no quedará grabado. —Ella masculló un asentimiento—. ¿Podría decirse entonces que no siempre puedes controlarte? ¿Que tienes estallidos emocionales que escapan a tu control? —Ella declaró que así era—. Y esto se debe al accidente que tuviste de pequeña, ¿es así? —Volvió a contestar afirmativamente—. ¿Podrías hablarnos un poco acerca del accidente? —le pidió Ceja en un tono de voz tranquilizador y persuasivo. Laura metió las manos debajo de los muslos para contener el impulso de darle una bofetada en la cara a la mujer—. ¿Podrías explicarnos el efecto que tuvo en ti el accidente? Me refiero a físicamente.

Laura le lanzó una mirada rápida al abogado preguntándole en silencio «¿He de hacerlo?», pero él pareció incapaz de entenderlo, de modo que, tras un sonoro suspiro, empezó a enumerar, hastiada, las lesiones que había sufrido:

—Fractura de cráneo, rotura de pelvis, fractura abierta de fémur distal. Cortes, magulladuras. Doce días en coma. Tres meses en el hospital.

—Sufriste una lesión cerebral traumática, ¿no es así? ¿Podrías contarnos un poco más al respecto?

Laura resopló y puso los ojos en blanco.

—¿No podríais buscarlo en el puto Google? ¡Joder! ¿Esto es de lo que hemos venido a hablar aquí? ¿En serio? ¿De algo que me pasó cuando tenía diez años? Creo que debería irme ya a casa porque, la verdad, no tenéis una mierda, ¿no es cierto? No tenéis ninguna prueba contra mí.

Los detectives se la quedaron mirando sin inmutarse, indiferentes ante su arrebato.

—¿No podrías hablarnos un poco más acerca de la naturaleza de tus lesiones cerebrales? —preguntó Huevo con una educación que a ella la enfureció.

Laura profirió otro suspiro.

—Sufrí daños cerebrales. Daños que me afectaron temporalmente al habla, así como a la capacidad retentiva...

—¿A la memoria? —preguntó Ceja.

—Sí, a la memoria.

Ceja hizo una pausa que a Laura le pareció dramática.

—Los daños de este tipo tienen consecuencias emocionales y de comportamiento, ¿no?

Laura se mordió con fuerza el labio.

—Cuando era más joven tuve algunos problemas de autocontrol —dijo mirando a la mujer directamente a los ojos, como desafiándola a que la llamara «mentirosa»—. También depresión. Y padezco desinhibición, lo cual significa que a veces digo cosas inapropiadas o hirientes, como por ejemplo cuando te he llamado «fea».

Ceja sonrió, hizo caso omiso y continuó:

—Te cuesta controlar tus impulsos, ¿verdad, Laura? No puedes evitar agredir a la gente, intentar hacerle daño. Eso es lo que estás diciendo, ¿no es así?

—Bueno, yo...

—Y, el viernes por la noche, cuando el señor Sutherland te rechazó, cuando, usando tus palabras, comenzó a comportarse de un modo distante y ofensivo, perdiste los estribos, ¿cierto? Y lo atacaste, ¿verdad? Antes has dicho que lo golpeaste. Querías hacerle daño, ¿cierto?

—Quería arrancarle la puta cabeza —se oyó decir Laura a sí misma. A su lado notó que el abogado daba un respingo. Y ahí estaba: los polis, tal y como ella había dicho, no tenían *una mierda*, pero eso daba igual porque la tenían a *ella*. Tenían a Laura. No necesitaban ninguna arma, ¿verdad? No necesitaban ninguna arma humeante. Habían establecido el móvil, determinado la oportunidad, y tenían a Laura, alguien que, antes o después, sabían que diría algo realmente estúpido.

6

Sentada en el sillón del cuarto de estar, su lugar de lectura favorito, Irene esperaba a Laura, que llegaba tarde. El sillón, antaño parte de un dúo cuya pareja hacía mucho que había sido enviada al vertedero, estaba situado junto a la ventana. Era el lugar en el que más sol entraba durante la mayor parte de la mañana y a primera hora de la tarde. El lugar desde el que Irene podía ver el mundo pasar y desde el que el mundo, a su vez, podía contemplarla a ella cumpliendo con las expectativas que suelen tenerse de la gente mayor: sentada a solas en una habitación pensando en el pasado, en sus antiguos días de gloria, en las oportunidades perdidas, en la forma en la que eran las cosas. En gente que había muerto.

Algo que Irene no estaba haciendo en absoluto. Bueno, al menos no de forma exclusiva. Fundamentalmente estaba esperando a que Laura llegara con su compra semanal y, mientras tanto, revisaba una de las tres cajas de libros con olor a moho que Carla Myerson le había llevado. Los libros habían pertenecido a una persona fallecida: Angela, hermana de Carla y vecina de Irene, y también su amiga más querida.

—No valen nada —le había dicho Carla cuando le llevó las cajas, hacía ya una semana—. Son solo ediciones de bolsillo. Iba a llevarlos a la tienda de segunda mano, pero luego he pensado que tal vez podían ser de tu agrado —apuntó, arrugando ligeramente el puente de la nariz tras echar un rápido vistazo al salón de Irene.

Un insulto velado, había supuesto Irene. Aunque no era algo que le importara demasiado. Carla era una de esas mujeres que conocían el precio de todo y el valor de nada. ¿Que no valían nada? Eso demostraba lo poco que sabía.

Era cierto que, al abrir algunos de los viejos ejemplares de la editorial Penguin, con aquellas cubiertas de color naranja brillante hechas polvo de tan manoseadas, las páginas habían comenzado a desmenuzarse bajo sus dedos. Ya estaban sucumbiendo a ese fuego lento que era la acidificación del papel y que estropeaba las páginas volviéndolas frágiles y quebradizas, destrozándolas por dentro. Si una lo pensaba, era muy triste que todas esas palabras y todas esas historias desaparecieran. Esos libros, en cualquier caso, tendría que tirarlos. En cuanto a los demás, tenía razón, eran muy de su agrado. Tanto, de hecho, que en realidad ya había leído algunos. Ella y Angela solían intercambiarse libros continuamente, pues compartían predilección por las mejores novelas policíacas (no solo las violentas, también las inteligentes, como las de Barbara Vine o P. D. James) y por aquellos clubes de lectura de ficción a los que la gente como Carla Myerson sin duda hacía ascos.

El hecho de que Irene hubiera leído ya la mayor parte era irrelevante. Lo importante, aquello que con toda seguridad Carla no sabía, a pesar de que era su *propia hermana* de quien estaban hablando, era que Angela maltrataba los libros: rompía los lomos, doblaba las esquinas de las páginas, garabateaba en los márgenes. Así, al hojear el ejemplar de Angela Sutherland de *La maldición de Hill House*, por ejemplo, una podía advertir que había subrayado ciertas frases («A la pobre chica la odiaban a muerte; se ahorcó, por cierto»); o, al pasar las páginas del manoseado ejemplar de Angela de *A Dark-Adapted Eye*, podía descubrir hasta qué punto simpatizaba con los sentimientos de Vera respecto a su hermana («¡Exactamente!», había escrito en el margen junto a la frase que nos decía que «Nada mata como el desdén, y el desdén que sentía por ella me sobrevenía con intensos sofocos»). De vez en cuando una podía incluso encontrar un pequeño fragmento del pasado de Angela: un punto de libro, por ejemplo, o un billete de tren, o un trozo de papel con una lista de la compra («cigarrillos, leche, pasta»). En *No es país para viejos* había una postal adquirida en el Museo de Victoria y Alberto en la que podía verse una fotografía de una casa con una cerca de madera blanca. En *El silencio del bosque* encontró un trozo de papel con el dibujo de dos niños cogidos de la mano. Y en *Jardín de cemento*, una tarjeta de cumpleaños azul y blanca con una ilustración de un barquito cuyo papel estaba ya algo arrugado y desgastado a causa de tanto manoseo. «A mi querido Daniel —rezaba el mensaje—, con todo mi amor por tu décimo cumpleaños. Besos, tía Carla.»

¿Que no valían nada? Eso demostraba lo poco que sabía. Lo cierto era que cuando una leía un libro que previamente había sido leído por Angela Sutherland, pasaba a formar parte de una conversación. Y puesto que, por desgracia, ya no era posible mantener más conversaciones en persona con Angela, esos libros para Irene tenían valor. Y este, de hecho, era *incalculable*.

Si no fuera por la creciente preocupación que sentía por el paradero de Laura, Irene habría estado muy contenta, disfrutando como un lagarto bajo la luz del sol matutino, examinando los libros y mirando cómo por su callejuela pasaban oficinistas y mamás con sus hijos.

La modesta casita de Irene se encontraba en Hayward's Place, una estrecha callejuela del centro de la ciudad. En realidad era poco más que un pasaje peatonal que unía dos calles más grandes y que estaba flanqueado a un lado por cinco casas idénticas (la de Irene era la número dos) y, al otro lado, por el antiguo emplazamiento del teatro Red Bull (que tal vez se incendió en el

Gran Incendio de Londres y cuyo espacio ocupaba ahora un anodino edificio de oficinas). Hayward's Place ofrecía a la gente un práctico atajo y, al menos en los días laborables, estaba concurrida día y noche.

¿Dónde estaba Laura? Habían acordado el martes, ¿no? Solía acudir los martes porque era el día que entraba más tarde en la lavandería. ¿Era martes? Irene creía que sí, pero estaba comenzando a tener dudas. Se levantó del sillón con cuidado —hacía poco se había torcido un tobillo, una de las razones por las que necesitaba que la ayudaran con la compra— y, con esfuerzo, rodeó las pequeñas pilas de libros que había dejado en el suelo, los ya leídos y los que todavía no, los que se quedaría y los que llevaría a la tienda de Oxfam, y cruzó el salón, amueblado con sencillez por la butaca de lectura, un pequeño sofá, un aparador sobre el que descansaba un televisor pequeño para los estándares actuales y que rara vez miraba, y una librería sobre la que se encontraba la radio. Irene la encendió.

A las diez en punto el locutor confirmó que efectivamente era martes: martes 13 de marzo, para ser precisos. Luego el locutor contó que la primera ministra, Theresa May, había dado de plazo hasta medianoche al presidente ruso para que ofreciera explicaciones acerca del envenenamiento de un antiguo espía en Salisbury; también que un diputado laborista había negado haberle dado una palmada en el trasero a una votante, y que una joven estaba siendo interrogada en relación con el asesinato de Daniel Sutherland, el joven de veintitrés años cuyo cadáver había sido hallado el domingo en una barcaza amarrada en el Regent's Canal. A continuación contó algunas cosas más, pero Irene ya no pudo oírlas a causa de la sangre que se le agolpaba en las orejas.

Eran imaginaciones suyas. Tenían que serlo. ¿Daniel Sutherland? Era imposible. Con manos trémulas, Irene apagó la radio y, acto seguido, volvió a encenderla, pero el locutor ya había dejado atrás el tema y hablaba sobre otra cosa, el tiempo, se acercaba un frente frío.

¿Era posible que se tratara de otro Daniel Sutherland? ¿Cuántos Daniel Sutherland podían existir? Esa mañana no había comprado el periódico —en los últimos tiempos ya casi no lo hacía—, de modo que no podía comprobarlo. Había oído que se podía encontrar cualquier cosa en un teléfono móvil, pero no sabía bien cómo hacerlo y, en cualquier caso, no recordaba dónde había dejado el suyo. En algún lugar del primer piso, lo más probable. Con la batería completamente descargada, seguro.

No, tendría que hacer las cosas a la vieja usanza e ir hasta el quiosco a comprar el periódico. De todos modos, si Laura no iba a acudir, tendría que salir a por leche y pan. Se puso el abrigo en el recibidor y cogió el bolso y las llaves de casa, y, cuando estaba a punto de abrir la puerta, justo a tiempo, se dio cuenta de que todavía llevaba las zapatillas de andar por casa y regresó al salón para ponerse los zapatos.

Era olvidadiza, eso era todo. Resultaba curioso, sin embargo, lo nerviosa que se ponía de un tiempo a esa parte al salir de casa. Antes solía estar siempre fuera (iba de compras, a la biblioteca, hacía de voluntaria en la tienda de la Cruz Roja de la calle Mayor...), pero cuando una pasaba un tiempo confinada pronto perdía la costumbre de salir. Debía tener cuidado con eso. No quería terminar siendo una de esas personas mayores a las que aterraba poner un pie en la calle.

Eso sí, tenía que admitir que, en el fondo, le parecía la mar de bien poder evitar el supermercado, tan lleno de jóvenes impacientes, desconsiderados y distraídos. No era que la gente joven no le gustara. No quería convertirse en una de esas personas mayores amargadas, cerradas y autocomplacientes que iban calzadas con esas sandalias de color beis que compraban por correo a través de los anuncios de la contraportada de los suplementos dominicales. Irene llevaba unas zapatillas de deportivas New Balance de color naranja con cierre de velcro. Habían sido un regalo de Navidad de Angela. No, Irene no tenía nada en contra de los jóvenes, ella misma lo fue, tiempo atrás. Pero los jóvenes solían dar las cosas por sentadas, ¿no? Al menos, algunos lo hacían. Daban por sentado que una era sorda, ciega, débil. Y bien, puede que algunas de esas cosas fueran ciertas, pero otras no: Irene tenía el oído de un murciélago. De hecho, debido a lo finas que eran las paredes de su casa, a veces deseaba que su oído no fuera tan bueno. En cual-

77

quier caso, era el hecho mismo de *darlo todo por sentado* lo que la irritaba.

De vuelta en casa tras haber salido a comprar, no encontró nada en el periódico sobre Daniel Sutherland (y no solo eso, sino que también cayó en la cuenta de que se le había olvidado comprar mermelada para las tostadas del desayuno, con lo que el viaje había resultado un fiasco). Al final encontró el móvil (en el cuarto de baño), y, tal como había predicho, la batería estaba descargada y era incapaz de recordar dónde había puesto el cargador.

Era exasperante.

Pero no estaba perdiendo la razón. No era demencia. Esa solo era la conclusión a la que solía llegar la gente cuando una era vieja y olvidaba cosas, como si los jóvenes nunca extraviaran las llaves o no se les pasara comprar algo de la lista de la compra. Irene estaba segura de que no era demencia. Al fin y al cabo, no decía «tostadora» cuando quería decir «mantel», ni se perdía cuando volvía a casa del supermercado. Tampoco perdía el hilo de las conversaciones (o al menos no con mucha frecuencia), ni guardaba el mando a distancia en la nevera.

A veces se le iba un poco la cabeza, pero definitivamente no se trataba de demencia. Su médico se lo había dicho. Era solo que, cuando no se cuidaba, no bebía la suficiente agua o no comía de forma regular, comenzaba a sentirse cansada y confusa y, antes de que se diera cuenta, estaba muy desorientada. «Está desnutrida, señora Barnes —le había dicho el médico la última vez que esto le había pasado—. *Completamente desnutrida*. Será mejor que se cuide. Tiene que comer bien y recordar hidratarse. Si no lo hace, es normal que se sienta confusa y mareada. Podría volver a caerse. Y no queremos eso, ¿verdad?»

¿Cómo explicarle a este amable (aunque algo condescendiente) joven de voz suave y ojos azul claro que a veces *quería* dejarse llevar por esa sensación de aturdimiento? ¿Cómo diantre dejarle claro que, si bien resultaba aterrador, en ocasiones ese efecto también podía resultar *excitante*? ¿Que de vez en cuando se saltaba algunas comidas con la esperanza de volver a disfrutar de la sensación de que, si esperaba pacientemente, la persona que echaba en falta regresaría?

Y es que, en momentos como esos, se olvidaba de que William, el hombre al que había amado y cuya cama había compartido durante más de cuarenta años, estaba muerto. Conseguía olvidarse de que hacía ya seis años que se había ido y podía entregarse a la fantasía de que en realidad acababa de marcharse a trabajar o a ver a un amigo al *pub*, y que en apenas unas horas volvería a oír su familiar silbido en la calle y ella se alisaría el vestido, se compondría el pelo y, en un minuto, en tan solo un minuto, la alcanzaría el sonido de sus llaves abriendo la puerta de casa.

Esperar a William, eso era lo que hacía Irene el día que conoció a Laura. El día que encontraron el cadáver de Angela.

Hacía mucho frío e Irene estaba preocupada porque se había despertado y William no estaba ahí, y no se le ocurría dónde podía haberse metido. ¿Por qué no había regresado a casa? Tras levantarse de la cama bajó a la planta baja, se puso la bata y salió a la calle (¡qué frío hacía!), pero no encontró señal alguna de su marido. En la calle no había un alma. ¿Dónde estaba todo el mundo? Al volverse para entrar en casa, se dio cuenta de que la puerta se había cerrado tras de sí, pero no pasaba nada porque ya no salía nunca de casa sin llevar la llave en el bolsillo; no volvería a cometer ese error, no después de lo que había ocurrido la última vez. Pero entonces —y esto fue lo realmente ridículo— resultó que no podía meter la llave en la cerradura. Tenía las manos congeladas y era *incapaz* de hacerlo. La llave se le caía continuamente al suelo y, a pesar de que era una tontería, no pudo evitar echarse a llorar. Hacía mucho frío, estaba sola y no sabía dónde se encontraba William. Gritó pidiendo ayuda, pero no acudió nadie. Entonces se acordó de Angie. Angela estaría en casa, ¿no? Si llamaba procurando no hacer demasiado ruido, no despertaría al niño.

De modo que eso fue lo que hizo. Abrió la verja de

la casa contigua a la suya y llamó con suavidad a la puerta de entrada al tiempo que decía en voz alta:

—¡Angela! Soy yo. Soy Irene. No puedo entrar en casa. No consigo abrir la puerta. ¿Puedes ayudarme?

No obtuvo respuesta, así que llamó de nuevo. Nada. Luego intentó volver a abrir la puerta de su casa, pero los dedos le dolían demasiado a causa del frío. Podía ver el vaho que expulsaba por la boca y se le habían entumecido los pies. Al darse la vuelta se golpeó la cadera con la verja. Soltó un grito de dolor y las lágrimas comenzaron a rodar por sus mejillas.

—¿Estás bien? ¡Oh, Dios mío, claro que no! Espera, deja que te ayude. —Irene levantó la mirada y vio a una chica. Una chica extraña vestida con ropa extraña: llevaba unos pantalones con estampado de flores y una voluminosa cazadora plateada. Era menuda y delgada, con el pelo rubio platino y un reguero de pecas sobre el puente de la nariz. Tenía unos enormes ojos azules cuyas pupilas parecían agujeros negros—. ¡Joder, estás helada...! —La chica cogió las manos de Irene y se puso a frotárselas con delicadeza—. Tienes mucho frío, ¿verdad? ¿Vives aquí? ¿Te has dejado las llaves? —Irene percibió el olor a alcohol que despedía el aliento de la chica. No estaba segura de si era lo suficientemente mayor para beber, pero hoy en día nunca se sabía—. ¿Hay alguien dentro? ¡¿Hola?! —exclamó, acercándose a la puerta de la casa de Angela y llamando con los nudillos—. ¡¿Hola?! ¡Dejadnos entrar!

—¡No tan alto! —la reprendió Irene—. Es muy tarde, y no quiero despertar al niño.

La chica miró a Irene extrañada.

—Son las seis y media de la mañana. Si tienen niños, a estas horas ya deben de estar despiertos.

—¡Oh... no! —dijo Irene—. No puede ser. No pueden ser las seis y media. Eso significaría que William no ha vuelto a casa y ha pasado toda la noche fuera. ¡Oh! —exclamó, llevándose la mano congelada a la boca—. ¿Dónde está? ¿Dónde está William?

La chica parecía desconcertada.

—Lo siento, cielo, no lo sé. —Cogió un arrugado pañuelo de papel de su bolsillo y enjugó las lágrimas del rostro de Irene—. Lo averiguaremos, ¿de acuerdo? Lo haremos. Pero primero debemos conseguir que entres en casa. Estás congelada.

La chica soltó las manos de Irene, se volvió hacia la puerta de entrada de la casa de Angela y dio un golpe fuerte con el puño. Luego se agachó, cogió una piedrecilla del suelo y la lanzó contra la ventana.

—¡Oh, Dios mío! —exclamó Irene.

La chica la ignoró. Se arrodilló y empujó con los dedos la tapa de la ranura del buzón para abrirla.

—¡¿Hola?! —gritó, y de repente dio un salto hacia atrás, agitando los brazos en el aire un segundo antes de caer de culo sobre los adoquines de la calle—. ¡Hostia puta! —maldijo volviéndose hacia Irene con los ojos abiertos como platos—. ¡Santo cielo! ¿Es esta tu casa?

82

¿Desde cuándo...? *Santo cielo.* ¿Quién es esa? —Volvió a ponerse de pie y volvió a coger las manos de Irene, esta vez con fuerza—. *¿Quién vive aquí?*

—No, no. Aquí vive Angela —explicó Irene, algo preocupada por el extraño comportamiento de la chica.

—¿Y tú dónde vives?

—Bueno, *obviamente* vivo en la casa de al lado —dijo Irene, y extendió la mano en la que sostenía la llave.

—¿Por qué cojones iba a ser obvio? —farfulló la chica, pero cogió la llave de todos modos, rodeó los hombros de Irene con un brazo y la condujo de vuelta a su casa. No tuvo ningún problema para abrir la puerta—. Vamos, entra. Yo iré a prepararte una taza de té. Tápate con una manta o algo así, ¿de acuerdo? Tienes que entrar en calor.

Irene fue al salón, se sentó en su sillón habitual y esperó a que la chica le trajera la taza de té que le había prometido, pero esta parecía no llegar. En vez de eso, oyó ruidos en el pasillo: estaba haciendo una llamada desde el teléfono del vestíbulo.

—¿Estás llamando a William? —le preguntó Irene.

—Estoy llamando a la policía —dijo la chica.

Luego Irene oyó cómo decía:

—Sí, hay alguien ahí dentro. —Y, a continuación—: No, no, ni hablar. Ya no hay nada que hacer. Seguro, al ciento por ciento. Puede olerse desde la calle.

Y luego se marchó. No de inmediato; primero le llevó a Irene una taza de té con un par de terrones de azúcar, luego se arrodilló ante ella, tomó sus manos y le dijo que esperara sentada hasta que llegara la policía.

—Cuando lleguen los polis, diles que vayan a la casa de al lado, ¿de acuerdo? Tú no vayas, ¿vale? Luego te ayudarán a encontrar a William. Pero... tú no vuelvas a salir, ¿me lo prometes? —Se puso de pie—. Ahora he de largarme, lo siento. Pero volveré. —Se agachó de nuevo—. Me llamo Laura, por cierto. Luego pasaré a verte. Pórtate bien, ¿de acuerdo?

Para cuando llegó la policía —dos jóvenes uniformadas—, Irene se había olvidado del nombre de la joven; no pareció importarles mucho a las agentes, que no estaban interesadas en ella, lo único que les importaba era lo que estuviera sucediendo en la casa de al lado. Irene vio desde el umbral de la puerta cómo se agachaban y miraban por la ranura del buzón, tal y como había hecho antes la chica y, al igual que esta, luego también retrocedían de un salto. A continuación le dijeron algo a alguien mediante sus pequeños walkie-talkies, acompañaron a Irene de vuelta a su salón y una de ellas encendió el hervidor de agua y fue a buscar una manta al primer piso. Poco después apareció un hombre ataviado con una chaqueta de un color brillante que le tomó la temperatura, le pellizcó delicadamente la piel y le hizo un montón de preguntas, como cuándo había comido por última vez, qué día era y quién era el primer ministro.

Ella conocía la respuesta a esta última.

—¡Oh, esa mujer horrible, May! —estalló con brusquedad—. No me gusta. A usted no le gustará, ¿verdad? —El hombre sonrió, negando con la cabeza—. No, claro. Ya me lo imaginaba, siendo como es usted de la India.

—Soy de Woking —replicó el joven.

—¡Ah, bueno! —Irene no estaba segura de qué contestar a eso. Se sentía un poco aturullada y muy confusa. No ayudaba que el joven fuera guapo, muy guapo, de ojos oscuros con largas pestañas, y que sus manos fueran tan suaves y delicadas que, cuando le tocó la muñeca, ella notó que se sonrojaba. Tenía una bonita sonrisa y fue en todo momento muy amable, incluso cuando la regañó afablemente por no cuidarse y le dijo que estaba muy deshidratada y que tenía que beber mucha agua con electrolitos, que era justo lo que le había recomendado su médico de cabecera.

El hombre guapo se marchó e Irene hizo lo que le había dicho: se comió una tostada con algo de miel y se bebió dos grandes vasos de agua (sin electrolitos, porque no tenía de esa), y comenzaba a sentirse un poco más ella misma cuando oyó un terrible estruendo procedente de la calle. Fue un sonido terrible de verdad y, con el corazón acelerado, corrió hacia la ventana del salón. Desde ahí vio que, en la calle, dos hombres uniformados usaban una especie de ariete para derribar la puerta de casa de Angela.

—¡Oh, Dios mío! —exclamó, pensando estúpidamente que a Angela no le iba a hacer ninguna gracia.

Y es que, de algún modo, todavía no había caído en la cuenta de que a Angela ya nunca le haría gracia nada más, y no fue hasta que llegó otra mujer policía, esta sin uniforme, y se sentó junto a ella y le explicó que Angela estaba muerta, que se había caído por la escalera y se había roto el cuello, cuando Irene por fin lo comprendió.

Al añadir la mujer policía que Angela tal vez llevaba días ahí tirada, posiblemente incluso toda una semana, Irene, avergonzada, no supo qué decir. Pobre Angela, muerta en el suelo al otro lado de esa pared mientras ella, Irene —que estaba experimentando uno de sus *episodios* y se había dejado llevar por la confusión—, ni siquiera la había echado de menos.

—No gritó —dijo Irene cuando al fin consiguió volver a hablar—. La habría oído. Estas paredes son finas como el papel. —La policía era una mujer amable y le comentó a Irene que lo más probable era que Angela hubiera muerto al instante—. Pero imagino que podéis determinar cuándo murió con exactitud, ¿no? —Irene sabía algo de medicina forense gracias a sus lecturas, pero la mujer le explicó que la calefacción se había quedado encendida a una temperatura muy alta y que el cuerpo de Angela se encontraba justo al lado del radiador que había al pie de la escalera, provocando que fuera imposible saber con precisión el día exacto de su muerte.

86

Nadie llegaría a saber lo que había pasado en realidad. La agente de policía dijo que se había tratado de un accidente, e Irene lo aceptó, pero tenía la sensación de que algo no encajaba en todo ese asunto y que habían sacado una conclusión precipitada. En la vida de Angela había mucha hostilidad: discutía a menudo con su hermana, y también con su hijo. O más bien a Irene le parecía que tanto una como el otro iban a verla para sermonearla, lo que solía dejar a Angela muy alterada y hacía que bebiera en exceso. Irene mencionó esas discusiones —por dinero, por Daniel— a la mujer policía, pero ella no se mostró demasiado interesada. Angela era alcohólica. Un día había bebido demasiado, se cayó y se rompió el cuello.

—Sucede más a menudo de lo que se imagina —le explicó la amable policía—. Pero si recuerda algo más, cualquier cosa que pueda ser relevante, no dude en llamarme —añadió, y le tendió una tarjeta con un número de teléfono.

—La vi con un hombre —recordó Irene de repente, justo cuando la mujer policía ya se marchaba.

—Ajá —asintió la mujer con cautela—. ¿Y cuándo fue eso?

Irene no podía decir cuándo. No se acordaba. Tenía la mente en blanco. No, en blanco no: *ofuscada*. Ahí había cosas —recuerdos, algunos importantes—, pero sus pensamientos parecían discurrir perezosos, y a ella le costaba determinar cualquier cosa.

—¿Dos semanas, quizá? —se aventuró a decir, esperanzada.

La mujer policía frunció los labios.

—De acuerdo. Y ¿podría decirme alguna otra cosa sobre este hombre? ¿Podría describirlo, o...?

—Los vi hablando ahí mismo, en la calle —respondió Irene—. Algo iba mal. Angela estaba llorando.

—¿Lloraba?

—Así es. Aunque... —Irene se quedó callada un momento, se sentía atrapada entre la resistencia a la deslealtad y la necesidad de contar la verdad—. Solía hacerlo cuando había bebido un poco demasiado. Se ponía... melancólica.

—Ajá. —La mujer asintió y sonrió. Estaba lista para marcharse—. No recordará qué aspecto tenía este hombre, ¿verdad? ¿Alto, bajo, gordo, delgado...?

Irene negó con la cabeza. Era... normal. Del *montón*.

—¡Tenía un perro! —dijo finalmente—. Un perro pequeño. Negro y pardo. Creo que era un airedale. No, los airedale son más grandes, ¿no? ¿Quizá un fox terrier?

Eso había sucedido ocho semanas atrás. Primero había muerto Angela y ahora lo había hecho su hijo. Irene no tenía ni idea de si la policía había investigado lo del hombre que había visto hablando en la calle con Angela; si lo había hecho, no parecía haber descubierto nada,

pues al cabo se determinó que la muerte había sido accidental. Los accidentes ocurren y los alcohólicos son más
proclives a sufrirlos. Ahora bien, ¿madre e hijo? ¿Con
apenas ocho semanas de diferencia?

En una novela, eso resultaría inverosímil.

7

La ventana del dormitorio de Theo daba a un pequeño jardín amurallado y, al otro lado del muro, estaba el canal. En un día de primavera como este, la vista consistía en una paleta de verdes: la viveza de los nuevos brotes de los plátanos y los robles, el apagado verde oliva de los sauces llorones del camino de sirga, las tonalidades lima de las lentejas de agua que se extendían por la superficie del canal.

Carla estaba sentada en el alféizar de la ventana con las rodillas dobladas debajo de la barbilla. El albornoz de Theo, robado siglos atrás del hotel Belles Rives de Juan-les-Pins, colgaba holgadamente de sus hombros. Hacía casi seis años que se había marchado de esta casa y, sin embargo, era el lugar donde se sentía más ella misma. Más que en la suntuosa casa de Lonsdale Square en la que había crecido y, sin duda, más que en el pequeño dúplex en el que vivía, a un par de calles de ahí. La casa de Theo era la única que consideraba un hogar.

Theo estaba tumbado en la cama, con las mantas echadas a un lado, leyendo en el móvil y fumando.

—¿No decías que estabas fumando menos? —dijo Carla, volviéndose hacia él y rozándose ligeramente el labio inferior con los dientes.

—Así es —respondió él sin levantar la mirada—. Ahora solo fumo después de un coito, después de comer y con el café. Eso supone un máximo absoluto de cinco cigarrillos al día, suponiendo que ese día eche un polvo, lo cual no está ni mucho menos asegurado.

Carla sonrió a su pesar.

—Deberías empezar ya a cuidarte —le regañó—. Lo digo en serio.

Theo levantó la vista y a continuación esbozó una perezosa sonrisa.

—¿Cómo? —bromeó pasando una mano de arriba abajo ante su torso, y añadió—: ¿Acaso te parece que no estoy en forma?

Carla puso los ojos en blanco.

—No lo estás *para nada.* —Rio señalando su barriga con la barbilla—. No es una opinión. Deberías adoptar otro perro, Theo. Haces mucho más ejercicio cuando tienes perro. Te ayuda a salir de casa. Si no, te quedas aquí sentado, comiendo, fumando y escuchando música...

Theo volvió a bajar la mirada a su móvil.

—Dixon podría volver —masculló.

—Theo... —Carla se puso de pie y volvió a meterse en

la cama. El albornoz se le abrió al arrodillarse al lado de su exmarido—. Desapareció hace seis meses. Lo siento, pero el pobrecillo ya no regresará.

Theo levantó la mirada con una expresión de pena en el rostro.

—Eso no lo sabes —concluyó extendiendo el brazo y colocando una mano en su cintura.

El tiempo era lo suficientemente bueno para tomar el desayuno en el patio. Café y tostadas. Theo se fumó otro cigarrillo y se quejó de su editor.

—Es un filisteo —protestó—. De unos dieciséis años, además. No sabe nada del mundo. Quiere que elimine todo el contenido político, lo cual, si lo piensas bien, conforma el corazón mismo de la novela. No, el corazón no. Está en su raíz. O, mejor dicho, *es* la raíz misma. Quiere *desenraizar* la novela. ¡Desenraizarla y arrojarla a un mar de sentimentalidad! ¿Te había dicho que, en su opinión, Siobhan necesita vivir un romance? ¡Para *humanizarla*! ¡Pero si ya es humana! Es el ser humano más completo que he escrito nunca...

Carla inclinó hacia atrás la silla en la que estaba sentada y colocó los pies sobre la que había delante. Tenía los ojos cerrados y apenas escuchaba a Theo. Ya había oído antes este discurso, o una variante del mismo. Sabía que no tenía mucho sentido exponerle su opinión, pues al final él haría lo que quisiera de todos modos. Al cabo de un rato Theo dejó de hablar y permanecieron sentados en amigable silencio, escuchando los sonidos del vecindario: niños gritando en la calle, el rin rin rin de los timbres de las bicicletas que pasaban por el camino de sirga, el ocasional graznido de alguna ave acuática. O el zumbido del móvil que descansaba sobre la mesa. Era el de Carla. Ella lo cogió, miró la pantalla y, con un suspiro, volvió a dejarlo en la mesa.

Theo enarcó una ceja.

—¿Una llamada no deseada?

Ella negó con la cabeza.

—La policía.

Theo se la quedó mirando un largo rato.

—¿No coges sus llamadas?

—Lo haré. Más tarde. —Se mordió el labio—. Lo haré... Es solo que... no quiero seguir dándole vueltas a todo, seguir viéndolo. Seguir imaginándomelo.

Theo colocó una mano sobre una de las de ella.

—No pasa nada. No tienes por qué hablar con ellos si no quieres.

Carla sonrió.

—Me temo que tal vez sí deba hacerlo. —Bajó los pies de la silla y se puso unas zapatillas demasiado grandes que había tomado prestadas de Theo. Luego se inclinó hacia delante y se sirvió media taza de café, le dio un sorbo y descubrió que estaba frío. Se puso de pie y, tras recoger la cafetera plateada y las tazas, subió con la bandeja los escalones de piedra que conducían a la cocina.

Regresó un momento después con una vieja bolsa de tela de la librería Daunt Books colgando de un hombro—. Voy a cambiarme —dijo—. He de volver a Hayward's Place. —Se inclinó y posó fugazmente sus labios sobre los de Theo.

—¿Todavía no has terminado de recogerlo todo? —preguntó él al tiempo que le rodeaba la cintura con un brazo y escudriñaba su rostro.

—Casi —respondió ella, bajando los párpados y deshaciéndose de su abrazo para apartarse de él—. Ya casi he terminado.

Y a continuación, cuando ya se dirigía hacia la casa, preguntó por encima del hombro:

—Entonces ¿vas a hacerlo? ¿Vas a *humanizar* a Siobhan? Supongo que si no quieres que tenga un amante, siempre podrías hacer que tuviera un perro. Tal vez un pequeño *staffie*, un enternecedor chucho adoptado. —Theo se rio—. Te hace gracia, pero es cierto, ¿no? Se supone que debes proporcionar a tus personajes algo que les importe.

—Ella ya tiene muchas cosas que le importan. Su trabajo, su arte...

—Pero eso no es suficiente, ¿no? Una mujer sin un hombre, un hijo o un cachorrito es alguien frío, ¿no? Frío y trágico. Y, en cierto modo, disfuncional...

—Tú no lo eres.

Carla estaba en el umbral de la puerta de la cocina. Se volvió hacia él con una sonrisa triste en los labios.

—¿No, Theo? ¿No crees que mi vida sea trágica?

Él se puso de pie, cruzó el césped del patio, subió los escalones y, al llegar a su lado, la cogió de las manos.

—No creo que tu vida se pueda reducir *únicamente* a eso.

Tres años después de casarse Theo había publicado un libro, una tragicomedia situada en un pueblo siciliano durante la Segunda Guerra Mundial. Fue nominado a algunos premios (aunque no llegó a ganar ninguno) y se convirtió en un gran éxito de ventas. Llevaron a cabo incluso una pobre adaptación cinematográfica. Theo ganó bastante dinero.

En aquella época Carla temía que el libro supusiera el fin de su matrimonio. Theo estaba fuera de casa todo el tiempo, iba de gira, asistía a festivales acompañado por jóvenes publicistas, se codeaba con ambiciosos veinteañeros que promocionaban sus elogiadísimos debuts, acudía a fiestas de ejecutivos hollywoodienses rematadamente glamurosos. Por aquel entonces Carla trabajaba en el distrito financiero de Londres, en el departamento de ventas de una gestoría de fondos. En las cenas, la gente perdía todo interés en ella cuando les decía a qué se dedicaba; en los cócteles, los invitados miraban por encima de su hombro en busca de alguien con una conversación más estimulante.

No debería haberse preocupado porque a Theo se le

fuera la cabeza. Se cansó rápido de la vida en la carretera y del agotador entusiasmo de los radiantes jóvenes. Lo único que quería en realidad era estar en casa con ella y escribir; estaba planeando una precuela para su exitosa novela en la que contaría las experiencias de la madre del protagonista de esta durante la Primera Guerra Mundial. Cuando Carla se quedó embarazada, su marido se mostró aún menos interesado en viajar, y cuando el bebé nació, aún menos si cabe.

Theo se saltó dos fechas de entrega y estaba a punto de saltarse también la tercera cuando, justo después del tercer cumpleaños de su hijo, Carla anunció que tenía que ir a Birmingham para acudir a una conferencia de ventas. Había regresado hacía poco al trabajo y, le explicó, era vital que hiciera viajes como ese para evitar que la marginaran por haber sido madre.

—Quizá podría ir contigo —sugirió Theo—. Ben, tú y yo podríamos pasar el fin de semana entero fuera.

A Carla no le hizo demasiada ilusión, pues había estado fantaseando sobre las horas que se quedaría sola y ya se imaginaba a sí misma disfrutando de un largo baño sin que nadie la molestara, aplicándose una mascarilla facial o sirviéndose una copa bien cargada del minibar.

—Eso *sería* genial —respondió ella con mucho tacto—, pero no estoy segura de la imagen que daría. Ya sabes, el hecho de que aparezca acompañada de mi marido y mi hijo pequeño. ¡No pongas esa cara, Theo! No tienes ni idea de cómo son las cosas. Si tú aparecieras en tu lugar de trabajo con Ben, te darían la medalla al Padre del Año. Si lo hago yo, dirán que no puedo con todo, que no tengo la cabeza puesta en el trabajo y que es imposible que logre hacer más de lo que ya hago.

En vez de ceder, en vez de decir, «Ah, bueno. Está bien, cariño. Ve tú sola. Ya me quedaré yo en Londres con Ben», Theo le sugirió que dejaran a Ben con sus padres.

—¿En Northumberland? ¿Cómo voy a llevarlo a Alnmouth antes del viernes?

—Quizá podrían venir a buscarlo ellos. Les encantaría, Cee. Ya sabes que mamá lo adora...

—Oh, por el amor de Dios. Si insistes en venir, lo llevaremos a casa de mi hermana. Y no pongas esa cara, Angie también lo adora y vive a cinco minutos de aquí. No hay tiempo para organizar otra cosa.

—Pero...

—Deja que se quede en casa de Angie y la próxima vez ya irá a casa de tu madre.

Nunca hubo una próxima vez.

El domingo por la mañana recibieron una llamada telefónica cuando se encontraban en la habitación del hotel. Estaban haciendo las maletas, preparándose para regresar a Londres y discutiendo sobre cuál sería la mejor ruta. El recepcionista les pidió que bajaran a recepción, pero justo a continuación pareció cambiar de parecer, habló con otra persona y les dijo que mejor esperaran en la habitación, que alguien subiría.

—¿A qué viene todo esto? —preguntó Carla, pero no obtuvo respuesta.

—Me apuesto lo que quieras a que algún cabrón nos ha abierto el coche —gruñó Theo.

Al cabo de poco aparecieron dos agentes de policía, un hombre y una mujer. Había tenido lugar un accidente en casa de la hermana de Carla, contaron. Ben se había caído a los escalones del jardín desde el balcón del primer piso.

—Pero si ella siempre tiene cerrada la puerta del estudio —murmuró Carla estúpidamente—. La barandilla del balcón está rota, por eso la puerta siempre está cerrada.

Sin embargo, la puerta no estaba cerrada, y el pequeño Ben había salido al balcón y, a través de los barrotes rotos, había caído a los escalones de piedra que había seis metros más abajo. Lo había encontrado su primo de ocho años, que jugaba en el jardín; de inmediato llamaron a una ambulancia.

—¿Se pondrá bien? ¿Se pondrá bien? —Carla no dejaba de hacer la misma pregunta una y otra vez, pero Theo ya estaba de rodillas, aullando como un animal. Con lágrimas en los ojos y las manos trémulas, la agente de policía negó con la cabeza y dijo que lo sentía mucho, que los técnicos sanitarios habían llegado en cuestión de minutos pero que no habían podido hacer nada para salvarlo.

—Pero ¿se pondrá bien? —volvió a preguntar Carla.

Después de que la madre de Carla y Angela muriera cuando aún era demasiado joven a causa de un cáncer de pecho, el padre no quiso abandonar la espaciosa casa familiar de tres pisos de Lonsdale Square, aunque estaba claro que era demasiado grande para él. Subir del estudio del primer piso a los dormitorios del segundo cada vez le costaba más y resultaba más y más peligroso. El jardín se llenó de maleza, los canalones dejaron de limpiarse, aparecieron goteras en el tejado y los marcos de las ventanas comenzaron a pudrirse. Y la herrumbre cubrió por completo las barandillas de hierro forjado del pequeño balcón francés del estudio.

El padre se trasladó a una residencia seis meses antes de morir y, como para entonces Carla ya vivía con Theo, Angela se quedó con la vieja casa. Tenía grandes planes para ella y pensaba llevar a cabo una minuciosa restauración. En primer lugar, sin embargo, debía ocuparse de las reparaciones esenciales, la principal de las cuales era el tejado. Eso, claro está, agotó rápidamente todo el dinero disponible, de modo que hubo que posponer todo lo demás.

Angela apenas pensó en la barandilla herrumbrosa hasta que Daniel nació. Cuando este empezó a gatear cerró con llave la puerta del estudio y así la dejó. La regla era que la puerta del estudio debía permanecer cerrada. A todas horas, la puerta del estudio siempre debía permanecer cerrada.

—¿Dónde estaba Angela? —Carla y Theo iban sentados en el asiento trasero de un coche de policía; ninguno de los dos se encontraba en condiciones de conducir—. ¿Dónde estaba? —La voz de Carla era poco más que un susurro y mantenía los ojos cerrados con fuerza—. Yo... no lo entiendo. ¿Dónde estaba Angela?

—Estaba en su dormitorio —dijo la mujer policía—. En el segundo piso.

—Pero... ¿Por qué ha sido Daniel quien ha llamado a la ambulancia? ¿Qué estaba haciendo mi hermana?

—Parece que estaba durmiendo cuando el accidente ha tenido lugar —explicó la agente.

—No estaba durmiendo —intervino Theo—. Estaba *durmiendo la mona. ¿No es así?*

—Eso no lo sabemos —rebatió Carla, cogiéndole de la mano.

Él se soltó como si se hubiera quemado.

—¿Ah, no?

La policía los llevó al hospital Whittington directamente. Allí los recibió una agente de enlace familiar, que intentó persuadirlos para que no vieran el cadáver.

—Sería mucho mejor que recordaran a su pequeño

en un momento de felicidad, como corriendo de un lado a otro o montando en bicicleta... —dijo.

Ellos no le hicieron caso. Ninguno de los dos podía concebir la idea de no volver a ver a su hijo y les parecía absurdo que les pidieran algo así.

Permanecieron sentados durante más de una hora en una habitación fría e intensamente iluminada, pasándose a su hijo el uno al otro, besando sus dedos regordetes y las plantas de sus pies, haciendo que su fría carne entrara en calor con sus manos y sus lágrimas.

Luego la policía los condujo de vuelta a casa, en Noel Road, donde los esperaban los padres de Theo.

—¿Dónde está? —Fue lo primero que este le preguntó a su madre.

Ella señaló la escalera con un movimiento de cabeza.

—Arriba —respondió con voz tirante y expresión severa—. En la habitación de invitados.

—Theo —empezó Carla—. Por favor...

Luego oyó sus gritos.

—¡Estabas durmiendo la mona, ¿verdad?! ¡Estabas resacosa, ¿no?! ¡Lo has dejado solo, has dejado la puerta abierta y lo has dejado solo. Lo has dejado solo. Lo has dejado solo! —Angela no dejaba de sollozar y gemir, pero eso no aplacó a Theo—. ¡Sal de mi casa! ¡No vuelvas por aquí! ¡No quiero volver a verte!

Y luego oyó a Daniel, que también estaba llorando.

—¡Déjala en paz, tío Theo! ¡Por favor! ¡Déjala en paz!

Angela y Daniel bajaron a la planta baja cogidos de la

mano. Ella intentó abrazar a su hermana, pero Carla no quiso; se dio la vuelta, encorvó los hombros y, agachándose, se hizo un ovillo cual animal que se protege de un depredador.

Cuando se hubieron marchado y la puerta de entrada se cerró, la madre de Theo se volvió hacia Carla y dijo:

—¿Por qué no dejaste que viniera conmigo? Yo habría cuidado de él.

Carla se puso de pie, cerró los puños y, tras cruzar la cocina y salir al jardín, donde el triciclo de su hijo estaba volcado en medio del césped, comenzó a gritar.

Carla y Theo no dejaban de culparse a sí mismos y mutuamente; cada frase que pronunciaban empezaba con un «si».

«Si no hubieras ido a la conferencia...»

«Si no hubieras insistido en venir...»

«Si no hubieras estado tan preocupada por la imagen que darías...»

«Si lo hubiéramos llevado a casa de mis padres...»

Tenían los corazones rotos, hechos añicos ya para siempre, y ninguna cantidad de amor —por profundo o intenso que fuera— podría curárselos.

8

Veintitrés horas después de haberla llevado a la comisaría, la policía le dijo a Laura que podía marcharse a casa. Fue Huevo quien le dio la noticia.

—Es probable que tengamos que volver a hablar contigo, Laura —la avisó—, así que no te vayas a ningún sitio.

—Oh, sí, claro, no hay problema. Cancelaré el viaje a Disneylandia que había planeado, no te preocupes —respondió.

Huevo asintió.

—Perfecto —contestó, y sus labios esbozaron esa sonrisa triste que parecía decirle a Laura que algo malo estaba a punto de suceder.

Eran las diez pasadas cuando por fin salió de la comisaría. En la calle caía una fría y persistente llovizna. Cogió el autobús en Gray's Inn Road y, exhausta, se dejó caer en el único asiento libre que había en el piso inferior. La mujer que iba sentada a su lado, rolliza y elegantemente vestida, arrugó la nariz y se pegó más a la ventana en un intento de minimizar el contacto con aquella nueva pasajera empapada y maloliente. Laura recostó la cabeza contra el asiento y cerró los ojos. La mujer sorbió aire a través de los dientes. Laura la ignoró y apartó la cara. La mujer suspiró. Laura notó que se le tensaba la mandíbula y apretaba los puños. «Cuenta hasta diez» solía decir su padre, de modo que lo intentó: «Uno dos tres, uno dos tres». No podía pasar de tres, se sentía absolutamente incapaz de contar, y la mujer volvió a suspirar y cambió de posición su culo gordo. Laura tenía ganas de gritarle: «¡No es mi culpa no es mi culpa no es mi puta culpa!».

Se puso de pie.

—Ya lo sé —le soltó al fin a su vecina mirándola a los ojos—. Apesto. Lo sé muy bien. He pasado las últimas veinticuatro horas en una comisaría y antes de eso estaba haciendo la compra y antes de eso hice un turno de ocho horas en el trabajo, así que no me he duchado en algo así como dos días. No es culpa mía. Pero ¿sabes qué? En media hora yo oleré a rosas y tú seguirás siendo una estúpida vacaburra, ¿qué te parece?

Laura se dio la vuelta y se bajó del autobús tres paradas antes. De camino a casa no podía dejar de pensar en la expresión dolida de la mujer y su rostro sonrojado por la vergüenza, y tuvo que morderse el interior de la mejilla para no llorar.

El ascensor no funcionaba. Subió penosamente los siete pisos esforzándose aún por no llorar: estaba cansada, le dolía la pierna, sentía palpitaciones en el corte del brazo y se moría de hambre. En la comisaría le habían ofrecido algo de comer, pero a causa de los nervios había sido incapaz de probar bocado. Tenía tanta hambre que se sentía un poco mareada y, tras meter la llave de repuesto en la cerradura, le hizo falta insistir un poco hasta que consiguió abrir la puerta. Parecía como si alguien hubiera registrado la cocina —y supuso que, de hecho, la policía la *había* registrado—: los cajones y los armarios estaban abiertos, y las ollas y los platos, desparramados por todas partes. En medio del desastre se encontraba la comida ya echada a perder que había comprado en el supermercado con lo que le quedaba del sueldo de ese mes.

Le dio la espalda a todo. Apagó la luz y se dirigió al dormitorio sin ducharse ni lavarse los dientes. Se metió en la cama entre sollozos quedos e intentó tranquilizarse acariciándose la nuca, tal y como solía hacerle su padre para que se durmiera cuando estaba preocupada, o dolorida.

Laura había sufrido mucho ambas cosas, preocupaciones y dolor. Su primera infancia había transcurrido sin pena ni gloria en el sucio sur de Londres. Tan tranquilo había sido todo que apenas recordaba nada salvo alguna imagen aislada en tonos sepia de una casa adosada en una calle estrecha, y la sensación del césped seco y áspero bajo sus pies en verano. Sus recuerdos solo adquirirían vivos colores a partir de los nueve años, cuando ella y sus padres se mudaron a un pequeño pueblo de Sussex. Ahí comenzaron todos los problemas.

No era que ese pueblo tuviera nada malo. A Laura le gustaba, era pintoresco y bonito, con casitas de campo de piedra y críquet en los parques y vecinos amables con niños rubios y labradoodles. La madre de Laura, Janine, declaró que era *agobiante*, lo cual al parecer era algo malo. A Laura le gustaba. Le gustaba la escuela del pueblo, en la que compartía clase con solo quince niños y donde los profesores consideraban que era una lectora muy avanzada. Disfrutaba asimismo de ir sola en bicicleta a buscar zarzamoras por los estrechos caminos campestres.

El padre de Laura, Philip, había conseguido trabajo en un pueblo cercano. Había renunciado a su sueño de ser escenógrafo y ahora trabajaba como contable, algo que hacía poner los ojos en blanco a Janine cada vez que lo mencionaba.

—Contable —decía entre dientes, y luego le daba una fuerte calada a su cigarrillo y tiraba de las mangas de su blusa campesina—. Suena realmente divertido.

—En la vida no todo es diversión, Janine. A veces uno tiene que comportarse como un adulto.

—Y Dios libre a los adultos de pasárselo bien, ¿verdad, Philip?

A Laura le parecía que sus padres no siempre habían sido así. Recordaba vagamente a su madre más feliz. Recordaba una época en la que no se sentaba a la mesa con los brazos cruzados, sin apenas comer, contestando de mala gana a las preguntas que le hacía su padre. Había habido una época en la que su madre reía todo el tiempo. ¡E incluso cantaba!

—Podríamos volver a Londres —sugería Laura, y su madre sonreía un momento mientras se pasaba la mano por el pelo y luego se quedaba en actitud melancólica, con la mirada perdida. Su padre, en cambio, decía (excesivamente animado, un poco demasiado efusivo):

—No podemos volver, cielo; ahora tengo un trabajo aquí y también tenemos una casa magnífica, ¿no?

Por las noches Laura los oía discutir.

—¡Trabajas en una asesoría de *contable*! Por el amor de Dios, Philip, ¿es eso lo que de verdad quieres hacer el resto de tu vida? ¿Pasarte el día contando el dinero de otros?

Y:

—¿De veras es esta la vida que vamos a llevar? ¿Una vida *normal y corriente*? ¿En un *pueblo*? ¿En *Sussex*? Porque sabes bien que yo no me apunté a esto.

Y:

—¿*Apuntarse*? Esto es un matrimonio, Janine, no un curso de teatro.

Laura era una niña optimista y fingía no oír las discusiones, convencida de que si se esforzaba mucho y se portaba muy bien, conseguiría que desapareciera lo que fuera que estuviera haciendo infeliz a su madre. Laura procuraba complacerla en todo lo que podía y solía hablarle de los elogios que recibía de sus profesores, o se apresuraba a enseñarle el dibujo que hubiera hecho ese día en la escuela.

Por las tardes se quedaba en casa junto a su madre. La ayudaba si había que limpiar algo, se sentaba a su lado mientras leía, o la seguía en silencio, de habitación en habitación, mientras deambulaba por la casa. Intentaba interpretar las expresiones faciales de su madre. Intentaba imaginar qué era lo que la hacía suspirar tanto o soplar de ese modo para apartarse el flequillo de los ojos. Intentaba averiguar qué podía hacer para que sonriera, y algunas veces lo conseguía, aunque, otras, su madre gritaba:

—¡Por el amor de Dios, Laura! Déjame un minuto en paz, ¿quieres? ¡Solo un minuto, por favor!

En otoño, Janine empezó a asistir a clases de dibujo y pintura. Y para cuando llegaron las vacaciones de Navidad, algo había cambiado. Comenzó a soplar un gélido viento del este que llevó consigo cielos azules increíblemente hermosos, un frío glacial y, como de la nada, cierta distensión familiar. Parecía haberse declarado una tregua. Laura no tenía ni idea de a qué se debía, pero estaba claro que algo había cambiado porque las discusiones cesaron. A su padre ya no se le veía abatido ni estresado. Su madre sonreía cuando lavaba los platos y, en vez de sentarse sola en el sillón a leer, se acurrucaba junto a Laura cuando veían la televisión por las tardes. Incluso hicieron un par de excursiones a Londres, una a Hamleys y otra al zoo.

El nuevo año empezó con optimismo. Cuando por las mañanas Laura salía de casa para ir al colegio, su madre se despedía de ella con una sonrisa en los labios. Se habló incluso de hacer un viaje algún fin de semana para ir a montar en trineo, si nevaba.

Y nevó, pero no fueron a montar en trineo.

Ese viernes cayeron más de seis centímetros de nieve en menos de una hora, lo suficiente para que se cancelara el entreno de fútbol. Apenas acababan de dar las tres cuando Laura emprendió el camino de vuelta a casa. No pedaleaba porque el trayecto era cuesta abajo, e iba por el centro de la calzada porque ahí la nieve se había derretido a causa del tráfico. A pesar de la hora, ya había comenzado a oscurecer, y no vio ni oyó el coche que en ese momento se incorporaba a la circulación. Fue como si hubiera salido de la nada.

Laura salió despedida casi cuatro metros y cayó de espaldas sobre el asfalto. Su madre se encontraba de pie en el camino de acceso a su casa, y pudo oír el ruido que hacía el casco al partirse. Se fracturó el cráneo y sufrió graves roturas en la pierna y la pelvis. El conductor del coche que la atropelló no se detuvo.

Entonces llegaron los problemas y el dolor. Seis operaciones, meses y meses en el hospital, horas y más horas de angustiosa y agotadora terapia física y de recuperación del habla, así como asesoramiento psicológico para superar el trauma. Con el tiempo todo fue curándose. Más o menos. Pero el accidente había sembrado una mala semilla y, si bien todo parecía mejorar, en realidad Laura estaba peor. Era más lenta, más arisca, menos adorable. Una amarga oscuridad crecía en su interior a medida que, con impotente desesperación, veía cómo se estrechaba su horizonte, antaño sin límites.

Por la mañana Laura metió toda la comida descongelada en el microondas y la calentó. Comió tanta como pudo, tiró el resto a la basura y se fue a trabajar.

—¿Qué crees que estás haciendo? —la abroncó Maya, la jefa de Laura en la lavandería, al salir de la trastienda y ver que su empleada se quitaba el abrigo y lo colgaba en el perchero que había detrás del mostrador.

—Hoy tengo turno —contestó Laura—. Es miércoles.

—Sí, y ayer era martes y también tenías turno y no apareciste, ¿no? —Laura comenzó a decir algo, pero Maya alzó la palma de la mano—. No. No me interesa. Lo siento, pero no me interesa lo más mínimo, Laura. Me da igual cuál es tu excusa esta vez. Ya estoy harta...

—Maya, lo siento...

—¿Sabes qué día era ayer? ¿Lo sabes? Mi nieto celebraba su quinto cumpleaños y su madre iba a llevarlo al zoo, y se suponía que yo debía estar ahí con ellos, pero

112

no pude. ¿Sabes por qué? Porque estaba *aquí*, cubriendo *tu* turno, y tú ni siquiera tuviste la decencia de llamarme.

—No pude, Maya. Lo siento mucho, de verdad. Lamento haberte fallado...

—¿No pudiste *llamar* al menos? ¿Por qué? ¿Es que volvieron a arrestarte? —Laura bajó la cabeza—. ¡Oh, la madre que te parió! Disculpa mi vocabulario, Laura, pero ¿otra vez? —Alzó ambas manos en señal de rendición—. Lo siento, cielo, pero ya he tenido bastante. Se me ha terminado la paciencia. Ya he aguantado suficientes tonterías. Y sabes que te he advertido. Una y otra vez. Llegas tarde, no eres de fiar, eres maleducada con los clientes...

—Pero, Maya, no fue...

—¡Ya lo sé! ¡Sé lo que vas a decir! ¡No fue culpa tuya! Nunca lo es. Y puede que sea cierto. Puede que no sea culpa tuya, pero lo que tengo condenadamente claro es que mía tampoco es, ¿verdad?

Laura vomitó en la calle, delante de la lavandería. Palitos de pescado y pizza por todas partes.

—¡No lo he hecho a propósito! —gritó para que pudiera oírla Maya, que la observaba desde el interior de la lavandería, horrorizada y con la boca abierta.

No lo había hecho a propósito. Estaba claro que no había vomitado por voluntad propia. Era solo que, al meter la tarjeta en el cajero automático que había al lado de la lavandería, había confirmado que le quedaban solo siete libras con cincuenta y siete peniques en la cuenta, lo cual, junto a las cuatro libras que llevaba en el bolso, era todo el dinero que le quedaba en el mundo. Y encima ahora acababan de despedirla. En ese momento había caído en la cuenta, como si recibiera un puñetazo en pleno plexo solar: ser despedida significaba recibir una sanción. Podían quitarle el subsidio que le daban para pagar el alquiler. Se lo habían hecho a gente que conocía, a veces durante meses. Acabaría en la calle. A no ser que fuera encarcelada por asesinato, claro. Había sido entonces cuando había vomitado. Tras limpiarse la boca, Laura se alejó, mordiéndose el labio inferior e intentando apaciguar la sensación de puro pánico que constreñía su estómago vacío.

En cuanto llegó a casa llamó a su madre, pues por más que esta la decepcionara y sin importar la cantidad de veces que lo hubiera hecho, Laura no podía evitar quererla y creer que en esta ocasión las cosas tal vez serían distintas.

—¿Mamá? ¿Puedes oírme? —La línea crepitó y se oyeron unos ruidos de fondo—. ¿Mamá?

—¡Laura! ¿Cómo estás, cariño?

—Mamá... No muy bien. ¿Podrías venir a verme? —Hubo un largo silencio—. ¿Mamá?

—Perdona, ¿qué has dicho, cariño?

—Te he preguntado si podrías venir a visitarme.

—¡Ahora mismo estamos en España, así que es un

poco difícil! —dijo, y se rio. Su risa, grave y ronca, hizo que Laura sintiera una punzada en el corazón—. Pero volveremos dentro de pocas semanas, así que tal vez podríamos vernos entonces.

—¡Ah! ¿Unas pocas semanas? Yo... ¿dónde estás?

—Sevilla. Ya sabes, como las naranjas.

—Sí, he oído hablar de Sevilla. —Tragó saliva con fuerza—. Escucha, mamá, ha pasado algo, estoy metida en un buen lío...

—¡Oh, Laura! ¡Otra vez no!

Laura se mordió el labio.

—Sí, *otra vez*. Lo siento. Pero... me preguntaba si podrías dejarme algo de dinero para sacarme del apuro. Últimamente he tenido mala suerte, pero no ha sido culpa mía.

—Laura... —Se oyó otro crujido en la línea.

—No he oído lo que has dicho, mamá.

—Decía que ahora mismo no es un buen momento, andamos un poco justos.

—¿En Sevilla?

—Sí, en Sevilla. Richard expone algunas obras en una feria de arte que se celebra aquí, pero es uno de esos tratos en los que hay que pagar al marchante por el espacio, así que...

—Entonces ¿no ha vendido ninguna?

—Todavía no.

—Ajá.

Hubo otro largo silencio y la línea volvió a crepitar.

Laura oyó que su madre suspiraba y, en ese momento, algo en su interior se resquebrajó y sintió cómo la decepción de su madre envolvía y estrujaba su corazón.

—¿Estás llorando, Laura? Oh, no, Laura. Por favor. No hagas esto. Ya sabes que no soporto que la gente intente manipularme a nivel emocional.

—No lo hago —dijo Laura, sollozando abiertamente—. De verdad.

—Escúchame —pidió Janine en un tono frío y cortante—. Échate una buena llorera y luego vuelve a llamarme, ¿de acuerdo? Hablaré con Richard acerca de lo del dinero, ¿te parece bien? Ahora descansa, Laura.

Laura estuvo llorando un rato y, cuando hubo acabado y se hubo desahogado, llamó a su padre, pero él no cogió el teléfono. Le dejó un mensaje.

—Hola, papá. Verás, ayer me arrestaron por asesinato. Al final me dejaron marchar sin cargos, pero hoy me han despedido porque no me presenté a trabajar debido a que estaba bajo custodia policial y toda la comida que compré se ha echado a perder y estoy sin un puto duro, así que ¿podrías llamarme? Gracias. Soy Laura, por cierto.

LA QUE SE ESCAPÓ

Cuando se despierta esa mañana no puede imaginar cómo va a ir el día ni tampoco cómo va a terminar, todos los altibajos que sufrirá.

Mientras se afeita delante del sucio espejo del cuarto de baño de atrás, con el lavabo lleno de manchas de herrumbre y un tufo a mierda que lo inunda todo, no se imagina que conocerá a una chica tan encantadora.

¿Cómo iba a saber el modo en que se desarrollaría todo? Que ella lo provocaría y flirtearía con él y heriría sus sentimientos, y a continuación volvería corriendo hasta él, con el pulgar extendido, pidiéndole ayuda, pidiendo que le hiciera compañía y que colocara una mano sobre ese

117

suave y bonito muslo que reposa en el asiento delantero del coche.

Cuando se despierta esa mañana, no puede imaginar la agitación, la excitación,
la expectación.

9

Cuatro días a la semana Miriam trabajaba en Books on a Boat, una librería flotante del canal, situada un poco más allá del mercado de Broadway. La tienda, que vendía tanto libros nuevos como de segunda mano, llevaba varios años al borde de la quiebra. Recientemente Nicholas, su dueño, se había visto obligado a depender de —en sus palabras— «la amabilidad de los hípsters» para mantener a flote el lugar y había recurrido a la microfinanciación colectiva. (Esto era cierto en sentido literal: hacía poco habían puesto en marcha una colecta para reparar los daños del casco de la barcaza, por donde había comenzado a entrar agua.)

Miriam estaba a cargo de labores que no requirieran contacto directo con la gente: llevaba la contabilidad, realizaba la mayor parte de las tareas administrativas, colocaba libros en las estanterías y mantenía ordenado el lugar. Ya no le estaba permitido atender a los clientes (demasiado maleducada), ni tampoco escribir las pequeñas tarjetas promocionales que distribuían en los estantes y en las que el personal de la librería exponía su opinión sobre los últimos lanzamientos (demasiado cruel). Además, su apariencia causaba cierto rechazo. Nicholas nunca lo había dicho, pero no hacía falta que lo hiciera. Miriam sabía muy bien que no era una persona atractiva, que no agradaba a la gente y que, fuera lo que fuese lo opuesto al magnetismo, ella lo tenía a patadas. Era consciente de todo esto y podía aceptarlo. ¿Por qué no, al fin y al cabo? ¿Cuál era la alternativa? No tenía mucho sentido hacer ver que las cosas eran distintas y que ella era alguien que en realidad no era.

Los miércoles Nicholas iba a ver a su psicólogo, de modo que Miriam se encargaba de abrir la tienda. Siempre era puntual, nunca se retrasaba ni siquiera un minuto; no podía permitírselo. Esa mañana pasó por debajo del puente de Cat and Mutton exactamente a las nueve menos cuarto, y se sorprendió al ver que ya había un cliente fuera, con la cara pegada a una de las ventanas de la barcaza y las manos ahuecadas en torno a los ojos para intentar ver su interior. «Un turista», pensó ella, pero entonces el hombre retrocedió un paso y miró en su dirección. Miriam se quedó inmóvil y sintió una descarga de adrenalina. Theo Myerson.

Mientras trataba de recomponerse, se recordó a sí misma que las tornas estaban cambiando. Respiró hondo, irguió su cuerpo de metro sesenta y comenzó a caminar con seguridad hacia él:

—¿Puedo ayudarle en algo? —preguntó.

Myerson se dio la vuelta y, endureciendo el semblante, avanzó hacia ella.

—Pues lo cierto es que sí —respondió.

La suerte quiso que hubiera un momento de calma en el tráfico peatonal del camino de sirga y se encontraran a solas. Ella ya había dejado atrás el puente y tenía la barcaza ante ella, pero Theo Myerson se interponía en su camino.

—Todavía no hemos abierto —dijo Miriam, y dio un paso en dirección al agua para intentar rodearlo—. Abrimos a las nueve. Tendrá que volver más tarde.

Myerson dio un paso en su misma dirección y volvió a bloquearle el acceso a la entrada.

—No he venido a comprar libros. Estoy aquí para advertirla de que se mantenga alejada de mis asuntos y deje en paz a mi familia.

Miriam metió sus trémulas manos en los bolsillos.

—No me he acercado a su familia —repuso—. A no ser... ¿Se refiere a su sobrino? —Ella se lo quedó mirando a los ojos—. Un asunto realmente horrible. —Y, tras sacar la llave de la librería del bolso, hizo a un lado a Theo con el codo para poder pasar de una vez—. Soy una testigo, ¿no se lo han dicho? Unos policías vinieron a verme, me hicieron un montón de preguntas y yo las contesté.

Miriam se volvió y de nuevo miró a Theo con una leve sonrisa en los labios.

—¿Acaso no debería haberlo hecho? —Metió la mano en el bolso, sacó su móvil y añadió—: ¿Y si los llamo? Tengo el número del detective grabado y me dijo que podía llamarlo si recordaba alguna cosa o si algo me parecía raro. ¿Lo hago ahora? ¿Le digo que ha venido a verme? —Percibió entonces la consternación que tiñó fugazmente el rostro de Theo, y la invadió una intensa y algo inesperada satisfacción—. ¿Señor Myerson?

«Así que esto es lo que se siente al tener poder», pensó para sus adentros.

Cuando esa tarde regresó a casa del trabajo, antes incluso de prepararse una taza de té o lavarse las manos, Miriam se dirigió al estante que había sobre la estufa de leña y cogió la cajita de madera en la que guardaba sus recuerdos. Tras dejarla sobre la mesa de la cocina, la abrió y revisó su contenido. Era un ritual al que solía entregarse cuando se sentía inquieta; un modo de calmarse, de ordenar sus pensamientos y de centrarse en lo importante de verdad.

Era un bicho raro y lo sabía. Tenía claro quién era y cómo la veían los demás. La gente la miraba y veía a una mujer gorda de mediana edad sin dinero, sin pareja y sin poder alguno. A una señora extraña que vivía en una barcaza, vestía ropa de segunda mano y se cortaba el pelo a sí misma. Algunas personas la miraban y la ignoraban, otras pensaban que podían aprovecharse de ella, pues suponían que era incapaz de hacer nada al respecto.

Miriam cogió una hoja de papel en formato DIN A4 de la caja que tenía delante. La habían doblado por la mitad y luego en cuartos. La desdobló, la extendió ante sí y pasó la palma de la mano por el membrete. Volvió a leer las palabras que la componían. Lo había hecho tantas veces que tenía la sensación de que podía recitar la carta de memoria, o al menos las partes más ofensivas:

> *Querida señorita Lewis:*
>
> *Le escribo en mi calidad de abogado de Harris Mackey, la casa editorial de Theo Myerson, en respuesta a su carta del 4 de febrero. Lo hago en nombre tanto de la empresa como del señor Myerson, quien ha aprobado el contenido de esta misiva. Queremos dejar claro desde el principio que el señor Myerson rechaza de plano las acusaciones que le dirigía usted en su carta y según las cuales habría infringido sus derechos de autor. Dicha afirmación carece del menor fundamento.*
>
> *Asegurar que* La que se escapó, *la novela escrita por el señor Myerson y publicada bajo el seudónimo de Caroline MacFarlane copia «temas y fragmentos significativos del argumento» de sus memorias es insostenible por varias razones.*

Para que una acusación semejante pueda considerarse válida, ha de quedar probada una conexión causal entre la obra del demandante y la obra supuestamente infractora; debe usted demostrar, pues, que sus memorias fueron usadas por el señor Myerson para llevar a cabo la escritura de La que se escapó.

El señor Myerson admite que usted le pidió que leyera su manuscrito y que, a pesar de su apretada agenda y la gran cantidad de obligaciones que demandaban su tiempo, aceptó hacerlo. Sin embargo, tal y como él mismo le explicó en persona cuando acudió usted a su casa el 2 de diciembre, nunca pudo llegar a leerlo ya que lo guardó en la maleta que usó para viajar a Cartagena y asistir al Hay Festival, y que la compañía aérea British Airways extravió (sin que nunca llegara él a recuperarla).

Las similitudes que, según usted, existen entre La que se escapó y sus memorias, se reducen a temas e ideas genéricos (...)

Consideramos que no es razonable ni necesario refutar una a una las débiles comparaciones que realiza en su carta (...)

Las serias acusaciones que lanza usted en contra del señor Myerson son del todo falsas (...)

Toda acción legal que pretenda usted llevar a cabo sería inapropiada y poco razonable y sería por ello rebatida enérgicamente ante un tribunal por el señor Myerson; este solicitaría además el resarcimiento de todas las costas procesales en las que pudiera incurrir, algo que, a la luz de todo lo expuesto, no albergamos duda alguna de que el tribunal le concedería.

Ahí estaba, de forma inequívoca. Más allá de todos los insultos que le dedicaban, de todas las hirientes y desagradables acusaciones, del hecho de que desdeñaran sus demandas por «carecer del menor fundamento» y considerarlas «insostenibles», «débiles», «falsas», «inapropiadas» o «poco razonables», el meollo de la argumentación podía encontrarse, reducido a su esencia, en esa frase final: «nosotros tenemos dinero y, por lo tanto, todo el poder. Tú no tienes nada».

Con manos trémulas, Miriam volvió a doblar la carta y la metió en el fondo de la cajita. A continuación cogió el cuaderno negro en el que registraba todos los movimientos que avistaba alrededor del canal. Hacía seis años que vivía allí, en la barcaza, y había aprendido que no debía bajar la guardia. En ese lugar había de todo: personas buenas, decentes, trabajadoras y generosas se mezclaban con borrachos, drogatas, ladrones y demás ralea. Una debía permanecer ojo avizor. Estar alerta ante posibles depredadores. (Miriam lo sabía mejor que nadie.)

Así pues, anotaba cosas. Como por ejemplo la hora

en la que el viernes por la tarde Laura la Loca, la de la lavandería, había aparecido con Daniel Sutherland. O también cuando Carla Myerson, la tía del chico, había llegado con su pulcro peinado, su carísimo abrigo y su dentadura perfecta y había llamado a la puerta de la barcaza de su sobrino. Eso había sido el pasado jueves. Dos días antes de que muriera Daniel. Y llevaba una botella de vino en la mano.

Acto seguido Miriam cogió la llave —la llave de Laura la Loca, la que había recogido del suelo de la barcaza del joven asesinado—, le dio la vuelta en la mano y pasó los dedos por los bordes. Todavía estaba pegajosa a causa de la sangre. Tenía la sensación de que, fuera lo que fuese lo que hubiera hecho Laura, había que protegerla. Al fin y al cabo, también se trataba de alguien que carecía de poder, ¿no? Sí, era guapa, delgada y de ojos relucientes, pero también pobre y atribulada. No parecía estar bien: cojeaba al andar y mentalmente también estaba algo desequilibrada. No del todo en sus cabales. La gente podía aprovecharse de alguien así, de una jovencita indefensa como Laura, del mismo modo que lo hacían con ella.

Pero el poder también cambia de manos, ¿no? A veces de forma inesperada. El poder cambia de manos y, con ello, también cambian las tornas.

¿Y si, al contrario de lo que había anotado en su pequeño cuaderno, no hubiera visto nunca a Laura? ¿Y si, tal y como le había contado a la policía, solo hubiera visto a Carla Myerson y Daniel Sutherland? ¿Y si, ahora que lo pensaba, en realidad hubiera visto a Carla Myerson más de una vez? El detective le había dicho que se pusiera en contacto con él si recordaba algo más, ¿no? Cualquier cosa, por insignificante que pareciera. Oh, sí, ahora lo recordaba, oyó algo, un griterío; al principio pensó que jubiloso, pero tal vez había sido otra cosa, quizá una discusión.

Miriam se preparó una taza de té y, tras poner los pies en remojo, estuvo sopesando qué debía decirle al detective inspector mientras se comía metódicamente medio paquete de galletas. ¿Sería buena idea mencionar, por ejemplo, su encuentro con Myerson esa mañana? ¿O era mejor guardarse esa carta para más adelante? Era plenamente consciente de que debía tener mucho cuidado con los pasos que diera y evitar las imprudencias, no podía permitir que ese nuevo poder que ostentaba se le subiera a la cabeza.

Llamó al teléfono móvil del detective y oyó el saludo de su buzón de voz.

—¿Hola? Detective Barker, soy Miriam Lewis. Me dijo que le llamara si recordaba algo. Bueno... ¿Sabe la mujer de la que le hablé? ¿La de mediana edad? Acabo de recordar que la vi el viernes por la noche. Pensaba que había sido el jueves porque yo acababa de regresar del trabajo cuando la vi pasar. Ella llevaba una botella de vino en la mano. No es que sea importante, pero la cosa es que yo había regresado del trabajo justo entonces; el jueves no fui a trabajar porque tenía mal el estómago, lo cual no es habitual en mí porque, por lo general, tengo la constitución de un buey, pero, en cualquier caso, el pasado jueves no me encontraba bien, así que cambié mi turno al viernes...

Miriam terminó la llamada. Se inclinó hacia delante para comerse otra galleta y luego se recostó y colocó las piernas sobre el banco. ¡Qué satisfactorio resultaba esto de poder usar algo en contra de Myerson! Imaginó por un momento al gran escritor de pie en su estudio, con el auricular del teléfono en la mano, tal vez contestando una llamada de los detectives en la que le decían que habían tenido que llevar a su querida Carla a comisaría para interrogarla. Imaginó el pánico que sentiría Myerson. ¿Cómo encajaría algo así? ¡Y pensar además en la mala prensa que recibiría...!

Así aprendería a no coger lo que no era suyo, ¿no? A no tratar a Miriam como si fuera insignificante, como si fuera mero *material literario* que podía usar y tirar a conveniencia.

Que Carla también sufriera no era lo ideal, pero del mismo modo que el enemigo de mi enemigo es mi amigo, a veces, el amigo de mi enemigo es también mi enemigo, y no había nada que pudiera hacerse al respecto, así era el mundo. Así era como sucedían estas cosas; no resultaba justo. En cualquier clase de conflicto había víctimas inocentes.

Miriam cerró el cuaderno. Volvió a meterlo en la cajita de madera y dejó la llave de Laura encima, junto a los aretes de oro de Lorraine, el crucifijo de plata que su padre le regaló por su confirmación cuando tenía catorce años y la placa identificativa del collar de un perro con el nombre «Dixon» grabado en ella.

LA QUE SE ESCAPÓ

Los sollozos han cesado. En estos momentos se oyen otros ruidos.

La chica aprovecha estos nuevos ruidos para romper la ventana. Luego, con rapidez, quita del marco tantos cristales como puede antes de salir por ella. A pesar de sus esfuerzos, se inflige profundos cortes en el hombro, el torso y los muslos al deslizar con dificultad su corpulenta figura por el estrecho marco cuadrado de la ventana.

Permanece en cuclillas con la espalda contra la pared. La sangre mana de sus heridas, empapando el duro suelo bajo sus pies. Cuando corra, dejará un rastro. Su única escapatoria será llegar al pueblo antes de que él vaya a buscarla: si sale ahora puede que tenga alguna posibilidad.

Está oscuro, no hay luna. Con la excepción del rítmico croar de una rana, la noche permanece en silencio. Todavía puede oír, sin embargo, los ruidos que proceden del interior de la casa. Los ruidos que hace él; los ruidos que ella hace a continuación.

Cierra los ojos y reconoce para sí la verdad. Hay otra posibilidad de salvarse: podría regresar a la casa, entrar por la puerta de entrada, dirigirse a la cocina y hacerse con un cuchillo. Sorprenderle. Cortarle el cuello.

Por un momento imagina el alivio de su amiga. Cómo se abrazarían. Se imagina explicándole a la policía lo que ha sucedido, y también el recibimiento de heroína que le tendrían preparado en la escuela y lo agradecida que estaría la familia de su amiga.

Realmente agradecida.

Visualiza entonces el hermoso rostro de su amiga, sus largas extremidades, sus amables padres, su ropa cara. Se siente abrumada ante la idea de su vida, de su felicidad.

La chica se ve a sí misma entrando en la habitación con el cuchillo en alto, y a él volviéndose, interceptándola y dándole un puñetazo en la garganta. Luego se lo imagina a él agachándose sobre ella, presionándole el pecho con las rodillas; imagina su peso encima y la hoja del cuchillo acariciándole la clavícula, la mejilla, los labios.

Ni siquiera sabe si hay un cuchillo en la cocina.

Podría intentar ayudar a su amiga, podría enfrentarse a él. O podría aprovecharse de la predilección que parece tener por su hermosa amiga y huir corriendo.

Esto no es culpa suya. Ella ni siquiera quería meterse en el coche.

Lo lamenta. De veras. Lo lamenta, pero sale corriendo.

10

El detective Barker, cuya calva coronilla relucía como un penique nuevo bajo la luz del sol matutino, observó cómo la agente de policía uniformada introducía un palito de plástico en la boca de Carla, tomaba una muestra del interior de su mejilla, lo sacaba y luego lo metía dentro de una bolsita de plástico. Cuando hubo terminado, asintió satisfecho y le pidió a la agente que lo esperara en el coche. Barker le había explicado a Carla que la barcaza en la que Daniel Sutherland se alojaba era de alquiler y estaba muy sucia. Había rastros de, al menos, una docena de personas, así que, había dicho, estaban recogiendo muestras de ADN y las huellas dactilares de todo el mundo para descartar a tanta gente como fuera posible.

Sentada a la mesa del comedor, Carla se limpió la boca con una servilleta de papel.

—Bueno —dijo echando los hombros hacia atrás

para aliviar la tensión que sentía en lo alto de la columna vertebral—, es muy probable que encuentre las mías. —El detective Barker enarcó las cejas y se cruzó de brazos—. Le mentí acerca de que no sabía que Daniel estaba viviendo en la barcaza —prosiguió Carla—. Le mentí cuando le dije que no lo había visto. —Barker no contestó nada; atravesó la estancia, se sentó a la mesa frente a Carla y entrelazó los dedos—. Pero eso usted ya lo sabía, ¿no? Alguien le ha dicho algo, ¿verdad? Por eso ha venido, ¿a que sí? ¿Alguien me vio? —Barker seguía sin decir nada. Otra vez ese viejo truco para hacerte hablar, para obligarte a llenar el silencio.

Resultaba irritante en su obviedad, pero Carla estaba demasiado cansada para resistirse. No había dormido más de una hora o dos seguidas desde la última vez que habían ido a verla los detectives, cinco días atrás. No dejaba de ver cosas y de asustarse al vislumbrar, con el rabillo del ojo, sombras y manchas negras moviéndose a su alrededor. Esa mañana había pasado por delante de un espejo y se había sobresaltado al ver el rostro de su hermana devolviéndole la mirada, con las mejillas hundidas y una expresión temerosa.

—Daniel me contó que había alquilado una barcaza cuando vino a buscar sus cosas. Me dijo que me pasara algún día. Y que no esperara demasiado. Así que fui a verlo. Dos veces. No me pregunte exactamente cuándo lo hice porque lo cierto es que no seré capaz de decírselo. —Se quedó un momento callada—. Le mentí porque no quería reconocer delante de Theo que había ido a ver a Daniel.

Barker se reclinó un poco en la silla.

—Y eso ¿por qué? —preguntó, y dobló tanto los dedos que los nudillos le crujieron de un modo desagradable.

Carla cerró los ojos un momento y escuchó el sonido de su propia respiración.

—¿Sabe lo que le pasó a mi hijo? —le preguntó al detective.

Él asintió con expresión grave.

—Sí —contestó—. Leí una noticia cuando sucedió. Algo terrible.

Carla también asintió ligeramente.

—Sí. No estoy segura de si en las noticias mencionaron que, cuando pasó, la persona que estaba cuidando de él era mi hermana. O al menos se suponía que estaba haciéndolo. Theo nunca la perdonó. Desde entonces no volvió a tener relación alguna con ella. No la tuvo desde que nuestro hijo murió y hasta que lo hizo ella. La expulsó de nuestras vidas. La expulsó de la suya, al menos, lo cual en aquella época suponía expulsarla también de la mía. ¿Entiende lo que le estoy explicando? Yo veía a mi hermana y a Daniel en secreto. Por supuesto, Theo sospechaba que lo hacía muy de vez en cuando, y llegamos a discutir algunas veces por ello, pero luego nos divorciamos y yo me trasladé aquí, con lo que ya no pareció importarle tanto. Aun así, cuando estaba con él yo nunca los mencionaba. Esa debe de ser la razón por la que no se lo conté a usted, supongo. Llevo tanto tiempo mintiendo a Theo sobre esa parte de mi vida que a veces me olvido de cuándo es necesario hacerlo y cuándo no. No quería que supiera que había ido a ver a Daniel a la barcaza.

El detective frunció el ceño.

—¿De modo que nos mintió, mintió a los policías que están *investigando un asesinato*, solo porque no quería que su exmarido supiera que había visto a su sobrino? —Abrió las palmas de las manos extendiendo por completo los dedos—. Eso me parece un poco extraño, la verdad. Parece... —Enarcó las cejas—. ¿Tiene miedo de su exmarido, señora Myerson?

—No. —Carla negó levemente con la cabeza—. No, yo solo... No quería contrariarle —musitó—. Procuro no contrariar a Theo, y que yo me relacionara con Daniel lo habría hecho.

—¿El señor Myerson tiene mal genio?

Carla volvió a negar con la cabeza.

—No —insistió exasperada—. No es... No es nada de eso.

—¿Y qué es, entonces? —preguntó Barker. Parecía estar genuinamente interesado, y la miraba como si fuera un espécimen, una curiosidad—. ¿Pensaba el señor Myerson que estaba usted intentando reemplazar a su hijo con su sobrino? ¿Por eso le contrariaba que se relacionara con Daniel?

Carla negó una vez más con la cabeza, pero no dijo nada. Volvió la vista a un lado y se quedó mirando el patio trasero, triste y pavimentado, con su cobertizo cerrado con candado y sus plantas ennegrecidas, muertas en sus tiestos.

El cobertizo estaba vacío salvo por un pequeño triciclo rojo de cuyo manillar todavía colgaban unas borlas azules. Se lo habían regalado a Ben por su tercer cumpleaños. Habían celebrado una fiesta solo para familiares en la casa de Noel Road: los padres de Theo, Angela y Daniel, el hermano mayor de Theo y su esposa, y los hijos de estos. Después del pastel y de las velas sacaron el triciclo al camino de sirga, y Carla sintió que se derretía de ternura cuando vio las regordetas piernas de Ben bombeando arriba y abajo mientras pedaleaba tan rápido como podía. ¡Y la cara de Theo! ¡El orgullo que sentía!

—¿Tú lo ves? ¡Es un ciclista nato!

Angela, que estaba fumando, enarcó una ceja y contestó:

—Es un *triciclo*, Theo. Todo el mundo sabe montar en triciclo.

También recordaba cómo, de camino a casa cuando ya anochecía y comenzaba a haber menos gente por la calle, Daniel y Ben iban correteando y empujándose, y la madre de Theo exclamó:

—Cuidado, Daniel, ¡no tan rápido! —Ben y Daniel la

ignoraron y casi se caen al doblar corriendo una esquina sin dejar de gritar y reír.

Tras la muerte de Ben, cuando el funeral hubo terminado y los malditos parientes y amigos hubieron desaparecido, Carla se fue a la cama, y ahí se quedó. En esa época Theo rara vez se acostaba. La intensa rabia que sentía le hacía permanecer despierto. A través del embotamiento causado por las medicinas, Carla podía oírle deambular de un lado a otro del estudio que daba al rellano, o bajar atropelladamente la escalera y cruzar la cocina para salir al jardín a fumar, y luego entrar de nuevo. También encendía y apagaba la radio, saltaba de un canal a otro de la televisión o escuchaba media canción de un disco antes de provocar que la aguja saliera disparada por la superficie del vinilo.

A veces subía al primer piso y se quedaba en el umbral del dormitorio, sin mirarla, con la vista puesta en la ventana de enfrente y una mano en la cara, acariciándose la barba de tres días. A veces decía algo, afirmaciones que parecían conducir a preguntas para las que ninguno de los dos tenía respuesta. A veces hablaba sobre Angela y se interesaba por cómo era de niña.

—Decías que tenía mal genio —declaraba.

O bien:

—Solías hablar de lo desquiciada que era su imaginación. *Sádica*. Decías que tenía una imaginación sádica.

A veces hacía preguntas directas.

—¿Crees que sentía celos? Por cómo era Ben, quiero decir.

Cuando Ben todavía vivía, Carla y Theo habían comentado alguna vez lo difícil que debía de resultarle a Angela no hacer comparaciones entre su hijo y él. Ben superaba con rapidez todas las etapas del desarrollo: era hablador, ágil y empático. Y antes de su tercer cumpleaños ya sabía contar. «Antes del cuarto estará leyendo», le gustaba decir a Theo. Carla tenía que pedirle que no presumiera.

Daniel, en cambio, había sido un bebé difícil que dormía mal, al que le había costado incluso gatear y que no había comenzado a hablar hasta los dos años y medio. Era un niño torpe y frustrado, propenso a agarrarse unos berrinches épicos.

—¿Crees que a Angela le molestaba lo especial que era Ben? —preguntó un día Theo—. Porque Dan es un poco raro, ¿no? Sé que no soy objetivo, nadie lo es, no en lo que respecta a sus hijos, pero aun así en este caso creo que, en realidad, Ben era el niño más maravilloso que había. Era...

—¿Qué estás diciendo? —La voz de Carla parecía pertenecer a otra persona, a una anciana—. ¿Qué intentas decir?

Él se acercó a la cama con los ojos abiertos como platos y el rostro enrojecido.

—Te estoy preguntando si crees que Angela sentía celos. Si, en cierto modo, ella...

Carla se aferró a las sábanas y se incorporó dolorosamente.

—¿Estás preguntándome si mi hermana dejó esa puerta abierta a propósito porque le parecía que nuestro hijo era más especial que el suyo? ¿Estás preguntándome si creo que quería que Ben muriera?

—¡No! ¡Por el amor de Dios, claro que no! No estoy diciendo que ella *quisiera* que muriera ni que hiciera nada a propósito. Solo me preguntaba si, a un nivel subconsciente, ella...

Carla se dejó caer otra vez sobre la cama y se cubrió los hombros y la cabeza con el edredón.

—Déjame en paz, Theo. Por favor, déjame en paz.

Pasó un año antes de que Carla retomara la costumbre de levantarse cada día, ducharse y vestirse. Y dieciocho meses antes de que volviera a ver a su hermana, en secreto. Le dijo a Theo que había decidido asistir a clases de yoga, vistió su débil y rollizo cuerpo con unos pantalones de chándal y una camiseta y se dirigió a Hayward's Place para verla. Cuando Angela le abrió la puerta, Carla retrocedió conmocionada: su hermana no había envejecido dieciocho meses, sino décadas. Se la veía consumida, con la piel cetrina y tirante, pegada a los huesos. Su aspecto era demacrado y marchito.

El pelo se le había vuelto blanco de un día para otro. O, en cualquier caso, eso era lo que decía. Ambas hermanas habían comenzado a tener canas cuando todavía eran jóvenes, pero Angela aseguraba que se había ido a la cama con el pelo castaño oscuro un martes y que el miércoles se había despertado con el pelo completamente gris. Tal cual. Seguía llevando el pelo largo y no se lo teñía.

—Parezco la bruja de un cuento de hadas, ¿verdad? —le dijo un día a Carla—. Aterrorizo a los niños en el supermercado.

Bromeaba, pero a Carla no le hacía ninguna gracia. Ella tampoco se teñía el pelo; se lo cortó bien corto en cuanto llegaron las primeras canas.

—Tienes suerte —afirmó Angela, y Carla se estremeció—. La forma de tu cabeza es bonita. Si yo me cortara el pelo, parecería un extraterrestre.

Era un cumplido, pero a Carla le molestó. No le gustaba oír la palabra *suerte* en boca de su hermana. Y, desde luego, menos todavía aplicada a ella.

—El pelo no se vuelve gris de un día para otro —respondió Carla enfadada—. Lo he mirado. Es un mito. —Y era cierto, pero también lo era que había leído sobre mujeres jóvenes, mucho más jóvenes que ella y su hermana, a las que les había pasado. Como algunas soviéticas que habían luchado por su patria en la Segunda Guerra Mundial y cuyo pelo se había vuelto blanco de un día para otro a causa de los indecibles terrores a los que habían tenido que hacer frente. O camboyanas que habían sido testigos de un horror tal que habían perdido la vista.

—A mí me ha pasado —insistió Angela—. No puedes decir que no he experimentado algo que sí he experimentado. No puedes saberlo, tú no estabas ahí.

Las «clases de yoga» se convirtieron en algo semanal, y venían a ser un ejercicio en el que Carla ponía a prueba su determinación. Creía en el esfuerzo. De hecho, creía que los objetivos que más merecían la pena eran aquellos que más costaba conseguir. Llamémoslo la «teoría de las diez mil horas»: si se pasaba diez mil horas intentando perdonar a su hermana, ¿llegaría a hacerlo? No había forma de saberlo, pero parecía razonable. Al fin y al cabo, tanto sus padres como su hijo estaban muertos. Quedaba poca gente a la que apreciara en el mundo: solo Angela y el pequeño Daniel. Y Theo, claro está, aunque en el fondo de su triste corazón sabía que ella y su marido no sobrevivirían a lo que les había pasado.

Un día que fue a visitar a su hermana, Carla oyó ruidos procedentes del interior al acercarse a la puerta de la casa. Voces a un volumen alto. Apenas había terminado de llamar cuando su hermana abrió de golpe, tirando de la puerta como si quisiera arrancarla de los goznes.

—¡Oh, vaya! —exclamó al ver a Carla—. Se me había olvidado que era nuestro día. Daniel no ha ido a la escuela. Hoy, él... —Se quedó callada y se encogió de hombros—. No ha ido a la escuela.

Se sentaron en el salón, tal y como solían hacer habitualmente, y al cabo de un rato Daniel bajó a saludar a su tía. En los dieciocho meses que habían pasado separadas, Angela había envejecido una década, pero Daniel no había crecido nada en absoluto. A los nueve años todavía era pequeño para su edad, y se mostraba taciturno e inseguro. Tenía la costumbre de deambular por la casa a hurtadillas y aparecer de repente y sin avisar, retorciendo nervioso los dedos de las manos a la altura de la barriga.

—Como un pequeño animal —comentó Carla con una sonrisa.

—Un pequeño salvaje —puntualizó su madre.

Ese día apareció de la nada en la puerta del salón.

—Hola, tía Carla —la saludó con una sonrisa que dejaba a la vista un brillo metálico.

—¡Dios mío, Daniel! ¡No pongas esa cara! —lo riñó Angela—. Son esos jodidos aparatos —añadió, volviéndose hacia Carla—. Ya no puede sonreír con normalidad. La mayoría de los niños que los llevan intentan ocultar los dientes. Él no. No deja de poner esta expresión horrible.

—Puede oírte, Angela —masculló Carla mientras Daniel desaparecía tan rápido como había llegado.

El corazón, lo que le quedaba de él, se le rompió un poco.

La siguiente vez que fue a ver a su hermana, Carla le llevó a su sobrino una caja de lápices de colores. Se los subió a su habitación. A él se le iluminaron los ojos cuando vio el regalo.

—¡Oh, tía Carla! —exclamó casi sin aliento, embargado por la emoción. Y, con esa espantosa sonrisa en el rostro, envolvió sus delgados brazos alrededor de la cintura de ella.

Carla se quedó petrificada. Después de tanto tiempo, la sensación del cuerpo de un niño contra el suyo la pilló desprevenida; apenas podía respirar ni bajar la mirada hacia la pequeña cabeza de Daniel. Cuando finalmente posó la mirada sobre el cabello castaño cobrizo de su sobrino, distinguió dos moratones en su cogote. Tenían el tamaño de un índice y un pulgar, como si alguien le hubiera pellizcado con fuerza. Al levantar la vista, Carla vio que su hermana los observaba.

—En el colegio se mete en peleas todo el tiempo —explicó, y se dio la vuelta para marcharse. Carla oyó cómo bajaba por la escalera con unas pisadas bastante pesadas para alguien tan liviano.

Dejó que el niño siguiera abrazándola un poco más, luego retiró con cuidado los brazos y se agachó para que los ojos de ambos quedaran al mismo nivel.

—¿Es eso cierto, Daniel? —le preguntó—. ¿Te has metido en peleas?

Al principio él evitó mirarla. Cuando al fin lo hizo, su expresión era grave.

—A veces... —dijo en voz baja—. A veces la gente no... Ellos no... —Y, tras resoplar con fuerza hinchando sus mejillas, añadió—: Es igual, no importa.

—Sí que importa, Dan. Claro que importa.

—No, no importa —insistió negando con la cabeza

con lentitud—. Porque voy a marcharme. Iré a una nueva escuela. No voy a seguir viviendo aquí. —Volvió a abrazarla, esta vez rodeándole el cuello. Ella reparó en la respiración de su sobrino, rápida y ligera como la de una presa acorralada.

Angela se lo confirmó: Daniel iría a un internado.

—Lo pagará su padre. Es el mismo al que fue él. Está en algún lugar de Oxfordshire. Al parecer es bastante bueno.

—*¿En algún lugar de Oxfordshire?* ¿Estás segura de esto, Angie?

—No tienes ni idea de lo difíciles que son las cosas, Carla. —Y en un susurro añadió—: Ni de lo difícil que es Daniel. —Su tono de voz había vuelto a endurecerse—. No. No me mires así. Tú no lo ves, tú no... Solo vienes aquí una vez a la semana, no ves cómo se comporta cuando estamos solos él y yo. Tú no... Está traumatizado. *Severamente* traumatizado por lo que pasó.

Carla negó enseguida con la cabeza y Angela prosiguió:

—Sé que no quieres oírlo, pero es cierto. —Cogió su paquete de cigarrillos y sacó uno. A Angela le temblaban las manos. Antes le temblaban un poco por las mañanas, después de haber bebido demasiado la noche anterior, pero ahora el temblor era constante y no dejaba de mover las manos y de coger cosas para mantenerlas ocupadas: un vaso, un libro, un mechero.

—Sí, claro que está traumatizado.

—La psicóloga me ha dicho que le ha contado lo que vio —dijo Angela, que encendió el cigarrillo y le dio una calada—. Ya sabes, que lo vio caer. Que vio caer a Ben. Le ha dicho que no solo lo encontró, sino que también lo vio caer. —Cerró los ojos—. Dice que gritó y gritó, pero que no acudió nadie. Que...

Carla alzó una mano. Angela tenía razón. No quería oír eso.

—Por favor —pidió, y a continuación guardó silencio un momento y respiró hondo para calmar su respiración—. Pero ¿no pensarán...? ¿No pensarás *tú* que la respuesta a su trauma es separarlo de su madre?

—Su *madre* es el problema —respondió Angela, y aplastó el cigarrillo a medio fumar en el cenicero—. Me culpa a mí de lo que pasó, Carla. —Levantó la mirada hacia su hermana y se enjugó las lágrimas de las mejillas con el dorso de una mano—. Le ha dicho a su psicóloga que lo que pasó fue culpa mía.

«Es que *fue* culpa tuya —pensó Carla—. Desde luego que lo fue.»

11

—¿Podría abrir la boca un poco más, señor?

Una mujer joven, enérgica y uniformada, se inclinó sobre él y le introdujo un palito de plástico en la boca; y si bien la experiencia debería haberle parecido invasiva y desagradable, Theo odiaba admitir para sí que la encontraba excitante. Cerró los ojos, pero eso no hizo sino empeorar las cosas. Intentó no mirar a la mujer mientras le tomaba las huellas dactilares, pero cuando al fin sus miradas se encontraron, notó que ella advertía algo, algo que la incomodaba, y él no pudo evitar sentirse como una mierda. Quiso decirle «Lo lamento, de verdad. Yo no soy así. No soy uno de esos. Soy hombre de una sola mujer».

Carla era la única mujer a la que Theo había querido. Había habido mujeres antes y también alguna más, de forma ocasional, desde entonces, pero Carla era, sin duda alguna, la única mujer de su vida. La única y muchas a la vez, pues estaba esta Carla y también la anterior; era como si a lo largo de su vida hubiera conocido a múltiples Carlas y las hubiera querido a todas. Y seguiría haciéndolo fuera cual fuese la encarnación en la que aparecieran.

Carla era todo lo que tenía. También había tenido a Ben, claro está, durante un breve y glorioso interludio, esos tres años y cuarenta y siete días de alegría, pero ahora solo le quedaba Carla. Carla y su trabajo de escritor.

Quince años atrás, cuando Ben murió, Theo estaba en pleno proceso creativo de su tercera novela. La abandonó sin pensárselo demasiado, simplemente no podía soportar releer las palabras que había escrito mientras Ben jugaba en el patio o cantaba con su madre en la cocina. Durante uno o dos años no fue capaz de escribir nada en absoluto. Apenas lo intentaba siquiera y, cuando lo hacía, no le salían las palabras. Durante meses y meses, durante *años*, no le salió nada. ¿Cómo iba a ser capaz de escribir si, más que habérsele roto el corazón, tenía la sensación de que se lo habían extirpado? ¿*Qué* iba a escribir? «Cualquier cosa —le dijo su agente—. No importa. Escribe lo que sea.» Así que lo hizo. Escribió una historia sobre un hombre que pierde a su hijo pero salva a su esposa. Escribió una historia sobre un hombre que pierde a su esposa pero salva a su hijo. Escribió una historia sobre un hombre que asesina a su cuñada. Era todo terrible.

—Me cuesta horrores —le explicó a su agente—. No, peor: me resulta directamente imposible. —Sin corazón, todos sus esfuerzos parecían inútiles, estériles, intrascendentes—. ¿Y si no puedo volver a escribir nunca más porque el hombre que lo hacía ya no existe? —le preguntó aterrorizado a su agente mientras permanecía, estático, ante la pantalla en blanco.

Mientras tanto Carla se alejaba cada vez más de él. Estaba ahí, pero era como si no lo estuviera. Deambulaba por la casa como un espectro, saliendo de las habitaciones cuando entraba él o cerrando los ojos cuando él se cruzaba en su campo visual. En un momento dado comenzó a ir a clases de yoga, pero en vez de regresar en un estado zen, lo hacía agitada y enfadada. En cuanto llegaba cruzaba la casa en dirección al jardín y, una vez ahí, se quedaba sentada, rascándose los antebrazos hasta que empezaba a sangrar. Ahora Theo se daba cuenta de que los intentos que hizo entonces por comunicarse con ella fueron torpes e imprudentes, y Carla recibió la idea de que deberían tratar de tener otro hijo con fría furia.

Theo comenzó a pasar cada vez menos tiempo en casa. Asistía a festivales literarios; daba conferencias en universidades lejanas; tuvo una breve e insatisfactoria aventura con su jovencísima publicista. Al final Carla lo dejó. Su abandono, sin embargo, no resultó demasiado convincente: se compró una casa a cinco minutos a pie de allí.

Theo probó suerte con el ensayo e intentó escribir

sobre el escaso valor que se le otorgaba a la paternidad, cuestionando las bondades de la liberación de la mujer y proponiendo un retorno a unos valores más tradicionales (sexistas). Se odiaba a sí mismo. Y era incapaz de encontrar las palabras necesarias para describir la enormidad de su pérdida y la profundidad de su ira.

Sin su hijo, su esposa y su trabajo, Theo se sentía perdido.

Cuando la policía se hubo marchado, Theo fue a dar una vuelta. Solía dar un pequeño paseo por el barrio a esa hora, justo antes de almorzar, para evitar así comer demasiado pronto. Tenía cierta tendencia a la glotonería. En el vestíbulo se puso su abrigo e, instintivamente, extendió el brazo para coger la correa del perro, pero no encontró nada. Lo extraño no era que hubiera intentado coger la correa (todavía lo hacía de vez en cuando; no estaba acostumbrado a la ausencia de Dixon). No, lo extraño era que la correa de Dixon no estuviera donde solía. Echó un vistazo a su alrededor, pero no parecía estar en ningún lado. La señora de la limpieza debía de haberla guardado en algún otro sitio, pensó, aunque no se le ocurría por qué razón.

Por norma se dirigía hacia el camino de sirga, pero como este todavía estaba acordonado por la policía, optó por ir hasta el puente de Danbury Street. Ahí también vio a un agente uniformado. Se trataba de un joven con la piel de la cara enrojecida a causa del afeitado y que, al ver a Theo, sonrió y alzó una mano para saludarlo. Acto seguido volvió a bajarla con timidez.

Theo aprovechó la oportunidad.

—Veo que todavía están rastreando la zona —dijo al acercarse al joven policía—. ¿Buscando pistas?

El agente se sonrojó.

—Eh... sí. Bueno, en realidad estamos buscando un arma.

—Claro —respondió Theo—. Claro. El arma. Bueno... —añadió, y miró a un lado y otro del canal como si pudiera divisar el cuchillo desde lo alto del puente—, será mejor que deje que sigan con lo suyo. ¡Buena suerte!

—¡Lo mismo digo! —contestó el policía, y se sonrojó aún más.

—¿Cómo dice?

—¡Oh, nada! Es que... Me refería a sus novelas. Lo siento. Yo...

—¡Ah! No pasa nada...

—Es que soy un gran seguidor suyo. Me encanta *La que se escapó*. Me parece muy interesante la forma en la que le da la vuelta a todo, ya sabe, cómo cuenta la historia hacia atrás y hacia delante y nos deja ver el interior de la mente del asesino. ¡Es de veras brillante! Al principio uno no sabe qué está pasando, pero luego se queda en plan... ¡Hala! Es una pasada. Me encanta cómo lo trastoca todo, jugando con nuestras simpatías y empatías y todo eso.

153

—¿En serio? —Theo se rio fingiendo incredulidad—. Pensaba que a todo el mundo le había parecido una idea horrible.

—Pues a mí no. Me pareció muy inteligente. Una nueva forma de contar una historia como esa. Le hace pensar a uno, ¿verdad? ¿Escribirá otra? Me refiero a otra novela policíaca. Otra... —Hizo una pausa y dibujó unas comillas en el aire con los dedos—. «*Caroline Mac-Farlane.*»

Theo se encogió de hombros.

—No lo sé. Es una posibilidad, desde luego. —Y con un débil gesto de la mano, señaló el canal y añadió—: Podría inspirarme en este desaguisado, ¿no? Podría titular la novela *El chico de la barcaza.* —Ambos se rieron incómodos.

—¿De ahí saca sus ideas, entonces? —preguntó el policía—. ¿De la realidad?

—¡Uf, menuda pregunta...! —comenzó a decir, pero su voz fue apagándose y lo dejó ahí, con la esperanza de que el policía no esperara realmente que fuera a contestar. Se hizo un pequeño silencio incómodo antes de que el joven dijera:

—Porque si alguna vez le apetece hablar sobre posibles ideas para novelas policíacas o, tal vez, sobre aspectos del trabajo policial, o forense, o cosas así... —Theo cayó entonces en la cuenta de que el agente estaba hablándole a él, así que debía prestarle atención—. Yo podría ayudarlo. Por ejemplo...

—Es muy amable de su parte —contestó Theo con una amplia sonrisa—. De verdad. Pero yo... Bueno, en realidad solo me preguntaba si habían hecho algún avance. En este caso, me refiero. El caso de... mi sobrino. —El policía frunció los labios. Theo se echó hacia atrás y alzó las palmas de las manos con los dedos extendidos—. Ya sé que no puede darme detalles. Solo lo pregunto porque, bueno, todo esto ha supuesto un gran trastorno para nosotros, sobre todo para mi esposa, para Carla. En los últimos tiempos no lo ha pasado muy bien, y si estuviera a punto de llevarse a cabo un arresto... Bueno, eso supondría un alivio enorme para ambos...

El agente sorbió aire a través de los dientes.

—Bueeeno —titubeó, agachando ligeramente la cabeza—. Como usted bien ha dicho, no puedo darle detalles...

Theo asintió comprensivo y con expresión triste. Metió una mano en un bolsillo y, tras coger un paquete de cigarrillos, le ofreció uno al policía, que lo aceptó.

—Lo único que puedo contarle es que en estos momentos están realizando algunas pruebas forenses y, como estoy seguro de que ya sabe, estas cosas llevan su tiempo, no se obtienen los resultados de un día para otro como sucede en *CSI* o mierdas parecidas...

—¿Pruebas forenses...? —repitió Theo en tono interrogativo.

—Ropa —precisó el policía bajando todavía más la voz—: Ropa ensangrentada.

—¡Ah! —Eso resultaba tranquilizador—. ¿Ropa ensangrentada perteneciente a... esa chica? ¿La que interrogaron? Porque yo la vi, ¿sabe? Huyendo de la escena del crimen. La vi esa misma mañana, y no hice nada. Qué estúpido fui. Pensé que estaba borracha o algo por el estilo.

—Señor Myerson... —Una expresión de honda preocupación se dibujó en el rostro del policía—, usted no podría haber hecho nada. Nadie podría haber hecho nada por el señor Sutherland. Sus heridas eran demasiado graves.

Theo asintió.

—Sí, por supuesto. Por supuesto. Pero, volviendo a esta chica, de momento ella es la principal sospechosa, ¿verdad? ¿No se trató de..., no sé..., un asunto de drogas o un robo?

El joven policía negó con la cabeza.

—Eso no puedo decírselo todavía —recalcó—. Estamos siguiendo diversas líneas de investigación.

—Por supuesto —aceptó Theo, asintiendo con exageración y pensando que «diversas líneas de investigación» quería decir en realidad «no tenemos la menor idea de qué está pasando». Hizo entonces un amago de marcharse, pero se dio cuenta de que de hecho ese policía, ese joven con granos, se moría por ofrecerle algo, por demostrar su importancia, su valía, de modo que Theo le preguntó—: ¿Puede contarme algo sobre ella? Me refiero a la chica. No le estoy pidiendo que me diga su nombre, claro está. Solo le pregunto por ella porque imagino que es del barrio. En la prensa dijeron que residía en Islington, por lo tanto ahora anda por estas calles y, claro, teniendo en cuenta mi perfil público, no es difícil averiguar quién soy yo y quién es mi mujer y..., en fin, quizá solo estoy comportándome de una forma algo paranoica, pero me gustaría saber si es peligrosa. Bueno, claro que lo es. Me refiero a si supone un peligro para mí. Para nosotros.

El joven, claramente incómodo, y al mismo tiempo deseoso de compartir una información del más alto secreto, se inclinó hacia Theo.

—Tiene antecedentes —susurró.

—¿Antecedentes?

—De violencia.

Theo retrocedió horrorizado.

—No tenga miedo. Es solo una chica... inestable. Eso es todo lo que voy a decirle. Es todo lo que puedo contarle. Pero no tema, de veras. Esta tarde vamos a volver a dragar el canal. Todavía estamos buscando el arma. En cuanto la tengamos, será pan comido. En cuanto la tengamos, el arresto tendrá que ser inminente.

De vuelta en su escritorio y algo más tranquilo, Theo revisó su correo, incluidas las pocas cartas de seguidores que le había reenviado su agencia. Tiempo atrás recibían docenas al día y se encargaba de ellas algún subalterno, pero con el paso de los años la cantidad se había ido reduciendo. Theo no tenía cuentas en ninguna red social ni respondía correos electrónicos, pero si alguien se tomaba la molestia de escribirle una carta, solía responderla personalmente.

Querido señor Myerson/señorita MacFarlane:
Espero que no le importe que le escriba. Soy un gran seguidor de su novela policíaca La que se escapó *y me preguntaba de dónde saca usted sus ideas.*

Theo dejó escapar un gemido de exasperación. «Por el amor de Dios. ¿Tanto le costaba a la gente tener *ideas*?» Trasladarlas a palabras y ponerlas por escrito era otra cosa, eso sí costaba, pero ideas las había a montones, ¿no?

En concreto, ¿de dónde sacó usted la idea para este libro? ¿De la noticia de un periódico o tras hablar con la policía? Estoy pensando en escribir una novela policíaca y me encanta leer informes policiales en internet. ¿Le pide alguna vez ayuda a la policía en cuanto a tramas, crímenes específicos, finales, etcétera?
También me preguntaba por qué en La que se escapó *los personajes no tienen nombre. Resulta algo inusual, ¿no?*

¿Podría contestarme por favor por correo electrónico? Estoy impaciente por conocer sus respuestas a mis preguntas.
Sinceramente,

Henry Carter
henrycarter759@gmail.com

P. D.: No estoy de acuerdo con las reseñas que dijeron que el libro era «misógino» y «pretencioso», creo que no entendieron bien la historia.

Theo se rio al leer eso y dejó la carta en lo alto de la bandeja del correo, prometiéndose que al día siguiente la contestaría. Se puso de pie y buscó sus cigarrillos por el escritorio. Mientras lo hacía, echó un vistazo por la ventana de su estudio y vio a Miriam Lewis en el jardín que había en dirección al camino de sirga, de pie, completamente inmóvil y mirándolo.

—¡Santo Dios! —Pegó un salto hacia atrás del susto y casi se cae sobre la silla del escritorio. Sin dejar de maldecir en voz alta, bajó corriendo la escalera, cruzó el jardín y, tras salir a la calle por la verja trasera, miró a un lado y a otro en busca de la mujer, pero ya había desaparecido. Theo estuvo entonces unos pocos minutos recorriendo el camino de sirga con los puños cerrados a ambos lados. Los paseantes lo esquivaban con expresión nerviosa. ¿Había estado ahí de verdad o acaso comenzaba a ver visiones? ¿A esto había llegado?

Sin su esposa, su hijo y su trabajo, Theo se sentía desesperado, y esta desesperación fue la causa de que terminara escribiendo una novela policíaca. Lo hizo a sugerencia de su agente.

—Cuando te pedí que escribieras cualquier cosa, lo decía en serio —le había insistido—. *Cualquier cosa*, para recuperar la costumbre. Ciencia ficción, novela romántica, lo que sea. No te creerías la bazofia que se publica bajo la etiqueta de «ficción comercial». Da igual que el libro no sea bueno, no es necesario que tenga ninguna valía. Ya lo firmaremos con otro nombre. Tú escribe *algo*.

De modo que lo intentó. La novela romántica no le interesaba lo más mínimo, y carecía de la predisposición mental necesaria para escribir ciencia ficción. La novela policíaca, en cambio, era otra cosa. Podía imaginarse escribiendo una. Le encantaba *Morse* y había leído a Dostoievski. No podía ser tan difícil. Lo único que necesitaba era el tema adecuado, un buen concepto, y ya podría ponerse manos a la obra. Y entonces se le ocurrió una idea. Aterrizó en el umbral de su puerta, la cogió y la desarrolló, trabajándola, moldeándola y convirtiéndola en algo diferente.

La que se escapó, publicada bajo el seudónimo de Caroline MacFarlane, era una novela muy experimental cuya trama se desarrollaba hacia atrás en algunas secciones, hacia delante en otras, y en la que, ocasionalmente, el punto de vista rotaba ciento ochenta grados, lo que abría la puerta al lector a los pensamientos más íntimos del asesino. Era un libro que evidenciaba hasta qué punto las simpatías del lector podían manipularse, y ponía de manifiesto la rapidez con la que sacamos conclusiones precipitadas sobre la culpabilidad y la inocencia, el poder y la responsabilidad.

El experimento no fue un éxito *rotundo*. Si bien Theo ocultó con cuidado su identidad usando un nombre de mujer como seudónimo («¡A las mujeres les encantan las novelas policíacas! —le había dicho su agente—. Disfrutan de la catarsis del victimismo.»), el secreto no se pudo mantener. Alguien se fue de la lengua, lo cual hizo que, por supuesto, el libro se convirtiera rápido en un superventas, pero también provocó que los críticos afilaran sus cuchillos (algunas de las críticas fueron bastante despiadadas) y también que salieran pirados de hasta debajo de las piedras («¡Me has robado la historia!»). En cualquier caso, con *La que se escapó* Theo consiguió su propósito principal: volver a escribir. Eso era lo importante. Cuando la musa enmudeció, Theo se negó a tirar la toalla: aprovechó un fragmento de una historia y lo hizo suyo. Esa era la verdad.

LA QUE SE ESCAPÓ

Expectación. A veces es la mejor parte, pues las cosas no siempre salen como uno quiere. En cualquier caso, sin embargo, hay que sentirse agradecido por los cálidos rayos del sol en la espalda y las chicas que deambulan por ahí con sus pantalones cortos y sus tops, ¿no?

En el *pub* ve a una chica sentada con una amiga fea. Va vestida con una falda, camiseta blanca en vez de top y sin sujetador. Es preciosa.

Se levanta un poco la falda para dejarle ver un poco más, y él se lo agradece con una sonrisa. En vez de devolvérsela, la chica hace una mueca y le dice a su amiga fea: Lo lleva claro.

Lo lleva claro.

Él se siente fatal, como si lo vaciaran por dentro, como si algo lo consumiera, y se siente asimismo embargado por un terrible anhelo, un deseo que surge del lugar que debería haber ocupado la sonrisa de la chica.

12

Miriam pensó que no conseguiría regresar a la barcaza. Pensó que se desmayaría en el mismo camino de sirga. Había comenzado a sentir la atosigante acometida del pánico: se le había reducido el campo visual, sentía un creciente ofuscamiento y una opresión en el pecho, se le había acelerado la respiración y el corazón le latía con fuerza. En cuanto llegó a la barcaza bajó corriendo la escalera que conducía al interior y se sentó de golpe en el banco, con la cabeza gacha, la barbilla pegada al pecho y los codos en las rodillas para intentar controlar la respiración y apaciguar los fuertes latidos de su corazón.

Estúpida estúpida estúpida. No debería haber ido a verlo. ¿Quién sabía qué podría haber pasado? Myerson podría haber llamado a la policía, podría haber declarado que lo acosaba. Eso habría echado a perder todo lo que había estado urdiendo.

Se había dejado llevar por el deseo, el impaciente deseo de ver a Myerson, aunque fuera tan solo por un momento. Las noticias no le habían proporcionado todavía ninguna alegría: habían pasado ya dos días desde su llamada al detective Barker y no parecía que hubieran interrogado a nadie nuevo con relación al asesinato de Daniel.

Había empezado a preguntarse si la habrían tomado en serio. No sería la primera vez que alguien aseguraba querer ayudarla, hacía ver que la escuchaba y luego la ignoraba sin más. Puede que Myerson hubiera dicho algo sobre ella, algo que la desacreditara. Por eso había sentido la necesidad de ir a verlo, de ver su cara, de comprobar si en ella reconocía miedo o inquietud o infelicidad.

Y sabía exactamente adónde debía dirigir la mirada: a la ventana del primer piso, la que daba al jardín. Era la ventana de su estudio y, frente a ella, se encontraba el macizo escritorio de caoba sobre el que Theo Myerson trabajaba con la cabeza inclinada sobre su ordenador portátil, dejando que un cigarrillo se consumiera en el cenicero cuadrado de cristal, mientras construía frases y concebía imágenes, excluyéndola a ella de su propia historia en una afrenta que Miriam sentía como un acto violento.

Cuando Miriam imaginaba a Myerson en su casa, sentado a su escritorio o bajando a la cocina para prepararse un tentempié, deteniéndose, quizá, ante la fotografía enmarcada que colgaba en la pared del pasillo en la que se los veía a él y a su esposa, jóvenes y vitales y todo sonrisas, no evocaba los detalles de la nada. Había visitado la bonita casa victoriana de Theo en Noel Road. Había cruzado el vestíbulo y el oscuro pasillo pintado de un moderno color gris ceniza, o piedra (¿no era esa tonalidad tan de moda con aquel nombre raro, algo así como *aliento de topo* o *pez muerto*?); había admirado los cuadros que colgaban de las paredes, la alfombra persa de vivos colores que se extendía sobre el suelo de parqué, y el salón, con las paredes cubiertas de estanterías que crujían bajo el peso de los relucientes libros de tapa dura. Con una intensa punzada de pena, Miriam había reparado asimismo en la fotografía enmarcada que había sobre la mesa del vestíbulo, y en la que se veía a un sonriente niño pequeño de pelo castaño.

Miriam llevaba trabajando en la librería apenas seis meses la primera vez que apareció Myerson por el camino de sirga con su perro, un pequeño terrier, un chucho cargante que dejaba atado a un amarradero mientras echaba un vistazo a los libros. Myerson y Nicholas, el jefe de Miriam, solían charlar sobre qué libros vendían bien y cuáles eran un completo fracaso, quién había sido destripado en las páginas de la revista *London Review of Books* o quién tenía posibilidades de ganar el premio Booker. Oculta detrás de una estantería, Miriam acostumbraba a escucharlos sin ser vista.

Había leído sus libros. Casi todo el mundo lo había hecho. El primero, publicado a mediados de la década de los noventa, había obtenido ventas moderadas y buenas críticas; el segundo había sido un auténtico superventas. Después Myerson desapareció. No solo de las listas de los libros más vendidos, sino también de las librerías. Ocasionalmente algún suplemento sabatino recuperaba su nombre y publicaba un artículo sobre ese escritor de gran éxito en los noventa que había sido víctima de una grave tragedia personal.

A Miriam siempre le había parecido que su escritura estaba sobrevalorada, pero descubrió que no era inmune al glamur del trato con una celebridad. Resultaba curiosa la rapidez con la que una comenzaba a reconsiderar la calidad del trabajo de un creador cuando este ya no era un ente abstracto, una mera fotografía petulante en la solapa de un libro, y se convertía en una persona de carne y hueso, con una sonrisa tímida y un perro maloliente.

A principios de verano, un miércoles por la mañana, puede que unos seis meses después de que hubiera empezado a visitar la librería flotante, Myerson apareció en un momento en que Miriam despachaba sola en la tienda. Ató fuera la correa del perro, como siempre, y ella le llevó un bol con agua. Myerson se lo agradeció amablemente y le preguntó si tenía algún ejemplar del nuevo libro de Ian Rankin. Miriam lo consultó y le respondió que todavía no estaba publicado y que salía la próxima semana. ¿Quería que le guardara un ejemplar? Él respondió que sí y comenzaron a charlar. Ella le preguntó si estaba trabajando en algo nuevo y él le contestó que sí, que así era, y que, de hecho, estaba pensando en probar a ver qué tal se le daba la novela policíaca.

—¿De verdad? —Miriam se sorprendió—. Nunca hubiera pensado que ese género fuera de su agrado.

Theo hizo una mueca mientras inclinaba la cabeza de un lado al otro.

—Bueeeno... —Vaciló—. En realidad no, pero me encuentro algo estancado. —Era cierto, había pasado más de una década desde la última vez que había publicado algo significativo—. Así que se me ha ocurrido probar un camino completamente distinto. —Y, dándose unos golpecitos en la sien con el dedo índice, añadió—: A ver si así consigo motivarme un poco.

A la semana siguiente, cuando llegó el nuevo Rankin, Miriam le apartó un ejemplar. Theo, sin embargo, no fue a buscarlo, ni ese día ni al siguiente. Tampoco al otro. En la tienda tenían su dirección (le habían enviado libros con anterioridad) y sabía dónde vivía con exactitud. Su casa no estaba muy lejos de la barcaza en la que residía ella, siguiendo el canal la distancia debía de ser de un kilómetro más o menos, de modo que decidió llevárselo en persona.

No estaba segura de si Myerson vería su visita como una intromisión, pero cuando le abrió la puerta pareció genuinamente contento de verla.

—Es muy amable de su parte —dijo, invitándola a entrar—. Hace un tiempo que no me encuentro demasiado bien. —Se notaba: las ojeras oscuras, el blanco de los ojos amarillento, el rostro congestionado. La casa apestaba a humo—. Esta época del año es difícil para mí —musitó con la voz quebrada. No dijo nada más al respecto y Miriam no preguntó. Ella extendió una mano para tocarle el brazo y, avergonzado, él se apartó con una sonrisa. Desde que había conocido a Theo en persona, sentía una gran ternura por él.

Salieron al patio a tomar una taza de té y se pusieron a hablar sobre libros. El verano había comenzado hacía poco y las tardes eran cada vez más largas; el perfume de las glicinas colmaba el aire y se oía una leve música procedente de una radio cercana. Al reclinarse, Miriam cerró los ojos y la embargó una inmensa sensación de satisfacción y de privilegio por el mero hecho de estar sentada ahí, en esa maravilla de jardín londinense situado en pleno centro de la ciudad, conversando sobre una miríada de temas con un distinguido escritor. En ese momento tuvo la sensación de que se abría ante ella la posibilidad de una vida muy distinta de la que había llevado hasta entonces, una vida mucho más rica (en un sentido cultural) y más mundana. No era que se imaginara nada romántico, no con Theo. No era idiota. Había visto fotografías de su esposa y sabía que no podía compararse con ella. Pero ahí estaba él, tratándola como a un igual. Como a una amiga.

Cuando se marchó esa tarde, Theo le estrechó afectuosamente la mano.

—Vuelva cuando quiera —le dijo con una sonrisa. Y ella fue tan estúpida de tomarle la palabra.

Cuando fue a verlo otra vez, lo hizo con una propuesta bajo el brazo. Algo que ella pensó que podía unirlos. Un libro en el que contaba su propia historia. *Su* libro. Unas memorias en las que había estado trabajando durante años, pero que nunca había tenido el valor de enseñar a nadie, pues jamás había confiado lo suficiente en nadie para revelarle su secreto. Hasta que conoció a Myerson: un auténtico escritor, un hombre que también convivía con una tragedia. Lo escogió a él.

Y escogió mal.

Creía que estaba confiándole su historia a un hombre íntegro, a un hombre de bien, cuando en realidad estaba desnudando su alma ante un charlatán, un depredador.

A esas alturas habría cabido esperar que ya supiera reconocerlos.

El primer depredador que Miriam había conocido se llamaba Jeremy. Jez, para abreviar. Un sofocante viernes de junio, por la tarde, Jez las recogió a ella y a su amiga Lorraine en su Volvo familiar de color azul pálido. Estaban haciendo autoestop (todo el mundo lo hacía en la década de los ochenta, incluso en Hertfordshire). Habían decidido saltarse las dos últimas clases y se dirigían al pueblo para pasar el rato, fumar cigarrillos y probarse ropa que no podían permitirse.

Cuando el coche se detuvo, Lorraine se sentó en el asiento del acompañante. ¿Cómo no iba a hacerlo? Era la delgada, la guapa (aunque, a decir verdad, ninguna de las dos era una hermosura). Lorraine era la razón por la que él se había detenido, de modo que fue ella quien se sentó delante. Miriam lo hizo en el asiento trasero, detrás de su amiga. El conductor las saludó, les dijo su nombre y les preguntó a ellas el suyo, pero no miró a Miriam ni una sola vez.

El suelo del coche estaba repleto de botellines vacíos, latas de cerveza y una botella de whisky que repiqueteaban entre sí alrededor de los pies de Miriam. Bajo el humo de los cigarrillos de Jez y Lorraine podía percibirse un olor raro, amargo, como a leche rancia. Miriam quiso salir del coche nada más entrar. Sabía que no deberían estar haciendo eso, que era una mala idea. Abrió la boca para decir algo, pero el coche ya se había puesto en marcha y aceleró con rapidez. Miriam se preguntó qué pasaría si abría la puerta. ¿Disminuiría ese tipo la velocidad? Probablemente pensaría que estaba loca. En vez de eso bajó la ventanilla y aspiró una bocanada del caluroso aire veraniego.

Una canción comenzó a sonar en la radio, una balada, y Jeremy hizo ademán de cambiar de emisora, pero Lorraine le colocó una mano sobre el brazo.

—No —dijo—. Me gusta esta canción. ¿A ti no? —Y empezó a cantar.

Por el tiempo que pasé con ella, no me disculparé
Lo que le quité, no lo devolveré

Jez no las llevó al pueblo, sino de vuelta a su casa.
—Para fumar.
—Ya tenemos cigarrillos —dijo Miriam, y tanto Lorrie como Jez se rieron.
—No ese tipo de cigarrillos, Miriam.
Jez vivía en una destartalada granja situada a unos pocos kilómetros del pueblo. El terreno en el que se encontraba estaba situado al final de una larga y serpenteante carretera a ninguna parte cuyo asfalto iba estrechándose cada vez más hasta que, para cuando llegaron a la verja, lo que estaban recorriendo era un camino de tierra lleno de baches. Miriam sintió un retortijón en el estómago y temió que pudiera llegar a cagarse encima. Jez salió del coche para abrir la verja.
—Creo que deberíamos marcharnos —le comentó Miriam a Lorraine con un tono de voz trémulo y apremiante—. Esto es extraño. Jez es extraño. No me gusta nada de esto.
—No seas tan cobardica. —Lorraine resopló.
Jez condujo por el camino de entrada y aparcó junto a otro coche, un viejo Citroën blanco; cuando Miriam lo vio, el corazón le dio un pequeño vuelco. Su madre ha-

bía tenido un coche como ese. Era el típico vehículo que conducían las mujeres de mediana edad. Tal vez la madre del tipo ese estaba ahí, pensó, y entonces reparó en que el Citroën tenía las ruedas deshinchadas y que su chasis descansaba en el suelo. A pesar del calor, sintió un escalofrío.

Jez se bajó primero, y luego lo hizo Lorraine. Miriam vaciló un momento. ¿Qué tal si se quedaba en el coche? Lorraine se volvió hacia ella con los ojos abiertos como platos. «¡Vamos!», la apremió moviendo los labios sin pronunciar sonido alguno al tiempo que le hacía un gesto con la mano para que la siguiera.

Por último Miriam bajó del coche. De camino a la casa notó que las piernas le temblaban. Al pasar de la radiante luz diurna al oscuro interior de la casa, vio que esta no solo estaba destartalada, sino también abandonada: las ventanas de las habitaciones del primer piso estaban rotas y habían tapiado las de la planta baja con tablones de madera.

—¡Tú no vives aquí! —estalló Miriam indignada. Jez se volvió hacia ella y, con el rostro inexpresivo, la miró por primera vez. No dijo nada. Luego volvió la vista al frente y cogió a Lorraine del brazo. Ella echó una ojeada hacia atrás por encima del hombro y Miriam advirtió que también tenía miedo.

Se adentraron en la casa. Estaba sucia y había montones de botellas, bolsas de plástico y paquetes de cigarrillos tirados por el suelo. También apestaba a excrementos, y no precisamente animales. Miriam se tapó la nariz y la boca con una mano. Quería dar media vuelta y salir corriendo, pero algo se lo impedía; algo la hacía seguir adelante, colocar un pie delante del otro e ir detrás de Lorraine y Jez. Recorrieron un pasillo y, tras pasar por delante de una escalera, llegaron a lo que antaño debía de haber sido un salón, pues había un desvencijado sofá contra una de las paredes.

Miriam pensó que si actuaba con normalidad tal vez la situación *sería* normal. Que si lo pensaba, tal vez conseguiría que lo fuera. Solo porque diera la *sensación* de que era una de esas cosas que pasaban en las películas de terror, no quería decir que fuera a *suceder* lo mismo que en las películas de terror. Más bien al contrario: en las películas de terror las chicas nunca lo veían venir. Eran rematadamente estúpidas.

Rematadamente estúpidas.

LA QUE SE ESCAPÓ

Se despierta.

Tiene las articulaciones agarrotadas, le duele la cadera, está parcialmente cegada, le cuesta respirar. ¡Le cuesta respirar! Sobresaltada, se incorpora de golpe y permanece un momento sentada, con el corazón latiéndole con fuerza. Se siente mareada a causa de la adrenalina. Inhala hondo por la nariz. Puede respirar, pero tiene algo en la boca, algo suave y húmedo. Una mordaza. Le sobreviene una arcada e intenta escupirla. Con las manos atadas a la espalda, forcejea haciendo caso omiso al dolor. Al final consigue soltarse la mano derecha y se quita la mordaza de la boca. Observa que se trata de una camiseta de color azul desvaído.

En otra habitación no muy lejana alguien está llorando.

(Pero ahora no puede pensar en eso.)

Se pone de pie. No consigue abrir el ojo derecho. Con las uñas se retira con delicadeza restos de sangre seca de las pestañas. Eso ayuda un poco. Consigue abrirlo un poco. Ahora tiene perspectiva.

La puerta está cerrada con llave, pero hay una ventana y la habitación se encuentra en la planta baja. La ventana, sin embargo, es pequeña y ella no es muy delgada. Aún no ha oscurecido del todo. Hacia el horizonte, en dirección oeste, ve una bandada de pájaros que rápidamente se desperdiga y después vuelve a agruparse. El cielo se llena de pájaros, se despeja, vuelve a llenarse, y resulta hermoso. Si se queda ahí, piensa la chica, justo en ese sitio, contemplando el cielo, nunca oscurecerá y él nunca irá a por ella.

El volumen de los sollozos aumenta y ella retrocede un paso. Ya no puede ver a los pájaros.

Al igual que la puerta, la ventana está cerrada con llave, pero solo tiene un cristal, y puede romperlo. Sí, puede romperlo, pero no sin hacer ruido. ¿Tendrá tiempo de salir antes de que él vaya a por ella? ¿Conseguirá que su cuerpo pase a través de esa pequeña abertura? Su amiga podría. Su amiga es delgada, hizo ballet hasta los trece años y puede flexionar el cuerpo de una forma que ella es incapaz.

(Ahora no puede pensar en su amiga, no puede pensar en cuánta flexibilidad tiene su cuerpo antes de romperse.)

El llanto se detiene y luego vuelve a comenzar. Entonces puede oír una voz que dice por favor, por favor. Lo divertido (bueno, en realidad divertido no es) es que no se trata de la voz de su amiga, sino de la del tipo. Es él quien está suplicando.

13

Laura se despertó en el sofá completamente vestida y con la boca seca. Se dio la vuelta y cogió el teléfono móvil, que estaba en el suelo. Tenía varias llamadas perdidas: de Irene, de dos números distintos que no reconoció y de su padre. Llamó al buzón de voz para escuchar el mensaje de su padre.

—Laura —dijo una voz que no era la de su padre—. Soy Deidre. Te llamo desde el teléfono de Philip. Mmm... —Entre las muchas costumbres condenadamente irritantes de Deidre estaba la de interrumpir su discurso con un extraño tarareo, como si fuera a ponerse a cantar pero no encontrara la nota adecuada—. Hemos recibido tu mensaje y, la cosa es que, bueno, ya habíamos acordado que no podíamos seguir dándote dinero cada vez que te metieras en problemas, ¿no? Tienes que aprender a resolver estas cosas por ti misma. Mmm. Como sabes, además, mi Becky va a casarse este verano, así que ahora mismo ya tenemos muchos gastos. Hemos de priorizar. Mmm. Bueno, eso es todo. Adiós, Laura.

Se preguntó si su padre habría llegado a escuchar el mensaje que le había dejado o si Deidre los escuchaba primero y filtraba aquellos que no le parecían importantes. Esperó que este fuera el caso: resultaba menos doloroso imaginar que él ni siquiera sabía que ella tenía problemas. Pensó entonces que podía llamarlo y averiguarlo. Pero no estaba segura de si podría soportar la verdad.

Con el corazón en la boca, abrió en el móvil la página de noticias de la BBC en busca de alguna novedad sobre el asesinato de Daniel, pero no había ninguna desde el día anterior. La policía estaba siguiendo distintas líneas de investigación y pedía a posibles testigos que se pusieran en contacto. Ella se preguntó cuántos habría, cuánta gente la habría visto aquella mañana por el camino de sirga con sangre en los labios.

Se abstrajo de ello escribiéndole a Irene un mensaje de texto.

> Lo siento muchísimo he tenido algunos problemas ☹
> estoy d camino prepara tu lista
> d la compra ns vms ahora ☺

Solía pedirle a Irene que le enviara la lista de la compra para poder pasar por el supermercado de camino a

182

su casa, pero esta vez necesitaría el dinero por adelantado.

Cuando llegó a casa de Irene, le abrió la puerta una mujer que le resultaba vagamente familiar.

—¡Oh! —dijo Laura—. ¿Está...? ¿Está la señora Barnes? Soy Laura. Yo...

No terminó la frase porque la mujer ya se había dado la vuelta y le estaba respondiendo, con un tono que sugería irritación:

—Sí, sí, está aquí, pasa. —Y luego añadió—: Parece que al fin ha aparecido tu pequeña ayudante, Irene.

Laura asomó la cabeza por la puerta del salón.

—¿Todo bien, gánster? —Saludó a la anciana con una amplia sonrisa. Por lo general Irene se reía al oírlo, pero esta vez no lo hizo. Parecía muy inquieta.

—¡Laura! —exclamó alzando sus pequeñas manos de dedos torcidos—. Estaba muy preocupada por ti. ¿Dónde has estado?

—¡Oh, lo siento, socia! —Laura cruzó la estancia para darle a Irene un beso en la mejilla—. No te creerás la semana que he tenido. Luego te lo cuento todo. ¿Tú cómo estás? Todo bien, ¿no?

—Ahora que tu *amiga* ya está aquí, creo que iré tirando —intervino la mujer en un tono de voz frío y cortante—. ¿Te parece bien, Irene? —preguntó, ladeando la cabeza. Luego se colgó del hombro lo que a Laura le pareció un bolso muy caro, cogió un par de bolsas que había junto a la puerta y le dio a Laura un trozo de papel—.

La lista de la compra —espetó con una mirada demoledora—. Te encargas tú, ¿verdad?

—Sí, sí, yo lo haré —contestó Laura, y a continuación le echó un vistazo a Irene, que hizo una mueca.

—No hace falta que me acompañéis —dijo la mujer y, acto seguido, se marchó a toda velocidad de la habitación. Luego se oyó cómo cerraba la puerta de entrada tras de sí y, un momento después, otro portazo.

—¿Quién es esa? —preguntó.

—Carla —respondió Irene, enarcando una ceja—. Carla Myerson, la hermana de mi amiga Angela.

—Una mujer encantadora, ¿no? —se mofó Laura, guiñándole un ojo a Irene.

Esta se aclaró la garganta.

—Por algún motivo, siempre tengo la sensación de que me mira por encima del hombro, y no lo digo solo porque sea alta. Me habla como si fuera idiota. Una vieja idiota. Me pone de los nervios. —Hizo una pausa y negó con la cabeza—. Pero no debería hablar mal de ella. Puede que no sea mi persona favorita, pero está pasando una racha terrible. Primero falleció su hermana y ahora su sobrino...

—¡Ah, claro! —exclamó Laura al caer en la cuenta. Por eso le resultaba familiar. Se parecía un poco a él. Había algo en los ojos, en la forma de la boca, en el modo en que inclinaba un poco la barbilla al hablar—. No había pensado en ello. Entonces ¿es su tía?

—Así es —confirmó Irene frunciendo ligeramente el

ceño—. Supongo que ya te has enterado de lo que le ha pasado a Daniel, ¿no? —preguntó, y Laura asintió.

—Oh, sí. Podría decirse que sí.

—Ha salido en todas las noticias, ¿verdad? Y todavía no han detenido a la persona que lo hizo.

—Todavía es pronto, supongo —dijo Laura, apartando la mirada y posándola sobre la lista de la compra que la mujer le había dado. Frunció el ceño—. ¿Es esta tu lista? ¿Te la ha escrito ella?

Irene asintió.

—Sí. Carla no ha tenido paciencia para esperar a que yo pensara las cosas que necesitaba, así que ha entrado en la cocina y lo ha *deducido* mirando los armarios.

Laura puso los ojos en blanco.

—¿Muesli? Pero si a ti no te gusta el muesli, te gustan los copos de maíz Crunchy Nut.

—Se lo he dicho, pero no me ha escuchado.

—¿Arroz salvaje? ¡Pero qué diantre...! —Laura rompió la lista y tiró los trozos al aire como si fueran confeti—. Lo que deberías hacer es guardar una nota en el móvil cuando se te ocurra algo que necesites.

—Oh, no. Soy incapaz de escribir en una de esas cosas. Son demasiado pequeñas y no puedo ver nada, ni siquiera con las gafas. Además, la mitad de las veces el maldito aparato me cambia las palabras sin que se lo pida y lo que termino escribiendo es un galimatías.

—No, no —protestó Laura—. No tienes que *escribir* nada. Lo que yo hago es grabar notas de voz. Tengo una memoria muy mala, así que en cuanto me viene a la mente algo que he de hacer, o comprar, o lo que sea, uso la grabadora de voz del móvil. Así no tengo que teclear nada, solo decirlo en voz alta.

Irene negó con la cabeza.

—Oh, no. No creo que pueda. No tengo ni idea de cómo se hace. Ni siquiera estoy segura de que mi móvil tenga una cosa de esas.

—Claro que sí. —Laura cogió el smartphone de Irene, desbloqueó la pantalla, localizó la aplicación y la abrió—. Copos de maíz Crunchy Nut —recitó entonces, alzando bien la voz—. Nada de condenado muesli —añadió, guiñándole un ojo a Irene—. Ya está. Ahora puedes reproducirlo.

«Copos de maíz Crunchy Nut. Nada de condenado muesli.»

—Oh, pues parece fácil —celebró Irene, y se rio—. Vuelve a enseñarme cómo se hace.

Después de escribir juntas una nueva lista de la compra, Irene le dijo a Laura que cogiera un billete de veinte libras de su bolso. Irene solía pagarle cinco por ir a hacer la compra, lo cual era muy generoso ya que, por lo general, apenas tardaba quince minutos en hacerla, pero esta vez Laura cogió dos billetes de veinte. Se gastó catorce libras en la compra y se quedó el resto. A Irene le dijo que había perdido el recibo en el camino de vuelta a casa.

Mientras guardaba las cosas que había comprado, Laura puso al corriente a Irene de lo que le había pasado esa última semana. Le explicó que había perdido la llave de casa y había tenido que entrar por la ventana, que se había hecho un corte en el brazo y que después, encima, había perdido el trabajo. No le contó lo de Daniel. No hacía falta que Irene supiera lo del polvo, la discusión y el arresto.

—Lamento mucho no haberme puesto en contacto antes —se disculpó Laura cuando hubo terminado de guardarlo todo y de preparar el té, que ambas tomaron junto a las galletitas de chocolate que sirvió en un plato—. Estaba algo alterada. —Irene se había sentado en su sillón favorito y Laura permanecía apoyada en el radiador que había debajo de la ventana, con las piernas extendidas ante ella—. Me sabe mal haberte decepcionado.

—¡Oh, Laura! —Irene negó con la cabeza—. No me has decepcionado. Solo estaba preocupada por ti. Si te vuelve a pasar algo así, tienes que avisarme. A lo mejor puedo ayudarte.

Laura pensó en el dinero que había cogido y se odió a sí misma. Debería devolvérselo. Debería volver a meterlo en el bolso de Irene y luego pedirle un préstamo abiertamente, tal y como haría una persona normal. Debería aceptar la ayuda que acababa de ofrecerle. Ahora, sin embargo, ya era demasiado tarde, ¿no? Irene había dejado el bolso junto a su silla. No había modo alguno de volver a meter el billete sin que se enterara. Y, de todas maneras, el momento de pedirle ayuda ya había pasado hacía unos segundos, cuando se la había ofrecido.

Se quedó un rato más, tomó otra taza de té y se comió otro par de galletitas, pero apenas tenía apetito; su deshonestidad le había revuelto las entrañas, amargándolo todo.

Dio una excusa y se marchó.

Al salir a la calle, advirtió que la puerta del adosado contiguo, el número tres —la casa de Angela Sutherland—, estaba ligeramente entreabierta, así que la empujó con cuidado y echó un vistazo al interior. El abrigo de Carla Sutherland descansaba sobre la barandilla de la escalera, su caro bolso estaba colgado del poste, y las otras bolsas, la de plástico y la de tela, se encontraban en el suelo. ¡Ahí mismo, al alcance de cualquiera! Putos ricos. A veces parecía que lo pedían a gritos.

Una vez en casa, vació el contenido de la bolsa de tela en el suelo de su salón, el corazón latiéndole con fuerza. Además de una bufanda vieja y cutre y una cazadora Yves Saint Laurent, decente pero algo antigua, encontró dos pequeñas cajitas de piel. Cogió la primera, de color violeta, y la abrió: dentro había un anillo de oro con lo que parecía un enorme rubí engastado. En la segunda, un poco más grande y de color marrón, había una medalla de san Cristóbal, también de oro, con las iniciales

«BTM» grabadas en el dorso junto a una fecha: «24 de marzo de 2000». ¿Un regalo de bautizo, quizá? No el de Daniel, las iniciales no coincidían. Debía de ser de algún otro niño. Cerró la cajita de golpe. Era una pena lo del grabado, pensó, eso hacía que la medalla fuera menos vendible. Pero si el anillo era auténtico, debía de valer una pasta.

Era un ser despreciable.

Se vació los bolsillos en la encimera de la cocina y contó el dinero que tenía: treinta y nueve libras con cincuenta peniques; y, de esas treinta y nueve libras, veintiséis se las había robado a su amiga Irene.

Una piltrafa mentirosa y ladrona.

Laura escuchó las notas de voz que había grabado en el móvil. Su voz le recordó que debía ponerse en contacto con el ayuntamiento en relación con el subsidio que recibía para pagar el alquiler, avisar al encargado de mantenimiento para que arreglara la caldera (otra vez), llamar a la enfermera de la consulta para que le renovaran la receta, comprar leche, queso, pan, tampones...

Detuvo las grabaciones, agotada ante la mera perspectiva de todas las cosas que debía hacer, todos los obstáculos que se alzaban ante ella. Echó un vistazo rápido a los mensajes que había recibido de chicos con los que se había mantenido en contacto, posibles ligues cuya amistad había estado cultivando y en los que ahora no tenía ningún interés y para los que carecía de energía. Luego escuchó los mensajes que tenía en el buzón de voz. Uno de ellos era una llamada no solicitada de una aseguradora, el otro era de su psicóloga.

—Te has saltado dos citas, Laura. Me temo que si no vienes a la próxima tendremos que cancelar el servicio, ¿lo entiendes? No me gustaría hacerlo porque creo que estamos consiguiendo auténticos progresos y estás más estable; sería una pena echar por la borda todo este duro trabajo, ¿no? Espero verte el lunes por la tarde a las tres. Si no puedes venir, por favor, llámame hoy para cambiar de día la cita.

Laura se reclinó todavía más en la silla mientras se masajeaba suavemente el cuero cabelludo con las yemas de los dedos. A pesar de tener los ojos cerrados, sus párpados no pudieron contener las lágrimas, y comenzaron a rodar por sus mejillas. «Basta basta basta —dijo para sí—. Ojalá todo se detuviera un momento.»

Había empezado a acudir a terapia después del incidente del tenedor. La psicóloga era una mujer agradable de rostro pequeño y ojos grandes que a Laura le recordaba a una especie de criatura de los bosques. Esta terapeuta le había dicho a Laura que debía dejar de *reaccionar*.

—Parece que te pasas la vida apagando incendios, Laura. Vas saltando de una crisis a otra. Lo que tenemos que hacer es encontrar un modo de poner fin a este patrón de reacciones y ver si podemos diseñar algunas estrategias...

A los psicólogos les pirraba lo de diseñar estrategias para que no fuera tan irascible y dejara de agredir a la gente y de perder el control; para que, antes de hacerlo, se detuviera un momento y recapacitara, para evitar así que actuara de un modo equivocado. «¿Sabes cuál es tu problema, Laura? Tomas malas decisiones.»

Bueno, era posible. Pero esa tan solo era una forma de verlo, ¿no? Otra podía ser decir algo como: «¿Sabes cuál es tu problema, Laura? Te atropelló un coche cuando tenías diez años y te golpeaste la cabeza con el asfalto, sufriste una fractura de cráneo, una rotura de pelvis, una fractura abierta de fémur distal y una lesión cerebral traumática. Te pasaste doce días en coma, tres meses en el hospital y tuviste que someterte a media docena de dolorosas operaciones quirúrgicas y que volver a aprender a hablar. ¡Ah!, y por si todo esto fuera poco, cuando todavía estabas en el hospital descubriste que la persona a la que más querías en el mundo, la que se suponía que debía cuidarte y protegerte, te había traicionado. ¿Tan extraño resulta que te ofendas tan rápidamente? ¿Que estés enfadada?».

LA QUE SE ESCAPÓ

En el lugar donde debería haber una sonrisa hay una pregunta: Bueno, entonces
¿adónde vamos? Y luego ya no hay ningún
lugar donde debería haber una sonrisa porque ahora ella está sonriendo y él ya no
está enfadado, sino pensando en cómo irá
la cosa y en que desearía que la amiga no
estuviera en el asiento trasero, aunque
si no la mira y no piensa en ella tal vez
todo vaya bien.

No le gusta el modo en que lo mira la
amiga. El modo en que lo mira le recuerda
a su madre. Debería haberla olvidado por
completo, pero no ha podido. Su madre también era fea, la mordió un perro cuando
era pequeña y desde entonces no ha dejado
de dar la tabarra con ello. Le quedó una

cicatriz en la boca que le dejó el labio torcido, como si te desdeñara, cosa que normalmente hacía.

Estaba lastimada por dentro y por fuera, y no dejaba de gritarles, a él o a su padre; quería que él fuera tan desgraciado como ella, no podía soportar que riera o jugara o fuera feliz.

Y mira ahora. Otra vez está pensando en su madre. ¿Por qué siempre la tiene en la cabeza? Es culpa de la otra, ¿no? Es culpa de la fea que va en el asiento trasero, ella es la causante de que esté pensando en su madre. Piensa en ella cuando está haciendo todo tipo de cosas como conducir, intentar dormir, ver la tele; incluso cuando está con chicas. Y eso es lo peor. Le hace sentir vacío por dentro, como si le faltara sangre en las venas. Le impide hacer nada. Y tampoco puede ver nada, todo se vuelve rojo.

14

Irene estaba muy preocupada por Laura. Mientras calentaba unas alubias, que acompañaría con una tostada (Carla no lo aprobaría), pensó en llamarla para asegurarse de que estaba bien. Ella le había dicho que lo estaba («¡Estupendamente!, ¡de verdad!»), pero parecía distraída e inquieta. Por supuesto, acababa de perder el trabajo, así que era normal que estuviera preocupada, ¿no? En cualquier caso, creía que se trataba de algo más que eso. Ese día Laura parecía intranquila en compañía de Irene, de un modo que esta nunca había advertido antes.

Aunque tampoco hacía tanto tiempo que la conocía. Apenas llevaba un par de meses en su vida y, sin embargo, le había cogido cariño con rapidez. Había algo tan puro en Laura, tan indefenso, que incluso sentía miedo por ella. Alguien así parecía en exceso vulnerable a lo peor del mundo. Además, ella había comenzado a depender de aquella jovencita vulnerable, pues ahora que no estaba Angela se había quedado muy sola. Era consciente de que había cierto peligro en el hecho de considerar a Laura una especie de reemplazo de Angela.

Pero lo cierto era que, de algún modo, eran bastante parecidas: ambas eran divertidas, amables y visiblemente frágiles. Desde el punto de vista de Irene, lo mejor tanto de Angela como de Laura era que no daban nada por sentado en lo que respectaba a ella. Laura no presuponía que Irene fuera incapaz de aprender a usar una nueva aplicación del móvil; Angela tampoco que no le interesaran las novelas de Sally Rooney. Ninguna de las dos daba por hecho que no se riera con un chiste verde (lo haría si fuera gracioso). Ni tampoco que fuera físicamente incapaz de hacer algo, o de miras estrechas, o que careciera de interés por las cosas mundanas. No la consideraban, como Carla, una entrometida o una vieja idiota.

Irene tenía ochenta años, pero no sentía que los tuviera. No solo porque, dejando de lado la reciente torcedura de tobillo, era una mujer ágil y esbelta, sino también porque le resultaba imposible sentir que tenía esa edad. Nadie *sentía* tener ochenta años. Si se ponía a pensar en ello, le parecía que tenía unos treinta y cinco. Tal vez cuarenta. Esa era una buena edad, ¿no? Para entonces una ya sabía quién era. Había dejado de ser inconstante o insegura, pero aún no había tenido tiempo de endurecerse y volverse inflexible.

En realidad una se sentía de un modo determinado por dentro y, si bien la gente que había conocido desde siempre probablemente todavía la veía así, la cantidad de personas *nuevas* que podían apreciar esa persona interior, y considerar que una era algo más que una colección de achaques debidos a la edad, era limitada.

Y a Irene ya no le quedaba mucha gente alrededor que la hubiera conocido desde siempre. Casi todos sus viejos amigos —suyos y de William— se habían mudado fuera de la ciudad, muchos de ellos hacía ya años, para estar más cerca de sus hijos o nietos. En su momento a Irene no le había molestado demasiado porque, con William a su lado, no se sentía nada sola. Hasta que, seis años atrás, una radiante mañana de marzo, William salió a comprar el periódico y ya nunca volvió a casa. Murió en el quiosco tras sufrir un ataque cardíaco. Ella siempre había pensado que su marido era fuerte como un buey y que viviría eternamente. Al principio creyó que ella también se moriría a causa del *shock*, pero con el tiempo esa sensación se fue apagando y entonces llegó la tristeza, algo mucho peor.

Se oyó un portazo y se sobresaltó. Era la puerta de entrada de la casa de al lado. Irene conocía bien el ruido que hacía al cerrarse de golpe. Con dificultad, se puso de pie y se inclinó hacia delante para mirar por la ventana, pero no vio a nadie. Seguro que se trataba de Carla haciendo Dios sabía qué. Angela había fallecido hacía ya dos meses, pero su hermana seguía yendo a la casa día tras día para «revisar y ordenarlo todo», si bien Irene no conseguía imaginar qué diantre había que revisar y ordenar, pues Angela no tenía demasiadas cosas. Las hermanas provenían de una familia adinerada, pero de algún modo Carla parecía haber terminado por quedarse con la mayor parte. Angela tenía la casa, cierto, pero nada más. Se ganaba la vida a duras penas haciendo trabajillos de edición y corrección de textos como autónoma. El problema era que había tenido a su hijo muy joven: el padre había sido uno de sus profesores en la universidad. Una infeliz aventura, un embarazo inesperado y la vida de Angela quedó desbaratada. Irene sabía que lo había pasado mal y que había tenido dificultades para tirar adelante por la falta de dinero, la crianza del niño y todos los demonios que la atosigaban.

La gente presuponía que la vida de una no estaba completa sin niños, pero no era así. A Irene y a William les habría gustado tener hijos. Al final no los tuvieron, pero Irene había disfrutado de una buena vida de todos modos. Se había casado con un hombre que la quería, había tenido un empleo del que había disfrutado más de lo esperado en la recepción de la consulta de un dentista y había sido voluntaria en la Cruz Roja. Salidas al teatro, vacaciones en Italia. ¿Qué tenía todo eso de malo? A decir verdad, no le importaría seguir haciendo más cosas como esas. Y es que, a pesar de lo que la gente pensaba, todavía no había dado su vida por terminada; no estaba en la antesala de la muerte. Aún quería visitar Villa Cimbrone, en Ravello, y Positano, donde habían filmado *El talento de Mr. Ripley*. ¡Ah, y también Pompeya!

Irene había leído en un artículo de periódico que las personas más felices del mundo eran las mujeres solteras y sin hijos. Entendía bien por qué. La libertad de la que disfrutaban entrañaba muchas cosas buenas, como el hecho de no tener que rendir cuentas ante nadie y poder vivir tal como una quería. Aunque, claro, cuando una se enamora ya no puede ser realmente libre, ¿verdad? Para entonces ya es demasiado tarde.

Tras la muerte de William, Irene fue presa de uno de sus ataques de melancolía. «Depresión», lo llamaban ahora, pero cuando era joven no era más que melancolía. Angela lo llamaba «el Perro Negro». Irene había recibido la visita ocasional del perro desde que era joven. A veces había tenido que quedarse en cama, y otras había seguido adelante. Los ataques de melancolía solían acometerla de repente, en algunas ocasiones los causaba una tristeza de origen claro (su tercer aborto espontáneo, el último que sufrió), si bien a veces también descendían sobre ella sin advertencia previa, en medio de un día de lo más radiante. Siempre había conseguido mantener la cabeza por encima del agua y nunca había llegado a hundirse; William no había permitido que eso sucediera. Él siempre la salvaba. Y cuando falleció, Angela ocupó milagrosamente su lugar.

En 2012, el año que William murió, la llegada de la Navidad cogió desprevenida a Irene. Por algún motivo no se había dado cuenta de la progresiva aparición de comida y decoraciones navideñas en los estantes de las tiendas, ni tampoco había reparado en la molesta música que sonaba en ellas, y de repente hacía un frío glacial y ya era diciembre y la gente cargaba grandes abetos por la calle.

Irene recibió invitaciones: una de su amiga Jen, que se había trasladado a Edimburgo con su marido, y otra de una prima a la que apenas conocía y que vivía nada más y nada menos que en Birmingham; pero las rechazó sin pensárselo demasiado. No soportaba viajar en Navidad, dijo, lo cual era cierto, si bien la verdadera razón por la que pensaba que debía pasar la Navidad en casa era que, si no lo hacía, la del año siguiente sería la primera sin William (o la otra). Todas las Navidades que le quedaban las pasaría sin William. Creía, pues, que lo mejor sería quitarse de encima la primera cuanto antes.

Angela, que era muy sensible a este tipo de cosas, le pidió que, al menos, accediera a pasar la Nochebuena con ellos.

—Daniel y yo pediremos curri para llevar en el Delhi Grill —le dijo—. Preparan unas chuletas de cordero deliciosas. ¿Seguro que no te apetece unirte a nosotros?

Irene le contestó que, en realidad, sí le parecía una buena idea. La tarde del veinticuatro fue a arreglarse el pelo y a pintarse las uñas, y luego salió a comprar unos pequeños regalos: un ejemplar de *La liebre con ojos de ámbar* para Angela y un cupón canjeable por material de artes plásticas para Daniel.

Al volver a casa, Irene apenas había tenido tiempo de dejar las cosas cuando oyó un ruido de lo más peculiar, una especie de gemido que casi parecía un mugido. Ese extraño sonido animal fue interrumpido de golpe por otro: algo haciéndose añicos, un objeto de cristal o porcelana. A continuación se oyeron gritos.

—¡No puedo contigo! ¡Son las cuatro de la tarde y mírate! ¡Por el amor de Dios, mírate! —La voz de Daniel sonaba alta y quebrada; era la voz de alguien que había llegado al límite; la de Angela, en cambio, era la de alguien que ya hacía mucho que lo había sobrepasado.

—¡Vete! —gritó ella—. ¡Vete de una vez, maldito... desgraciado! ¡Oh, Dios, cómo desearía que...!

—¿Qué? ¿Qué es lo que desearías? ¡Vamos! ¡Dilo! ¿Qué es lo que desearías?

—¡Desearía que no hubieras nacido!

Irene oyó entonces que alguien bajaba ruidosamente la escalera y acto seguido, un portazo tan fuerte que toda la hilera de casas adosadas pareció temblar. Luego vio que Daniel pasaba a toda velocidad por delante de la ventana, con el rostro lívido y los puños cerrados. Angela salió a la calle un momento después, cayéndose al suelo de lo borracha que iba. Irene tuvo que salir para ayudarla. Tras un buen rato consolándola y tratando de persuadirla, primero amablemente y luego ya no tanto, consiguió que volviera a entrar en casa y se metiera en la cama.

Durante todo ese tiempo Angela no dejó de hablar, mascullaba para sí cosas a veces apenas audibles. Irene oyó bien lo siguiente, sin embargo: «Todo el mundo me dijo que me deshiciera de él, ¿lo sabías? No les hice caso. No les hice caso. Oh, cómo desearía haber tenido tu suerte, Irene».

—¿Mi suerte? —repitió ella.

—No poder tener hijos.

Irene no volvió a ver a Angela hasta el día de San Esteban. Su amiga se presentó en su casa con un libro (una recopilación de relatos de Shirley Jackson) y una caja de bombones, disculpándose por la cena que no había llegado a celebrarse.

—Lo siento mucho, Irene —se lamentó—. Me siento fatal, de verdad, pero... la cosa es que Daniel y yo tuvimos una discusión.

No parecía recordar su caída y tampoco lo que había dicho luego. Irene todavía estaba enfadada, y se sintió tentada de repetir en voz alta lo que le había dicho y hacerle saber lo mucho que le había dolido. Angela debió de ver algo en su cara y, tal vez, incluso recordó fugazmente algo, pues de repente su rostro se sonrojó y, con aspecto avergonzado, aseguró:

—No es culpa mía. Es la bebida. —Exhaló una dolorosa bocanada de aire—. Sé que eso no es ninguna excusa. —Esperó un momento por si Irene respondía y, como no fue así, dio un paso adelante y le dio a su amiga un pequeño beso en la mejilla. Luego se dirigió hacia la puerta de su casa—. Cuando nacen —añadió ya con la mano en la manija—, los sostienes en brazos y te pones a pensar en el espléndido y maravilloso futuro que les deseas. No me refiero a que consigan dinero, éxito ni nada de eso, sino felicidad. ¡Auténtica felicidad! Una dejaría que el mundo ardiera con tal de que ellos fueran felices.

15

Carla permanecía con aire distraído en la cocina de Angela, que estaba vacía, a excepción de un viejo hervidor de agua que descansaba sobre la encimera, junto a los fogones. Su teléfono móvil vibraba, no dejaba de hacerlo, una y otra vez. No se molestó en mirar quién la llamaba. Sería Theo, o la policía, y no se sentía con ánimos para hablar con ninguno de los dos. Ya había hablado por teléfono con el agente inmobiliario, que quería acordar un día para ver la casa y poder así ponerla en venta a tiempo para la temporada alta de compraventa inmobiliaria, a finales de primavera. El mero hecho de mantener una conversación, ya fuera con el agente o con la vecina de al lado, Irene, le resultaba casi abrumador.

Abrió los armarios que había encima del fregadero y luego volvió a cerrarlos. Miró entonces en los de abajo. Estaban vacíos. Ya lo sabía. Los había vaciado ella. ¿Qué diantre estaba haciendo? Estaba buscando algo.

¿Qué era? ¿Su teléfono móvil? No, lo tenía en el bolsillo. ¡La bolsa de tela! ¿Dónde había puesto la bolsa de tela?

Salió de la cocina y se dirigió al vestíbulo. Ahí se dio cuenta de que se había dejado abierta la puerta de entrada. «Dios mío.» Realmente estaba perdiendo la cabeza. La cerró de una patada. Luego se dio la vuelta y se quedó mirando un punto de la pared junto a la puerta de la cocina en el que podían verse los restos de suciedad del cuadro que había estado colgado ahí. ¿Cuál era? No conseguía recordarlo. ¿Qué más daba? ¿Qué estaba haciendo? ¿Para qué había ido?

Estos olvidos eran algo nuevo. La culpa era de la falta de sueño, supuso. Había una razón por la que la privación de sueño se usaba como método de tortura: mermaba todas tus capacidades. Recordaba vagamente haber tenido la misma sensación en la época posterior al nacimiento de Ben. Entonces, sin embargo, ese estado de ánimo distraído estaba recubierto de alegría, como si estuviera colocada. Lo de ahora era más bien como estar sedada. O bajo el agua. Se parecía más a los meses posteriores a la muerte de su hijo.

Carla regresó a la cocina y se detuvo delante del fregadero, mirando la calle por la ventana, con la cabeza apoyada contra el cristal, y pudo ver por un segundo a la chica antes de que desapareciera de su campo visual. ¿No era la que había conocido en casa de Irene? Caminaba arrastrando los pies de un modo extraño. Había algo raro en ella. Parecía taimada. Era guapa, pero descarada. Y se mostraba sexualmente disponible. A Carla le recordaba a aquella joven de las volteretas laterales que había salido en las noticias unos años atrás, la que había matado a su amigo. ¿O no había matado a su amigo? ¿Había sido el sur de Francia? No, en Italia. En Perugia, eso era. Por el amor de Dios, ¿se puede saber a qué diantre venía esto? No sabía casi nada de esa chica; de hecho, lo único que sabía de ella era que en su tiempo libre visitaba a ancianas para ayudarlas con la compra. Y ahí estaba Carla, considerándola poco menos que un miembro de la familia Manson.

El móvil volvió a vibrar en su bolsillo, como un insecto atrapado en un tarro. Ella apretó los dientes y lo ignoró. «Té —pensó—. Me tomaré una taza de té. Con mucho azúcar.» Encendió el hervidor y abrió el armario que había encima del fregadero. Seguía vacío. «¡Oh, por el amor de Dios!»

Carla apagó el hervidor y subió poco a poco la escalera que conducía al primer piso. Estaba agotada y las piernas le pesaban como si fueran de plomo. Al llegar a lo alto se detuvo, se dio la vuelta y se sentó en el último escalón. Desde ahí se quedó mirando la puerta de entrada y el espacio junto al radiador que antaño había ocupado una pequeña alfombra Qashqai. A su lado, en ese último escalón, había un roto en la moqueta. Pasó un dedo por la abertura, de dos o tres centímetros; se había deteriorado a causa del uso. Le cayó una lágrima desde la punta de la nariz. «Se ha deteriorado por el uso, Angie

—pensó—. Eso viene a resumirlo todo, incluso a nosotras.»

Se enjugó las lágrimas de las mejillas y, tras ponerse de pie, fue derecha al fondo de la casa y entró en el viejo dormitorio de Daniel, que estaba vacío a excepción de los dos muebles que la empresa que habían contratado para que vaciara el piso no había querido: una vieja cama individual y un armario cuya puerta colgaba de un gozne. Dejó el cuaderno que llevaba sobre la pila de papeles que había en la base del armario y cerró la puerta lo mejor que pudo. A continuación cogió la correa de perro que guardaba en el bolsillo, quitándose al mismo tiempo el abrigo que aún llevaba sobre los hombros, y, tras entornar la puerta del dormitorio, colgó la correa de cuero del colgador que había detrás. Abrió de nuevo la puerta y salió de la habitación. Carla recorrió lentamente el pasillo que conducía al dormitorio de Angela, tomándose su tiempo y pasando las yemas de los dedos de una mano por el enyesado de la pared.

Después de que Angela enviara a Daniel a un internado, Carla comenzó a visitarla cada vez menos, hasta que un día dejó de hacerlo del todo. No hubo una razón concreta para ello; o, más bien, no hubo solo una razón, solo descubrió que ya no podía soportarlo. Las falsas clases de yoga llegaron a su fin.

Pasó el tiempo. Y, entonces, una noche, seis o siete

años después del fallecimiento de Ben, una llamada despertó a Carla. Era un poco más de medianoche, una hora reservada para las llamadas telefónicas indeseadas. Ella tardó un momento en sacudirse de encima el embotamiento del sueño, químicamente inducido, y contestar.

—¿Puedo hablar con Carla Myerson, por favor? —dijo una mujer.

Se le encogió el corazón; Theo estaba en Italia, se había enclaustrado en una remota granja de Umbría para intentar escribir algo, y ahí la gente conducía fatal. Incluso Theo conducía fatal en Italia, como si sintiera la necesidad de hacerlo igual de mal que los demás.

—¿Señora Myerson? ¿Podría venir a la comisaría de Holborn? No, no, no pasa nada, pero tenemos aquí a... la señorita Angela Sutherland. Es su hermana, ¿no? Sí, sí, está bien, es solo que... ha bebido demasiado y ha protagonizado un pequeño altercado. Necesita que alguien venga a recogerla. ¿Podría hacerlo usted?

Carla llamó a un taxi y se vistió. Luego salió con paso tambaleante a la calle, donde en esos momentos caía una glacial lluvia londinense. No sabía si sentirse aterrorizada o furiosa.

La comisaría de policía estaba muy tranquila y bien iluminada. En la zona de espera permanecía sentada una mujer que lloraba quedamente para sí mientras decía:

—Solo quiero verlo. Solo quiero saber que está bien.

La mujer de recepción, casi con toda seguridad la

misma con la que Carla había hablado por teléfono, la recibió con un gesto de asentimiento.

—Violencia doméstica —comentó señalando a la mujer—. Él le atiza un sopapo y ella nos llama, pero luego decide que, después de todo, prefiere no presentar cargos. —Y, tras poner los ojos en blanco, le preguntó a Carla—. ¿Qué puedo hacer por usted?

—He venido a recoger a Angela Sutherland. Es mi hermana. Me han dicho que estaba aquí.

La mujer consultó la pantalla de su ordenador y asintió. Luego llamó a alguien que se encontraba en alguna de las salas que había detrás del escritorio.

—¿Podrías traerme a la señorita Sutherland, John? Sí, su hermana está aquí. —Se volvió hacia Carla—. Ha bebido demasiado y ha montado una escenita en la parada de taxis.

—¿Una escenita?

La mujer volvió a asentir.

—Ha comenzado a insultar a un hombre que estaba en la cola. Según los testigos, él se lo merecía, pero, en cualquier caso, su hermana se ha puesto demasiado agresiva, y cuando uno de los taxistas ha intentado intervenir, también ha recibido lo suyo. El taxista ha llamado entonces a la policía, y cuando han aparecido un par de agentes su hermana la ha tomado con ellos y ha empezado a llamarlos de todo.

—Oh, Dios... —musitó Carla horrorizada—. Lo siento mucho. Ella... Que yo sepa nunca se había comportado de este modo. Angela no es para nada así. En realidad es... muy civilizada.

La mujer sonrió.

—Bueno, el alcohol tiene estas cosas, ¿no? Si le sirve de consuelo, creo que se siente bastante avergonzada. Y nadie ha presentado cargos, de manera que podríamos decir que aquí no ha pasado nada. —La mujer se inclinó hacia delante y, bajando el tono de voz, añadió—: Si le soy sincera, creo que todo esto la ha dejado algo conmocionada.

El abrumador recuerdo que Carla tenía de esa noche también le resultaba bochornoso. La avergonzaba que la hubieran llamado en mitad de la noche para que fuera a recoger a su hermana pequeña borracha, detenida a causa de un alboroto, y también ver en qué se había convertido en su ausencia: la encontró consumida, con los ojos hundidos, las venas visibles en las mejillas y los hombros encorvados.

—¡Angela!

—Lo siento mucho, Cee —dijo ella mirando al suelo y con un tono de voz que apenas llegaba a ser un susurro—. Lo siento mucho. Ni siquiera recuerdo haberlo hecho. Dicen que me he puesto a gritarle a la gente, insultándolos, y yo... no recuerdo haberlo hecho.

De camino a casa de Angela, las dos hermanas se sentaron en el asiento trasero de un taxi negro. Ninguna de las dos dijo nada, pero en un momento dado Carla rodeó los huesudos hombros de su hermana con un brazo y la atrajo hacia sí. La sensación volvió a causarle vergüenza: era como abrazar a un niño, como abrazarla cuando era una niña pequeña diminuta, impetuosa y divertida. Y exasperante. Siglos atrás. Parecía que había pasado toda una vida desde que la había querido, desde que habían sido buenas amigas. Carla comenzó a llorar.

Todavía lloraba cuando llegaron a Hayward's Place. Y cuando le pagó la carrera al taxista, y cuando siguió a su hermana hasta la puerta de entrada, y cuando vio el pésimo estado en el que se encontraba la casa y percibió su olor a humedad y ceniza.

—Por favor, para ya —le pidió Angela mientras subía al primer piso—. Por lo que más quieras, para ya.

Carla oyó que su hermana abría el grifo de la bañera y fue a preparar té. Solo. No había leche en la nevera. No había nada en la nevera salvo un trozo de queso viejo y una botella abierta de vino blanco. Subió dos tazas y se sentó en el retrete mientras su hermana se bañaba.

—Ni siquiera pretendía emborracharme —explicó Angela. Estaba sentada, pasándose delicadamente una manopla por las rodillas ensangrentadas. Carla podía ver cómo se movían sus omoplatos; parecían estar a punto de salírsele de la piel—. Había tomado un par de copas. ¿O quizá tres? Puede que alguna más, después, en el *pub*. Era una cosa de trabajo, ¿sabes? Nadie me ha visto. Por lo menos eso creo. En la parada de taxis, quiero decir. Dios mío, espero que no me haya visto nadie. Ha sido todo tan repentino... Estaba bien y, de pronto...

me he despertado y un hombre estaba llamándome «borracha».

«Creía que no recordabas haber estado en la parada de taxis», pensó Carla.

—No pesas nada, Angie —le dijo—. ¿Habías comido algo antes de salir? —Angela se encogió de hombros—. ¿Desde cuándo... estás así?

Angela le dirigió una mirada a su hermana por encima del hombro con expresión desganada.

—¿Así cómo? —Volvió otra vez la cara hacia la pared y comenzó a toquetear el moho que había en la lechada de los azulejos amarillentos.

Carla ayudó a su hermana pequeña a salir del baño, cogió un comprimido de paracetamol que llevaba en el bolso, luego encontró un antiséptico en el armario del cuarto de baño y se lo aplicó en los cortes de las rodillas. La ayudó a meterse en la cama y, tras tumbarse a su lado, cogió una de sus frías manos y empezó a acariciarle suavemente el dorso de los dedos con el pulgar.

—Debería haber sabido que las cosas se habían puesto tan feas —dijo—. Debería haberlo sabido.

«Debería haberte perdonado —pensó—. A estas alturas ya debería haberte perdonado.»

Se quedaron dormidas.

Angela se despertó gritando unas horas después. Carla se incorporó a su lado sobresaltada.

—¿Está aquí? —susurró entonces Angela.

—¿Está quién aquí? ¿Quién? ¿A quién te refieres, Angie? ¿Quién está aquí?

—Oh. No, no lo sé. Estaba soñando, creo... —Volvió la cara hacia la pared, y Carla se recostó otra vez y cerró los ojos para volverse a dormir.

—¿Sabías que estaba viéndome con alguien? —musitó Angela.

—¿Ah, sí? No, no lo sabía. ¿Ha pasado algo? ¿Habéis roto?

—No, no. No me refiero a ahora —respondió Angela, haciendo un chasquido con los labios—. Por aquel entonces. Estaba viéndome con alguien *por aquel entonces*. Nunca te lo había contado, ¿verdad? Estaba casado. A veces venía a casa.

—¿De qué estás hablando, Angie? —Carla rodeó la cintura de su hermana con su brazo derecho y la atrajo hacia sí.

—Lonsdale Square —dijo Angela. Carla retiró el brazo—. Cuando vivía en Lonsdale Square con Daniel, después de que papá muriera. Estaba viéndome con alguien. La noche anterior... La noche anterior al accidente, estuvimos juntos en el estudio. Vimos una película en la pantalla que había ahí. ¿Te acuerdas? —La pantalla que su padre había hecho instalar para ver películas en casa—. Bebimos y..., bueno. Yo pensaba que los niños ya estaban dormidos, pero Daniel seguía despierto. Bajó al primer piso y nos pilló. —Su respiración era lenta e irre-

214

gular—. Se enfadó tanto, Cee... Se puso hecho una auténtica furia. No había forma de que se tranquilizara. Le dije a mi amigo que se fuera. Le dije que se marchara y llevé a Dan a su cuarto. Me costó mucho calmarlo y que se durmiera. Luego me fui a la cama. Me fui directa a la cama. No volví al primer piso, al estudio. No volví para cerrar la puerta...

—Angie. —Carla la interrumpió—. No. No lo hagas. Siempre hemos sabido —«siempre *he* sabido»— que dejaste la puerta abierta. Era...

—Sí —dijo Angela en voz baja—. Claro que lo sabías. Claro.

16

Laura se llevó el móvil a la oreja y alzó el hombro derecho para poder sostenerlo sin usar las manos. Estaba en el cuarto de baño, buscando agua oxigenada en el armario de las medicinas para aplicarse un poco en el corte del brazo. En el lavabo, mojada y con la tinta medio corrida, había una carta de esa misma mañana en la que se la informaba del cambio de fecha para la vista del incidente del tenedor. Mientras rebuscaba, cayeron algunas botellitas de los estantes sobre la carta y Laura se puso a reír.

—¿El tenedor? ¡El tenedor, el tenedor, el tenedor! —Se rio todavía más por lo exagerado de la situación—. ¿Acaso el tenedor era un arma letal?

No lo era. Se trataba de un tenedor de cóctel, lo sabía muy bien.

Soltó el móvil, que sostenía con el hombro, lo dejó caer en la mano y miró la pantalla para recordar con quién estaba hablando. Estaba en espera: eso era; estaba en espera con la gente de los juzgados porque quería decirles que la fecha que le habían propuesto no le iba bien. Era el cumpleaños de su madre. ¡Puede que fueran a almorzar! Se rio todavía más, esta vez de sí misma: ¿cuándo fue la última vez que su madre la había llevado a almorzar?

Pero tal vez podía explicarle todo el incidente del tenedor a quienquiera que se pusiera finalmente al otro lado de la línea. Tal vez podía explicárselo y quizá lo comprendería. Era fácil de contar, lo había hecho antes, varias veces: a la policía, al abogado de oficio, a su psicóloga («Tenemos que desarrollar estrategias que te ayuden a controlar tus arrebatos de ira, Laura»), a Maya en la lavandería.

«¡Vuelve a contarla!»

Estaba en un bar, no muy lejos del lugar en el que se encontraba en ese momento. Era muy tarde, estaba *muy* borracha y se puso a bailar sola. Animada, tal vez, por el pequeño grupo de gente que congregó a su alrededor, comenzó a hacer, lenta y espontáneamente, un estriptis de apariencia bastante profesional. En medio de su rutina y sin previo aviso, un agresivo veinteañero con barba —también borracho, pero menos que ella— dio un paso adelante, invadiendo su espacio, estiró un brazo y le agarró con fuerza el pecho izquierdo.

Los amigos del joven lo vitorearon y todos los demás se rieron, salvo una chica que exclamó:

—¡Joder!

Laura perdió el ritmo, se tambaleó hacia atrás y tuvo que cogerse a la barra para no caer de espaldas. Todo el mundo se rio aún más. De repente, cegada por la furia que sentía, se inclinó por encima de la barra en busca de un arma. Encontró un tenedor de cóctel, uno de esos de dos dientes que se usan para comer aceitunas, lo agarró y se abalanzó sobre el tipo. Él desvió el hombro y se apartó hacia la derecha para esquivarla, pero perdió el equilibrio y, mientras agitaba la mano derecha, se aferró a la barra con la izquierda. Ella aprovechó entonces para clavarle el tenedor en el centro mismo de la mano. Los dientes penetraron hasta el fondo, hundiéndose en su carne como si fuera mantequilla, y ahí se quedó.

Entonces comenzó una refriega con muchos empujones y agarrones mientras el joven no dejaba de gritar de dolor. Los porteros se abrieron paso entre la multitud y uno de ellos envolvió a Laura con su chaqueta y se la llevó al fondo del bar.

—¿Ha sido ese tipo quien te ha hecho esto, cielo? —preguntó—. ¿Te ha atacado? ¿Te ha quitado la ropa?

Laura negó con la cabeza.

—No. La ropa me la he quitado yo —respondió—. ¡Pero él me ha agarrado una teta!

Llamaron a la policía y, mientras esperaban, hicieron sentar a los dos protagonistas —el tipo con el tenedor en la mano y la chica medio desnuda con la chaqueta de un portero sobre los hombros— prácticamente uno al lado del otro.

—Está como una cabra —no dejaba de mascullar el tipo—. Como una puta cabra. Deberían encerrarla.

Intentaba coger un cigarrillo con una sola mano, pero el paquete se le caía una y otra vez al suelo, lo cual provocaba las risas de los porteros.

—De todos modos, aquí no se puede fumar —lo avisó el que iba sin chaqueta.

Mientras tanto Laura permanecía en silencio (la refriega la había despejado y asustado), hasta que el tipo le dijo:

—Voy a hacer que te detengan por agresión, loca de mierda. Te van a encerrar.

Entonces ella se volvió hacia él y le contestó:

—No, no lo harán. Me he defendido.

—¿Que has hecho qué?

—¿Cuándo he dicho yo que pudieras tocarme? —preguntó Laura—. Has sido tú el que me ha agredido a mí —añadió—. Eres tú quien me ha puesto las manos encima.

El tipo se quedó boquiabierto.

—¡Tú te has quitado la camiseta, zorra pirada!

—Sí, lo sé, pero ¿cuándo he dicho que pudieras tocarme?

—No le falta razón —intervino el portero.

El tipo del tenedor soltó un resoplido de incredulidad. Laura sonrió dulcemente.

—Gracias —dijo.

—Es cierto, cielo, no te falta razón —prosiguió el portero—, pero aun así no puedes ir clavándole tenedores a la gente en la mano. Es un poco desproporcionado, ¿no te parece?

Laura se observó, reflejada en el espejo. Seguía en el cuarto de baño, con el móvil pegado a la oreja. No se oía nada al otro lado. Nadie decía nada. Nadie escuchaba. Laura cogió el aparato con la mano y, tras buscar el número de su madre, la llamó. Tras un pitido que ya le era familiar saltó la grabación de la voz de una mujer que le decía «No dispone usted del saldo necesario para efectuar esta llamada». Dejó entonces el móvil en el borde del lavabo e intentó sonreírle a la imagen que le devolvía el espejo, pero sus músculos faciales no parecían funcionar correctamente. No pudo más que hacer una mueca ante su fealdad y su soledad.

17

Theo volvió a llamar a la puerta de la casa de Angela, esta vez más fuerte.

—¿Estás ahí, Carla? —Podía percibirse cierto enojo en su voz; su estado de ánimo había oscilado toda la mañana de la irritación al pánico. Hacía dos días que no conseguía localizar a Carla. No respondía a sus mensajes y, si estaba en su casa, no le abría la puerta.

Así pues, por un lado, sentía irritación porque ya lo había hecho en varias ocasiones: desaparecía de la circulación sin pensar en las consecuencias, sin importarle que los demás (él, sobre todo) pudieran estar preocupados por ella. Una vez desapareció una semana entera. Resultó que estaba en Francia, no quiso decir con quién.

Y, por otro lado, pánico. La hermana de Carla había fallecido hacía poco. Y también Daniel. Y al cabo de una semana sería el cumpleaños de Ben. Lo habría sido si su hijo no hubiera muerto. Cumpliría dieciocho años.

Su pequeñín ya sería todo un adulto. Un auténtico adulto. Y estaría hablando de ir a la universidad y de llevar chicas a casa. O chicos. Dolía pensar en la persona en que podría haberse convertido, en las personas que podrían haber sido todos ellos, de no haber ocurrido el accidente.

De no haber sido por Angela.

Theo había ido a casa de Carla, había pasado por el cementerio y había llamado a sus amigas. Si ahora no la encontraba allí, tendría que llamar a la policía. Se le había pasado por la cabeza más de una vez que quizá estuviera en la comisaría. Que tal vez, en ese mismo momento, estaba sentada en alguna de sus salitas contestando preguntas. Si habían ido a casa de Theo para tomar muestras de sus huellas dactilares y su ADN, también habrían ido a la de ella, ¿no? ¿Y qué habrían encontrado?

Volvió a llamar todavía más fuerte y, desesperado, exclamó:

—¡Por el amor de Dios, Carla, déjame entrar!

La puerta del adosado contiguo se entreabrió ligeramente y una anciana asomó su marchito rostro por la abertura.

—Ahí no hay nadie —dijo secamente—. La casa está vacía.

La vecina entrometida. Carla la había mencionado; Theo no recordaba su nombre. Se volvió hacia ella con una amplia sonrisa.

—¡Oh, hola! Lamento mucho molestarla —contestó apartándose de la puerta de casa de Angela y acercándose a la de la anciana—. Estoy buscando a mi esposa, Carla Myerson. Es la hermana de Angela. Me preguntaba si la habría visto... —La mujer se lo quedó mirando extrañada—. ¿Carla? —repitió Theo, alzando un poco más la voz y pronunciando el nombre con claridad. La anciana frunció el ceño. A él le dio la impresión de que su cabeza no regía del todo bien—. De acuerdo. —Se resignó, y sonrió de nuevo—. No se preocupe, no pasa nada.

—*Usted* —lo acusó la vieja bruja de repente, abriendo la puerta de par en par y señalándole el pecho con un nudoso dedo—. Fue usted. Debería haberlo reconocido.

—¿Cómo dice? —preguntó Theo.

—Espere un momento aquí —le ordenó—. No se vaya. —Y se metió en el interior de su casa dejando la puerta abierta de par en par.

Theo se quedó ahí plantado sin saber qué hacer. Miró a un lado y a otro de la callejuela, y luego exclamó.

—¡¿Hola?! ¿Señora...? —¿Cómo se llamaba? «Vieja arpía senil», recordaba que la había llamado Carla. Entró en el oscuro vestíbulo de la casa y echó un rápido vistazo a los cuadros que decoraban las paredes: reproducciones baratas, escenas navales. ¿Tal vez al marido le gustaban los barcos? Se adentró un poco más en la vivienda.

De repente la anciana emergió de la oscuridad y Theo

se sobresaltó. Volvió a quedárselo mirando extrañada, con las gafas en la punta de la nariz.

—¡Sí que *es* usted! Ya había estado aquí antes. En la calle, con Angela.

—Eh, no... Yo...

—Sí, sí. Era usted. El agente de policía me preguntó quién era el hombre que había visto y yo no supe decírselo. En aquel momento no lo reconocí, o no lo recordaba. Pero es usted. Estuvo aquí, con Angela. La hizo llorar.

—No —negó él enfáticamente—. Me temo que me ha confundido con otra persona. —Theo dio media vuelta y salió a la calle a toda velocidad.

—¡Iba con un perro! —exclamó la anciana a su espalda—. ¡Un perro pequeño!

Theo se alejó deprisa de la casa de la anciana, dobló la esquina y se metió derecho en el Sekforde Arms. Pidió un whisky, se lo bebió de golpe y salió a la calle a fumar. Estaba rompiendo las reglas: nada de alcohol antes de las seis de la tarde. Y ese cigarrillo tampoco se ajustaba al régimen que se había autoimpuesto. Daba igual. «Circunstancias atenuantes», pensó, y, tras aplastar en un cenicero el cigarrillo a medio fumar, echó un vistazo en dirección a Hayward's Place, como si la anciana pudiera estar siguiéndole.

Se preguntó si se lo contaría a Carla. Si le explicaría

que lo había visto ese día. O que lo había hecho anteriormente. «Dios mío.» Volvió a entrar en el *pub* y, alzando un dedo para llamar la atención de la mujer que había detrás de la barra, pidió otra copa. La camarera enarcó una ceja en un gesto casi imperceptible. Casi. «Ocúpate de tus asuntos», quiso decirle él. Ella dejó la segunda copa en la barra con una sonrisa.

—Aquí tiene.

Puede que se hubiera imaginado lo de la ceja. Puede que estuviera siendo paranoico.

Puede que también estuviera siendo paranoico con lo de la anciana. ¿Y qué más daba si le decía algo a Carla? ¿Acaso la creería? Había que ser muy paranoico para pensar que lo haría; ¿no opinaba Carla que la vieja estaba perdiendo la cabeza? ¿No era eso lo que le había comentado?

Aunque, ¿y si la creía? En ese caso, ¿qué pensaría? Si Carla se enteraba de que había visto a Angela, ¿cómo reaccionaría? Era algo imposible de predecir. Hacía casi treinta años que conocía a Carla, y todavía no estaba del todo seguro de cómo podía llegar a actuar ante determinadas situaciones. Lo que tenía claro era que él le había perdonado a su exmujer todas sus transgresiones, y que seguiría haciéndolo siempre. Pero no estaba ni mucho menos convencido de que ella fuera a corresponderle.

Cogió el móvil que llevaba en el bolsillo y volvió a llamar a Carla. Seguía sin contestar. Theo se sintió tentado de pedirse otra copa, pero la euforia de la primera ya estaba dando paso al peligroso embotamiento de la segunda. ¿Y qué haría si esta vez *sí* le contestaba? ¿Qué le diría entonces? ¿Qué pretendía explicarle?

La última vez que había visto a Angela había sido en Hayward's Place. Habían tenido una discusión exactamente en el mismo lugar en el que acababa de estar con su vecina. Era uno de esos monocromáticos días londinenses, gris y con el cielo encapotado. Theo había ido en busca de Daniel, pero en su lugar se había encontrado con Angela. La anciana tenía razón: Angela había acabado llorando, aunque a Theo no le parecía muy exacto decir que *él* había sido el causante. Ella había roto a llorar en cuanto lo había visto. Luego lo había invitado a entrar en su casa, pero él había preferido hablar en la calle. No quería estar a solas con ella en una habitación. No se fiaba de sí mismo.

Angela tenía un aspecto sobrecogedor: estaba muy delgada y unas diminutas venas azules asomaban a través de su piel casi traslúcida. Tenía el pelo gris y lo llevaba bastante largo, parecía la bruja malvada de un cuento de hadas. Era como si la hubieran vaciado por dentro y solo quedara el cascarón. Theo intentó ignorar la apariencia y el pesar de la mujer y se dirigió a ella en un tono neutro y procurando transmitirle con tanta claridad como fuera posible la razón por la que estaba ahí. Le explicó que Daniel se había presentado en su casa pidiéndole dinero. Al parecer, había perdido el trabajo y decía que no tenía a nadie más a quien acudir. No quería molestar a Carla, había añadido. A Theo le pareció que probablemente era mentira y supuso que había algo más en juego, pero no quiso saber de qué se trataba y le extendió un cheque por valor de mil libras. Un par de semanas más tarde Daniel había regresado. Theo no estaba, pero le había dejado un mensaje.

—¿Puedo escucharlo? —le preguntó Angela.

—No fue un mensaje telefónico —le explicó Theo—. Deslizó una nota por debajo de la puerta.

—¿Qué tipo de nota? ¿Qué decía? —Angela tenía los ojos abiertos como platos y Theo se fijó en que mostraban un ictérico tono amarillento. «Está enferma —pensó—. Puede incluso que se esté muriendo.»

—No importa lo que decía —respondió Theo—. Solo necesito hablar con él.

Angela le contó que no sabía dónde estaba Daniel, pero que, si lo veía, hablaría con él.

—Aunque no servirá de nada —añadió, negando con la cabeza—. A mí no me escucha. Es a Carla a quien hace caso. —Las lágrimas volvieron a acudir a sus ojos—. Suele hacer lo que ella le pide.

Theo se quedó un momento ahí plantado, viéndola llorar. Intentó compadecerse de Angela, pero fue incapaz. Estaba claro que ella ya sentía suficiente lástima por sí misma; que él también lo hiciera parecía superfluo. Se marchó antes de que pudiera llegar a decir algo que luego lamentara.

Aunque en realidad esa no había sido la última vez que la había visto. Esa había sido la penúltima.

18

En los rincones de la habitación se congregaban sombras sin rostro que permanecían en constante movimiento, acercándose y alejándose, disipándose de vuelta a la nada. Irene yacía en la cama despierta, escuchando su respiración acelerada e irregular y sintiendo en los oídos las potentes pulsaciones de su corazón mientras el pánico descendía sobre ella y oprimía su cuerpo contra la cama.

Algo la había despertado. ¿Un zorro en el cementerio de la iglesia? ¿Tal vez un borracho que deambulaba por la callejuela, gritándole a nada, o...? ¡Ahí estaba! ¡Otra vez! Un ruido. ¿Un crujido en la escalera? Irene contuvo la respiración. Estaba demasiado asustada para darse la vuelta y encender la luz. Pasaron unos segundos. Y luego algunos más. ¿Quizá se lo había imaginado? ¿Quizá lo había soñado? Exhaló poco a poco y se puso de lado. ¡Ahí estaba! ¡Otra vez! Un paso. No había ninguna duda.

Y —afortunadamente— no provenía de la escalera de su casa, sino de la casa vecina. Conocía bien el ruido que hacía: había pasado años oyendo cómo Angela subía y bajaba a todas horas. Las paredes de esas casas adosadas eran finas como el papel.

¿Era un eco de los pasos de Angela lo que oía? ¿Era esta una respuesta normal al dolor que la inundaba? Quizá se tratara de algo parecido a las visiones que tenía de William silbando en la calle por las tardes, o plantado de pie junto a la ventana cuando ella se despertaba, siempre a punto de darse la vuelta, siempre a punto de decir «¿Te apetece una taza de té, Reenie?».

Con el rabillo del ojo le pareció ver que algo se movía; Irene se aferró a las sábanas con tanta fuerza que le dolieron los dedos.

¿Qué aspecto tendría Angela si se le aparecía?, se preguntó. ¿Sería ella misma?, siempre un poco nerviosa, sin dejar de mover la rodilla de arriba abajo cuando estaba sentada, con una delgada pierna cruzada sobre la otra, hablando acerca del libro que acababa de terminar y con las manos constantemente ocupadas con algo, liándose un cigarrillo o tirando de un hilo de su camiseta de lino... ¿Sería ella misma u otra cosa? ¿Se le aparecería encorvada, con el cuello roto y un dulce aliento a vino mezclado con algo putrefacto?

Entonces —y esta vez no tuvo la menor duda— oyó que alguien recorría el rellano que había al otro lado de la pared del dormitorio. Eran unos pasos suaves, distintos de los andares borrachos de Angela; y no un ruido apagado, impreciso e imaginario, sino unos pasos. Claros e inconfundibles.

Había alguien en la casa de al lado y no era un fantasma. Se trataba de un intruso.

Irene temía a los intrusos más que a nada. Temía el momento en el que el intruso se diera cuenta de que había alguien en casa, un testigo con el que tendría que lidiar. Temía el momento de la toma de conciencia, el momento en el que ella, una frágil pensionista, sola en la cama, descubría de qué tipo de intruso se trataba: un oportunista que quería hacerse con una cartera o un ordenador portátil, u otra cosa. Alguien en busca de un divertimento. Como en esas historias terribles que había oído en las que agredían a ancianas, dándoles una paliza y dejándoles los ojos morados y los camisones manchados.

¡Ahí, otra vez! Otro ruido. Alguien recorría el pasillo de un lado para el otro. ¿Buscando algo, quizá? «Myerson», pensó Irene. El hombre que había hecho llorar a Angela. El hombre que había mentido sobre el hecho de haber estado ahí anteriormente. No le gustaba su aspecto, ni el modo en que la había mirado, subestimándola. «Maldita vieja chocha», parecía haber pensado. Casi podía oírselo mascullar. «Vieja entrometida.»

Bueno. Así las cosas, bien podía cumplir con su destino de vieja chismosa, ¿no? Palpó en la oscuridad en busca del interruptor y, cuando por fin encendió la lámpara, parpadeó para ajustar sus ojos a la luz. Tras incorporarse con cierta dificultad, buscó sus gafas. Como era de esperar, el teléfono móvil no estaba cerca de la cama. El maldito móvil nunca se hallaba cerca cuando lo necesitaba. Independientemente del lugar en el que se encontrara o de lo que estuviera haciendo, él siempre estaba en otra habitación.

Bajó la escalera a oscuras; no quería llamar la atención encendiendo la luz de la planta baja.

—Idiota —murmuró para sí—. ¿A quién se le ocurre deambular por la casa a oscuras? La torcedura de tobillo que te hiciste no será nada, porque al final te romperás la cadera.

Al llegar al último escalón, Irene comprobó con un pie que, en efecto, hubiera llegado a la planta baja y oyó un ruido más fuerte procedente de la casa de al lado, un repentino golpe sordo, como si alguien hubiera tropezado, de modo que exclamó:

—¡¿Quién anda ahí?! Puedo oírte. ¡Voy a llamar a la policía! ¡Ahora mismo están de camino! —Incluso a ella misma le pareció que su aterrorizada indignación sonaba risible—. ¿Me oyes?

El silencio fue la única respuesta.

Dos agentes de policía —un joven rechoncho de aspecto lozano y una mujer mayor que su compañero, ya en la treintena y con cara de cansada— permanecían frente a la casa de Angela con los brazos en jarras.

—La puerta está cerrada con llave —le dijo el rechoncho a Irene. Y volvió a tratar de abrirla para demostrárselo—. No hay ninguna señal de que alguien la haya forzado. Ni tampoco daños en los cristales... —Se encogió de hombros, como disculpándose—. No parece que nadie haya entrado por la fuerza.

—Ahí dentro hay alguien —insistió Irene, reclinada sobre el umbral de la puerta de su casa—. Los he oído. Los he oído deambulando por la casa...

—¿Y dice que está vacía? ¿Está segura de que no la han alquilado?

—No, está definitivamente vacía. De hecho, todavía no han terminado de vaciarla. Hoy, además, ha venido un hombre y me ha mentido al decir que no había estado aquí antes, y yo solo... yo solo...

La mujer policía frunció los labios.

—Entonces ¿alguien ha estado merodeando por la propiedad?

—Bueno..., no, no es eso lo que quiero decir. Una mujer murió aquí. Hace un par de meses. Murió una mujer, y ustedes, bueno, ustedes no, me refiero a la policía, dijeron que se había tratado de un accidente y yo no estoy tan segura de ello, porque luego también murió su hijo. ¿No les parece extraño?

La mujer parpadeó despacio.

—Disculpe —dijo la agente—. ¿Está usted dando a entender que ha habido dos muertes sospechosas en esta propiedad?

—No, no, solo una. El hijo murió en otro sitio. Yo...
No estoy haciéndoles perder el tiempo, de verdad —subrayó Irene—. Ahí dentro hay alguien, y..., la verdad, estoy asustada.

El policía rechoncho asintió.

—Es normal que lo esté —contestó comprensivo, y sonrió a Irene. Alzó un puño y llamó con fuerza a la puerta. Todos esperaron. Volvió a llamar. Y entonces se encendió una luz.

Irene retrocedió sobresaltada y casi se cae de espaldas.

—¡¿Ven como hay alguien?! —exclamó en un tono de voz a la vez aterrado y triunfal.

Unos segundos después la puerta se abrió y, tras ella, apareció Carla con expresión furibunda.

Más tarde, cuando se hubo aclarado todo con la policía y Carla pudo explicar quién era y evidenciar que tenía todo el derecho del mundo a estar ahí, Irene le ofreció una taza de té que, a pesar de que ya eran las tres de la madrugada, Carla aceptó.

—No deberías deambular por la casa haciendo ruido en mitad de la noche —dijo Irene con tono agraviado.

—Con todos mis respetos, Irene —replicó Carla mientras cogía la taza de té y alzaba un tanto la barbilla, con altivez—, pero puedo ir a donde quiera. Es mi casa. Bueno, lo será. Así que vendré siempre que me apetezca.

—Pero...

—Siento mucho haberte asustado —prosiguió Carla, si bien en su tono de voz no se percibía el menor remordimiento—, pero últimamente no duermo muy bien, si es que llego a hacerlo, y a veces en vez de quedarme tumbada en la cama mirando el techo, me levanto y hago cosas como repasar la correspondencia, limpiar o, en este caso, venir aquí a buscar una cosa que he extraviado.

—¿El qué? —preguntó Irene enojada por las maneras de Carla y la absoluta desconsideración que demostraba con su aparente paz mental—. ¿Qué diantre necesitabas con tanta urgencia para venir a las dos de la madrugada?

—¡Eso no es asunto tuyo! —exclamó Carla, y dejó su taza con tanta fuerza sobre la encimera de la cocina que vertió un poco de té en el suelo—. Lo siento —se disculpó. Cogió un trozo de papel de cocina y se agachó para limpiar lo que había derramado—. ¡Oh, Dios! —Se quedó así, agachada, con los brazos colgando a ambos lados y la cara pegada a las rodillas—. Lo siento —masculló—. Lo siento.

Irene extendió un brazo y colocó una mano sobre el hombro de Carla.

—No pasa nada —la consoló, un poco desconcertada por su muestra de debilidad—. Vamos, levántate.

Carla se puso de pie. Estaba llorando. No lo hacía ruidosa o aparatosamente, sino en silencio y con dignidad, de un modo que podía considerarse muy «Carla». Las lágrimas se deslizaban con elegancia por sus mejillas y luego mojaban el cuello de su impoluta camisa blanca.

Cerró los ojos y se llevó las palmas de las manos a los pómulos.

—Vamos, vamos —dijo Irene con suavidad, procurando calmarla como si Carla fuera un animal o un niño pequeño—. Tómate el té. Así, eso es. —Y luego condujo Carla de la cocina al salón, donde se sentaron una al lado de la otra en el sofá.

—Llevaba una bolsa con algunas cosas —le explicó Carla al cabo de un rato—. Una cazadora y un par de cajitas de piel que contenían algunas joyas. La tenía conmigo al llegar aquí hoy. Es decir, ayer... Cuando quiera que fuera. Estoy segura.

—¿Y ahora no la encuentras?

Carla asintió.

—¿Tenían algún valor esas cosas? —preguntó Irene.

Carla se encogió de hombros.

—No mucho. No lo sé... Estaba el anillo de pedida de mi madre. Eso seguramente vale algo. Y también una medalla de san Cristóbal que... pertenecía a mi hijo.

—Oh, Carla...

—No puedo perderla. No puedo. Se la compramos para el bautizo e hicimos que grabaran un texto conmemorativo en ella. —Negó con la cabeza y parpadeó para contener las lágrimas—. Nunca la llevó puesta, claro está, era demasiado pequeño, pero le encantaba mirarla. Solía sacarla de la cajita para jugar con ella... Ya sabes cómo son los niños. Yo siempre le decía que debía dejarla en la cajita, que era demasiado valiosa y que la perde-

ría, que mejor se la guardaba yo para que eso no pasara...
Le prometí que se la guardaría, y así lo he hecho todo
este tiempo, hasta que hoy... —Se calló de golpe y volvió
la cara.

—¡Oh, lo siento mucho! —lamentó Irene—. Pero
¿por qué la llevaste a casa de Angela? ¿Ibas de camino a
algún sitio? ¿Te detuviste en algún establecimiento, tal
vez? A lo mejor dejaste un momento la bolsa en el suelo
de alguna tienda, y...

—No, no. No fui a ningún otro sitio. Simplemente...
quería llevar esas cosas conmigo. Quería que estuvieran
conmigo cuando... —Volvió la cara de nuevo.

—¿Cuando qué? —Irene no lo comprendía.

—Estaba... desesperada —dijo Carla. Se volvió de
nuevo hacia Irene y sus miradas se encontraron.

Irene se llevó una mano a la boca. Lo había comprendido.

—¡Oh, Carla! —Se horrorizó—. ¡Oh, *no*!

Carla negó de nuevo con la cabeza.

—No tiene importancia —aseguró—. No tiene importancia.

—Sí que tiene importancia. Claro que la tiene. —Irene colocó una mano sobre una de las de Carla—. Tu
hijo, y luego tu hermana, y Daniel, tan seguidos. Ha debido de ser algo muy difícil de sobrellevar.

Carla sonrió y, tras retirar la mano, se enjugó las lágrimas de las mejillas.

—No hemos tenido mucha suerte —constató.

239

—Estás en pleno duelo —le contó Irene—. Es muy difícil pensar con claridad cuando se está en duelo. A mí me sucedió lo mismo cuando perdí a mi marido. Y entonces también se me pasó por la cabeza ponerle fin a todo. No le veía mucho sentido a seguir adelante yo sola, sin nadie a mi lado, pero fue tu hermana quien consiguió que me lo pensara, ¿sabes? No dejaba de venir a verme, con esas pastitas que tanto le gustaban, las de almendras. ¿Eran suecas? No, danesas, eso es. Otras veces me traía algo de sopa. O un simple café. Y se ponía a charlar conmigo sobre lo que estuviera leyendo o cualquier otra cosa. Tu hermana Angie, ella me salvó la vida.

El rostro de Carla pareció oscurecerse, y volvió la cabeza.

—Sé que las cosas no siempre fueron muy bien entre vosotras dos, pero ella te quería —aseguró Irene—. Y..., bueno, sé que tú querías a Daniel, ¿verdad? Significaba mucho para...

Carla se puso de pie.

—Deberías regresar a la cama —cortó a Irene, y llevó su taza de vuelta a la cocina—. Ya te he mantenido despierta demasiado rato.

—Bueno, de todos modos tampoco duermo demasiado bien —repuso la anciana—. No pasa nada. Puedes quedarte aquí si...

—¡Oh, no! —rechazó Carla como si la idea le pareciera abominable. Cuando volvió de la cocina todo rastro de emoción había desaparecido de su rostro. Permanecía en el umbral, con la espalda recta, la barbilla apuntando hacia el techo y los labios apretados—. No te levantes, Irene, por favor —le pidió—. Gracias por el té. Y lamento las molestias. Ahora me iré a mi casa, así que ya no oirás más ruidos.

—Carla, yo... —Irene se quedó un momento callada. Quería decir algo reconfortante, esperanzador, conciliador. No se le ocurrió absolutamente nada. En vez de eso preguntó—: Estarás bien, ¿verdad?

Por un momento Carla pareció no entender la pregunta, pero luego se sonrojó.

—Oh, Dios. Sí, claro. No tienes que preocuparte por eso. No estoy segura de que hubiera podido llegar hasta el final. Imaginarlo es una cosa, pero luego, la realidad... —Su voz se fue apagando—. He traído una correa de perro —dijo.

Irene se estremeció y un escalofrío le recorrió la espalda ante la idea de *otro* cadáver a la espera de que lo descubrieran al otro lado de esas paredes finas como el papel.

—No es de mi perro, claro está —siguió Carla—. Yo no tengo ninguno. Pero mi exmarido sí tuvo uno y me parece que, a un nivel subconsciente, estaba asegurándome de que no continuara adelante. —En sus labios se esbozó una sonrisa extraña y privada—. Creo que en el fondo yo sabía que, al ver la correa, pensaría en ese perrito y en lo mucho que mi exmarido lo quería, y lo mucho que también me quiere a mí, y que eso me haría desistir. —Se encogió de hombros. Su expresión se había suavizado—. O al menos eso es lo que pienso ahora.

—¡Ah, por cierto! —saltó Irene, recordando algo de repente—. Se me había olvidado. Tu exmarido ha venido hoy, a buscarte. Ha estado aquí...

—*¿Aquí?*

—Bueno, en la calle, llamando a la puerta de casa de Angela. Al principio no lo he reconocido, pero luego he recordado que lo había visto antes hablando con tu hermana, así que...

Carla negó con la cabeza.

—No, entonces no se trataba de Theo.

—Sí que lo era. No tengo la menor...

—Estás equivocada, Irene, es imposible que mi exmarido...

—Lo vi con ella —insistió Irene—. Ahí mismo, en la calle. Ella lloraba. Angela. Creo que estaban discutiendo.

—Irene. —Carla alzó la voz y dos manchas de rubor aparecieron en sus mejillas—. Theo no hablaba con mi hermana. Él nunca...

—Iba con su perrito. Una especie de terrier negro y pardo.

Carla parpadeó lentamente.

—¿Lo viste con Angela? —preguntó; e Irene asintió—. ¿Cuándo?

—No estoy segura, fue...

—¿Cuántas veces?

—Solo esa, creo. Estaban en la calle. Angela lloraba.

—¿Cuándo, Irene?

—Una o dos semanas antes —respondió Irene—. Antes de que muriese.

Ya de vuelta en la cama, Irene yacía despierta observando una luz gris que entraba por una abertura de las cortinas. Casi había llegado la mañana. Se había metido de nuevo en la cama, agotada, pero consciente de que era poco probable que se durmiera. Lo que le había contado a Carla sobre su insomnio era cierto. Los desvelos eran otro efecto secundario más de la vejez. Aun así, con independencia de su edad o de cómo se sintiera, tampoco pensaba que hubiera podido dormirse; la aflicción que Irene había visto en el rostro de Carla cuando le había mencionado la visita de Theo Myerson la habría mantenido despierta de todos modos.

19

—¿Quieres hacer el puto favor de dejarme entrar?

Eran las nueve y media de la mañana y Laura estaba delante de la lavandería, bajo una intensa lluvia. Respiraba de forma irregular y apenas era consciente de los currantes que, bajo sus paraguas, pasaban a su lado acelerando el paso y procurando evitar a esa pirada que estaba en medio de la acera y que, de repente, empezaba a darle vueltas en el aire a su mochila y la arrojaba contra la puerta de la lavandería con todas sus fuerzas.

—¡No es por el trabajo! —gritó—. ¡El puto trabajo me da igual! ¡Puedes metértelo por donde te quepa! ¡Solo quiero hablar con Tania! ¡Por el amor de Dios, Maya! ¡Déjame entrar!

Al otro lado de la puerta de cristal, una impasible Maya permanecía con la espalda erguida y los brazos cruzados.

—¡Laura! —exclamó—. Tienes que calmarte. Voy a darte treinta segundos, ¿de acuerdo? Cálmate y márchate. Si no lo haces me veré obligada a llamar a la policía. ¿Lo entiendes?

Laura se puso de cuclillas y se mordió con fuerza el labio inferior. Sintió una oleada de náuseas cuando la adrenalina comenzó a inundar su organismo. La boca se le llenó de saliva y parecía que le fuera a explotar el corazón. Cogió una botella vacía que encontró tirada sobre la reja de una alcantarilla y levantó el brazo.

De repente una mano se lo agarró y, retorciéndoselo con fuerza, lo llevó a su espalda. Laura sintió una dolorosa torsión en el hombro y dejó caer la botella con un grito. Entonces la mano le soltó el brazo.

—¿Qué diantre crees que estás haciendo? —preguntó una mujer y, sin dejar de acariciarse el hombro derecho con la mano izquierda, Laura se dio la vuelta y descubrió que había sido reducida por un *hobbit*.

Así era como la llamaban en la lavandería, porque era bajita y peluda, y parecía que viviera en una madriguera o un cubil o algo así, aunque al final resultó que en realidad vivía en una barcaza, lo cual en sí mismo ya era bastante extraño.

—¿Y bien? —La mujer la miraba con el ceño fruncido, más confundida que enfadada. Como cuando su padre se disgustaba con ella, pero trataba de negarlo, y decía «No estoy enfadado, jovencita, solo decepcionado».

—No quieren dejarme entrar. —Laura resopló, ya sin energía. La niebla roja que rodeaba su percepción de las cosas se disipaba con tanta rapidez como había descendido—. Maya no quiere dejarme entrar y yo ni siquiera pretendía armar un escándalo, solo quería hablar con Tania sobre una cosa. No tiene nada que ver con la tienda, ni siquiera... —Laura dejó de hablar. Era inútil. Todo era inútil. Se sentó en el bordillo de la acera y apoyó la barbilla en las rodillas flexionadas—. No quiero causar ningún problema.

Apoyándose pesadamente en el hombro de Laura, la *hobbit* se sentó a su lado.

—Bueno —graznó con brusquedad—. No estoy segura de que arrojar botellas sea el mejor modo de no crear problemas.

Laura la miró de reojo y la *hobbit* sonrió, dejando a la vista una boca llena de dientes torcidos y amarillentos.

—No recuerdo tu nombre —dijo Laura.

—Miriam —respondió la mujer y, dándole unas palmaditas en la rodilla, añadió—: Entiendo que ya no trabajas aquí, ¿verdad? Hace días que no te veo.

—Me echaron —le explicó Laura con tristeza—. Me salté dos turnos seguidos, y no era la primera vez, y no llamé a Maya para avisarla, con lo que se perdió el cumpleaños de su nieto, lo cual es una mierda, pero la cosa es que yo no quería hacerlo, no quería faltar al trabajo. No fue culpa mía.

Miriam volvió a darle unas palmaditas en la rodilla.

—Lo siento. Eso es horrible. Perder un trabajo es algo horrible. Sé lo que se siente. ¿Quieres ir a algún lado a tomar una taza de té? Me gustaría ayudarte. —Laura se apartó de ella ligeramente—. Yo misma me he visto obligada a depender de la amabilidad de los desconocidos una o dos veces —añadió Miriam—. Sé lo que es. Al principio puede resultar desconcertante, ¿verdad? —Laura asintió—. Pero creo que descubrirás que en realidad tú y yo somos bastante parecidas —la confortó Miriam, sonriéndole con benevolencia.

«Y una mierda», pensó Laura, pero consiguió contenerse y no decir nada, porque se dio cuenta de que la mujer solo intentaba ser amable.

—Y entonces, cuatro años después de que me atropellara, mi madre se casó con el tipo que me había arrollado mientras iba en bicicleta. —Laura hizo una pausa y añadió leche a las tazas de té que había preparado. Le dio la taza menos descascarillada a Miriam—. Algo así te deja jodida, desde luego. Es decir, que te atropelle un coche te jode *físicamente*, te deja dolorida y con cicatrices y todo tipo de discapacidades, es obvio. —Hizo un gesto hacia abajo para señalar su pierna lisiada—. Pero la otra movida es aún peor. La movida emocional es peor. La mental. Eso es lo que te deja jodida del todo.

Miriam tomó un sorbo de té y asintió.

—No podría estar más de acuerdo —convino.

—Así que ahora —siguió Laura, sentándose en una silla—. Hago cosas, cosas estúpidas como la de esta mañana, o como... yo qué sé. Y no es que quiera hacerlas, aunque a veces sí; es como si algo se hubiera puesto en marcha y ya no pudiera pararlo. En esos casos lo único que me queda es reaccionar, intentar minimizar el daño que voy a infligirme a mí misma y, a veces, al hacer eso termino jodiendo a otros, pero no es algo deliberado. No es premeditado. —La *hobbit* volvió a asentir—. Cuando digo que no es culpa mía la gente se mofa, ¿sabes? Gente como mi madrastra o mis profesores o la policía o Maya o quien sea. Se mofan como diciendo «Bueno, entonces ¿de quién es la culpa?».

Janine, la madre de Laura, se encontraba de pie en el camino de acceso a la casa mirando los comederos de pájaros que había en el manzano. Era hora de rellenarlos. No estaba segura de si les quedaba más comida de pájaros en casa, pero en ese momento no quería ir a la tienda, pues había estado nevando y las carreteras estarían fatal. Cerró los ojos y respiró hondo, disfrutando del aire frío en los pulmones y de un silencio casi absoluto que rompió repentina y violentamente el chirrido de un frenazo. A este le siguió un largo y vertiginoso silencio y luego un horrible y nauseabundo crujido. El camino de acceso mediría unos doscientos metros, estaba bordeado por árboles y había un seto en el margen de la

249

propiedad, de modo que no tenía forma de ver qué había pasado; pero Janine lo supo de inmediato. Cuando los policías llegaron, les explicó que en ese mismo momento supo que había sucedido algo terrible.

El coche había desaparecido, y Laura yacía en medio de la calle con las piernas retorcidas y formando un ángulo extraño. Cuando Janine se agachó al lado de su hija, reparó en la sangre que le goteaba lentamente de la parte trasera del casco y caía sobre el húmedo y resbaladizo asfalto. Metió entonces la mano en el bolsillo para coger su móvil y, al descubrir que no lo llevaba encima, comenzó a gritar y gritar, pero no acudió nadie porque la casa más cercana estaba a más de medio kilómetro.

La policía quiso saber qué había visto y oído, y si estaba segura de que no había conseguido vislumbrar algún detalle del coche. ¿Tal vez el color? Janine negó con la cabeza.

—Esto ha sido culpa mía. Ha sido culpa mía.

—No ha sido culpa suya, señora Kilbride. Ha sido culpa del conductor que ha atropellado a Laura. —La mujer policía trató de tranquilizarla, rodeando sus hombros con un brazo y dándole un apretón—. Encontraremos al conductor. O conductora. Encontraremos a quienquiera que haya hecho esto. No se preocupe, no conseguirá escabullirse. —Janine se apartó de la mujer policía y se la quedó mirando con un terror pálido y mudo.

Lo encontraron. Una cámara de videovigilancia situada a poco más de medio kilómetro grabó imágenes de dos vehículos pocos minutos después del accidente de Laura: el primero pertenecía a una anciana cuyo coche estaba inmaculado, sin señales de haber sufrido colisión alguna. El segundo pertenecía a Richard Blake, un comerciante de arte y antigüedades que vivía en Petworth, a unos pocos kilómetros, y cuyo coche, les dijo a los agentes de policía cuando fueron a verle al trabajo, había sido robado la noche anterior. No lo había denunciado. Cuando los agentes ya se marchaban, Richard les preguntó con voz estrangulada:

—¿Se pondrá bien?

—¿Quién? —quiso saber la agente de policía.

—La niña pequeña —soltó abruptamente mientras se retorcía las manos con nerviosismo.

—He mencionado a una víctima, señor Blake. No he dicho que fuera una niña. ¿Cómo sabe eso?

Richard no era lo que se dice un genio como criminal.

Eso era lo que había pasado. Al menos eso era lo que creía Laura. Eso era lo que le habían contado, así que eso fue lo que ella creyó que había pasado (recordemos que tenía diez años).

Al principio, por supuesto, no se creyó nada porque estaba en coma. Pasó doce días inconsciente, y, cuando por fin despertó, lo hizo en un mundo nuevo, uno en el que tenía la pelvis rota, una fractura abierta en el fémur y el cráneo también fracturado; un mundo en el que, al parecer, alguien había restaurado sus ajustes de fábrica, enviándola de regreso a la casilla de salida. Tuvo que volver a aprender a hablar, a leer, a caminar, a contar hasta diez.

No tenía recuerdo alguno del accidente ni de los meses anteriores al mismo. La escuela nueva, la casa nueva, la bicicleta nueva: todo había desaparecido. Solo recordaba vagamente su vieja casa en Londres y el gato del vecino. A partir de ahí todo estaba borroso.

Poco a poco, sin embargo, a medida que el tiempo fue pasando comenzó a recordar cosas. Unas pocas semanas antes de salir del hospital le dijo a su padre:

—La casa en la que vivimos ahora está en la falda de una colina, ¿verdad?

—¡Eso es! —Lo celebró con una sonrisa—. Muy bien. ¿Recuerdas algo más?

—Un bungaló —contestó, y él asintió. Ella frunció el ceño—. Y un coche. Verde.

Su padre negó con la cabeza con una sonrisa triste en los labios.

—Me temo que es rojo, jovencita. Tengo un Volvo rojo.

—No, no me refiero a *nuestro* coche. El coche que me atropelló. Era verde. Y salía del camino de acceso a nuestra casa —explicó ella—. Salía de casa justo cuando yo estaba llegando.

La sonrisa desapareció del rostro de su padre.

—No recuerdas el accidente, jovencita. Es imposible que recuerdes el accidente.

Unos pocos días después, cuando su madre fue a visitarla (sus padres ya no acudían al hospital juntos, lo cual a ella le parecía extraño), Laura le preguntó por el coche que la había atropellado.

—Era verde, ¿no? —preguntó—. Estoy segura de que era verde.

Su madre estaba ocupada colocando bien las tarjetas que había en el alféizar de la ventana y en las que le deseaban a Laura una pronta recuperación.

—La verdad es que no estoy segura. No llegué a ver el coche.

Mentirosa.

Janine, la madre de Laura, se encontraba en el camino de acceso a la casa, temblando, calzada con unas botas Ugg y envuelta en una bata de seda de color verde amarillento. Aún tenía las mejillas manchadas por el rubor del sexo. Habían perdido la noción del tiempo y todavía tenían las extremidades del cuerpo entrelazadas cuando ella había echado un vistazo al reloj de su marido, que descansaba sobre la mesita de noche, y había dicho:

—¡Mierda! ¡Laura va a llegar de un momento a otro!

Richard se vistió a toda velocidad y casi se cae al ponerse los pantalones. Los dos se rieron y comenzaron a hacer planes para el próximo encuentro. Ella lo acompañó fuera y le dio un beso antes de que subiera al coche. Él le dijo que la quería. Ella se quedó en el camino de acceso, con la cabeza echada hacia atrás para ver cómo caía la nieve y la boca abierta para saborear los copos en la lengua. Las palabras de él todavía resonaban en su cabeza, y entonces lo oyó y lo supo al instante: algo terrible le había pasado a Richard.

Corrió hacia la calle. Lo primero que vio fue su coche, su Mercedes verde oscuro, detenido en medio de la calle en un extraño ángulo, y luego, más allá, al mismo Richard. Estaba arrodillado de espaldas a ella y un temblor sacudía sus hombros. Al llegar a su lado comprobó que estaba sollozando. Sus lágrimas caían sobre el maltrecho cuerpo de Laura.

—¡Oh Dios oh Dios por favor oh Dios, no Dios por favor! ¡Estaba en la calle, Janine, estaba en medio de la calle! ¡Oh por favor Dios no, por favor Dios!

Janine lo agarró del brazo y tiró de él para que se pusiera de pie.

—Tienes que marcharte ya —le apremió en un tono que incluso a ella le pareció extrañamente imperturbable—. Tienes que meterte en el coche y marcharte. Ahora mismo. Lárgate, Richard. Yo me ocuparé de ella. ¡Vamos!

—¡Está sangrando, Janine! ¡Es grave! ¡Oh, Dios mío! ¡Es muy grave!

—Tienes que marcharte —insistió, pero como él no

254

se movía, alzó la voz—. ¡Ahora, Richard! ¡Vete! ¡Ahora mismo! ¡No has estado aquí! ¡Nunca has estado aquí!

Mentirosa mentirosa.

Todo esto saldría a la luz más adelante. Por aquel entonces todo el mundo (es decir, sus padres, el doctor y la terapeuta) le aconsejó a Laura que no buscara en Google lo que le había pasado, que no sería de ninguna ayuda, que solo la alteraría, la asustaría y le causaría pesadillas. A Laura, que tal vez acababa de cumplir once años pero que no había *nacido el día antes*, todo eso no solo le pareció una estupidez, sino también bastante sospechoso. Y al parecer tenía razón al respecto, ¿no?

Lo primero que encontró cuando se buscó a sí misma en Google fue una noticia con el titular «Hombre encarcelado por fugarse tras un atropello» y una fotografía de ella vestida con el uniforme escolar y sonriendo bobaliconamente a cámara. Comenzó a leer:

> El marchante de arte Richard Blake fue sentenciado ayer a cuatro meses de prisión por haberse dado a la fuga tras el atropello en el que resultó gravemente herida la escolar local Laura Kilbride, de 11 años.

Laura volvió a leer la frase. *¿Richard?*

Eso tenía que estar mal. Ella conocía a Richard. Richard era el profesor de las clases de dibujo y pintura a las que asistía su madre. Richard era simpático. Tenía un rostro franco y afable y siempre sonreía. A Laura le gustaba Richard, era amable con ella. Una vez jugaron al fútbol en el parque mientras ella esperaba que su madre terminara de comprar en el supermercado. Richard no podía haberle hecho eso a ella. Nunca se habría dado a la fuga sin llamar a una ambulancia.

Lo que leyó a continuación, sin embargo, le causó un *shock* todavía mayor que la revelación de la culpa de Richard Blake:

El señor Blake, de 45 años y que se declaró culpable de haberse dado a la fuga y no haber comunicado el accidente, mantenía una relación con la madre de la niña, Janine Kilbride. La señora Kilbride, de 43 años, llegó a la escena poco después y llamó a una ambulancia para que atendiera a su hija, pero le dijo a la policía que no había visto el vehículo que la había atropellado. Janine Kilbride deberá pagar una multa de 800 libras esterlinas por haber proporcionado información falsa a la policía.

Cuando Laura rememoraba ese período solía identificar el momento en el que leyó ese párrafo como el principio del fin. Su cuerpo ya estaba maltrecho, claro, y sus funciones cerebrales ya se habían visto afectadas, pero de ese tipo de daños una puede recuperarse. De *esto*, en cambio, no; el descubrimiento de que había sido engañada (por su padre y por su madre, por todos aquellos que habían estado cuidando de ella) supuso un golpe tremendo, de esos que la dejan a una noqueada, de esos de los que una ya no se levanta. Ese descubrimiento, la sensación de traición que conllevaba, la cambió. La dejó marcada.

Y cabreada.

20

Miriam era capaz de reconocer a alguien que había sufrido un trauma en cuanto lo veía. La gente solía decir que era algo que se notaba en los ojos de una persona, en su expresión retraída y atribulada y cosas así. Posiblemente, pensó Miriam, pero para ella se trataba de algo más, algo relacionado con el movimiento, con el modo en que alguien actuaba. No podía verlo en sí misma, claro está, pero sí podía sentirlo; quizá ya fuera mayor, pesada y lenta, pero seguía manteniéndose alerta. Seguía en guardia. Lista para esa descarga de adrenalina.

Miriam sorprendió a Laura protagonizando un altercado delante de la lavandería y aprovechó la oportunidad. Intervino con rapidez, cogió la mochila de Laura, pidió disculpas a la exasperada dueña del establecimiento y se llevó a la chica lejos de allí. Le ofreció tomar una taza de té en la barcaza, pero Laura la rechazó. Era comprensible, dadas las circunstancias; es decir, teniendo en cuenta el lío en el que se había metido la última vez que había ido al canal.

En vez de eso fueron a casa de Laura. Una experiencia horrenda, por decirlo de forma suave. Laura ocupaba una vivienda social en una torre de apartamentos de Spa Fields, en el séptimo piso, y el ascensor no funcionaba. Miriam no estaba segura de si conseguiría llegar arriba. Sudaba a chorros, y tuvo que detenerse varias veces para recobrar el aliento. Unos pequeños sinvergüenzas que holgazaneaban en el hueco de la escalera se rieron de ella y le dijeron a Laura, en broma: «Joder, tía, parece que tu abuelita está teniendo un ataque al corazón».

Cuando al fin hubo llegado arriba, sin embargo, casi le pareció que el esfuerzo había valido la pena. Soplaba una fuerte brisa, no apestaba como el canal y tenía vistas. ¡Menudas vistas! El chapitel de St. James en primer plano y, detrás de este, las descomunales torres brutalistas del Barbican, el sosegado esplendor de St. Paul y, más lejos aún, las relucientes fachadas de cristal de la City. Londres en toda su gloria; la ciudad de la que una se olvidaba cuando vivía con la nariz pegada al suelo.

Laura apenas pareció reparar en ello. Miriam supuso que ya estaba acostumbrada y, además, estaba claro que le dolía la pierna: su cojera parecía que empeoraba tras cada piso. Cuando al final llegaron a la puerta del apartamento, Miriam le preguntó por su pierna. Lo hizo con educación y como mera muestra de interés, esperando obtener una respuesta banal —un tobillo torcido, una caída tras haber bebido demasiado—, pero en vez de eso, Laura le contó una trágica historia que Miriam apenas podía creer. Unos padres espantosos, un terrible accidente y una niña prácticamente abandonada a su suerte. No pudo evitar compadecerse de ella. ¿Un comienzo así en la vida? No era de extrañar que fuera un bicho tan raro.

La pena que sentía por la chica aumentó cuando vio su lamentable apartamento. Muebles baratos y feos sobre una moqueta acrílica de color gris, paredes amarillentas a causa de la nicotina... Era el hogar de alguien *sin nada*: sin mantas ni cojines de colores, sin adornos ni trofeos, sin libros en las estanterías, sin pósteres en las paredes; no había nada salvo una única fotografía enmarcada: una niña con sus padres. Un pequeño alivio en medio de toda esa desolación, hasta que una se acercaba a ella, tal y como hizo Miriam (pasando por encima de una pila de ropa tirada en el suelo del salón), y reparaba en que la fotografía estaba pintarrajeada: los ojos de la niña habían sido tachados y le habían pintado la boca de rojo. Miriam le echó un vistazo y se estremeció. Al volverse, Laura estaba mirándola con una extraña expresión en el rostro. A Miriam se le puso la piel de gallina.

—¿Tomamos esa taza de té, pues? —preguntó con forzada jovialidad.

(Traumatizada, bicho raro; ¿quién sabía lo que había detrás de esos bonitos ojos?)

Tras tomar el té en la cocina se hizo un incómodo silencio, y Miriam decidió arriesgarse y sacar el tema.

—Yo te conozco, ¿sabes? —dijo sin dejar de juguetear en el bolsillo con la llave que había cogido del suelo de la barcaza de Daniel.

Laura se la quedó mirando extrañada.

—Sí, claro, de la lavandería.

Miriam negó con la cabeza al tiempo que sonreía ligeramente.

—No solo de eso. Sé por qué no querías ir al canal. —Se fijó entonces en que la expresión de la chica cambiaba y pasaba del aburrimiento a la consternación—. No tienes por qué preocuparte —añadió Miriam—. Estoy de tu lado. Sé que eres tú la persona con la que la policía ha hablado por lo de Daniel Sutherland.

—¿Cómo sabes eso? —Ahí estaba: el cuerpo de la chica se tensó, listo para actuar. Lucha o huida.

—Yo fui quien lo encontró —le explicó Miriam—. Mi barcaza, una bonita, de color verde con una franja roja, la *Lorraine*, está amarrada a unos pocos metros de la embarcación en la que vivía él. —Sus labios esbozaron una sonrisa al tiempo que Laura asimilaba esa información—. Yo fui quien lo encontró. Quien encontró el cadáver. Yo llamé a la policía.

Los ojos de Laura se abrieron como platos.

—¿Lo dices en serio? *¡Joder!* Debió de ser espantoso. —Se estremeció—. Verlo... todo... ensangrentado de ese modo.

—Lo fue —corroboró Miriam. Pensó en el corte del cuello y en la blancura de sus dientes. Luego se preguntó si, en ese momento, Laura estaría visualizando la misma imagen que ella y si, por un instante, ambas estarían conectadas. Intentó que sus miradas se encontraran, pero Laura empujó hacia atrás la silla en la que estaba sentada, se puso de pie y extendió el brazo por encima del hombro de Miriam para recoger su taza vacía.

—¿Has...? ¿Has vuelto a tener algún contacto con la policía? —le preguntó Laura en un tono extrañamente agudo—. Desde que lo encontraste, quiero decir. ¿Te han contado alguna novedad o alguna cosa? Porque no he dejado de ver las noticias y no parece que haya surgido nada nuevo y ya hace más de una semana desde que... Bueno, desde que hallaron su cadáver, ¿no? Así que... —Su voz se fue apagando. Estaba de espaldas a Miriam, dejando las tazas en el fregadero.

Miriam no contestó. Esperó a que Laura se volviera de nuevo hacia ella antes de hablar.

—Vi cómo te marchabas —dijo—. El día que lo encontré. Vi cómo te marchabas de la barcaza.

Los ojos de Laura volvieron a abrirse como platos.

—¿Y...? —Su expresión era desafiante—. No es ningún secreto que estuve ahí. Yo misma se lo expliqué a la policía. Todo el mundo sabe que estuve ahí. No he mentido en ningún momento.

—Ya sé que no —replicó Miriam—. ¿Por qué ibas a hacerlo? No has hecho nada malo.

Laura se dio la vuelta de nuevo. Abrió el grifo y se puso a lavar las tazas bajo el chorro de agua. Sus movimientos eran bruscos y un poco frenéticos. A Miriam le dio pena. Todo en ella evidenciaba su condición de víctima; cada estremecimiento y cada gesto.

—¿Quieres contarme qué sucedió? —le preguntó amablemente—. ¿Quieres contarme qué hizo? —Con el aliento contenido y el corazón retumbándole, Miriam tuvo la sensación de que estaba al borde de algo importante: una confidencia. Una alianza. ¿Una amistad?—. Estoy de tu lado —añadió.

—¿Mi lado? —Laura se rio. Lo hizo de un modo desdeñoso y crispado—. Yo no tengo ningún lado.

«Pero podrías tenerlo —quiso decirle Miriam—. Podrías tener una aliada. ¡Podríamos ser nosotras dos contra ellos! Contra esa gente que cree tener todo el poder y que piensa que nosotras no tenemos ninguno. Podríamos demostrarles que se equivocan. Podríamos demostrarles que nosotras somos igualmente poderosas. Tú, aquí, en tu cochambrosa torre de apartamentos, y yo ahí abajo, en el canal. Puede que no vivamos en casas elegantes, es posible que no llevemos peinados caros, ni disfrutemos de vacaciones en el extranjero, ni tengamos cuadros buenos colgados de las paredes, pero eso no nos convierte en insignificantes.» Había tantas cosas que Miriam quería decirle... Pero debía tener cuidado. Tenía que abordar ese tema poco a poco, no podía precipitarse.

Cambió ligeramente de tercio para reconocer el terreno.

—¿Sabes algo de su familia? La de Daniel Sutherland.

Laura se encogió de hombros.

—Su madre está muerta. Murió hace poco. Era una borrachuza, me dijo él. Tiene una tía. La conocí en casa de Irene.

—¿Irene?

—Mi amiga.

—¿Quién es tu amiga? —preguntó Miriam.

—Tan solo una amiga. No es asunto tuyo. —Laura se rio—. Mira, ha estado bien charlar un rato, y tal, pero creo que...

—Oh, bueno... —la interrumpió Miriam—. Yo sé bastantes cosas sobre su familia y creo que podrías encontrarlas interesantes. —Laura estaba ahora apoyada en la encimera, toqueteándose las uñas. Ni siquiera le prestaba atención—. La cosa es que, bueno, creo que podría haber sido *ella* —se aventuró Miriam.

—¿Ella? —Laura levantó la mirada.

—Creo que su tía podría haber tenido algo que ver.

Laura frunció el entrecejo.

—¿Con qué?

—¡Con la muerte de Daniel!

—¿Su *tía*? —Laura soltó una risotada.

Miriam notó que su rostro se sonrojaba.

—¡Esto no es ninguna broma! —respondió indignada—. La vi cuando fue a la barcaza a visitarlo, igual que hiciste tú, y creo que entre ellos dos pasó algo. —Laura se quedó observándola y una arruga comenzó a formarse en lo alto de su nariz. Miriam prosiguió—: Creo, y esto es lo importante, que su marido (bueno, exmarido, Theo Myerson) podría estar intentando encubrirlo todo porque... —Miriam siguió hablando, pero, mientras lo hacía, podía ver que la expresión de la chica iba cambiando y pasaba del escepticismo a la incredulidad, y de esta al recelo; podía ver que estaba perdiendo su confianza. ¿Cómo era tan obtusa? ¿No se daba cuenta de que, cuando menos, le convenía señalar con el dedo a otra persona? ¿Acaso no veía que la teoría de Miriam la beneficiaba?—. Puede que parezca inverosímil —concluyó—, pero creo que descubrirás que...

Laura le dirigió una sonrisa sin mala intención.

—Eres una de esas personas, ¿verdad? —dijo—. Te gusta inmiscuirte en la vida de los demás. Estás sola y aburrida, no tienes ningún amigo y quieres que alguien te preste atención. ¡Y crees que yo soy como tú! Pues no lo soy. Lo siento, pero no.

—¡No me estás escuchando, Laura! —la cortó Miriam alzando la voz—. Creo que...

—¡No me importa lo que creas! Lo siento, pero me parece que estás pirada. ¿Cómo sé que estás diciéndome la verdad? ¿Cómo sé que me viste en la barcaza? ¿Cómo sé que fuiste realmente tú quien lo encontró? Quizá no fue eso lo que pasó. ¡Quizá aún estaba vivo cuando te presentaste en su barcaza! ¡Quizá fuiste tú quien lo apuñaló! —Laura se abalanzó sobre Miriam con la boca abierta y roja—. ¡Hey! —añadió sin dejar de reírse y de gesticular con exageración alrededor de la mesa—, ¡quizá debería llamar a la policía! —Hizo ver que se llevaba el auricular de un teléfono a la oreja—. ¡Vengan rápido! ¡Vengan rápido! ¡Hay una pirada en mi casa! —Echó la cabeza hacia atrás y soltó una carcajada de loca. Luego fue acercándose a Miriam hasta invadir su espacio. Ella se las arregló para ponerse de pie y apartarse.

—¿Se puede saber qué te pasa?

Pero la chica no dejaba de reír como una maníaca, absorta en su propio mundo, con los ojos relucientes y dejando a la vista sus pequeños y afilados dientes blancos.

Miriam notó que las lágrimas acudían a sus ojos. Tenía que marcharse, tenía que salir de ahí. Esa horrible risa seguía resonando en sus oídos cuando salió del apartamento con toda la dignidad de la que pudo hacer acopio. Arrastrando los pies fatigosamente, se alejó por el pasillo y bajó los siete pisos con el corazón tan agarrotado como las piernas.

Miriam llegó a casa llorosa, una reacción tal vez exagerada y dramática ante la grosería de una desconocida, pero no inusual. Solía reaccionar de forma desproporcionada ante las muestras de menosprecio, así era ella, y saberlo no era suficiente para evitar que sucediera. Había perdido la capacidad de hacer amistades cuando era joven, y, una vez perdida, era algo difícil de recuperar. Al igual que la soledad, su ausencia se autoperpetuaba: cuanto más intentaba una agradar a los demás, menos probable era que lo lograra; la mayoría de la gente notaba de inmediato que había algo raro y procuraba mantenerse alejada de ella.

Lo peor no había sido el final, las burlas y las mofas, el insulto a su apariencia, sino algo que Laura había dicho un poco antes: «Estás sola y aburrida (...) ¡Y crees que yo soy como tú!». Y, en efecto, lo hacía; creía que Laura era como ella. Eso era lo peor, que alguien viera cómo era y cómo se sentía. Que lo viera y la rechazara.

En el interior de la barcaza, en el dormitorio, Miriam guardaba un ejemplar anotado de *La que se escapó*, un ejemplar en el que comentaba secciones relevantes y similitudes significativas con sus propias memorias. Las páginas finales del libro estaban repletas de anotaciones casi ilegibles para cualquiera salvo para ella. La tinta azul había traspasado las páginas que había garabateado con su pluma. En ellas despotricaba del giro que Myerson le había dado a su historia, de todas las cosas que estaban mal y de todas las que estaban bien.

Una nimiedad puede hacer que una vida descarrile. Lo que le había pasado a Miriam no era ni mucho menos nimio, sino verdaderamente trascendental, pero había comenzado con una nimiedad. Había comenzado cuando Lorraine dijo que no podía soportar la idea de tener que pasarse dos horas oliendo el aliento a café del señor Picton, que las clases de biología eran aburridísimas y que, además, había rebajas en Miss Selfridge. Miriam ni siquiera quería hacer novillos, creía que se meterían en problemas.

—No seas cobardica —se mofó Lorraine.

Miriam no quiso discutir con ella, apenas acababan de hacer las paces por la última pelea que habían tenido, por culpa de un chico llamado Ian Gladstone que a Miriam le gustaba desde hacía siglos y con el que Lorrie se había enrollado en una fiesta. Miriam se enteró más adelante.

—Lo siento —le había dicho Lorrie—, pero no está interesado en ti. Le pregunté si le gustabas y me dijo que no. No es culpa mía que me eligiera a mí.

Habían estado una semana sin hablarse, pero ninguna de las dos tenía otras amigas, y lo cierto era que Ian Gladstone tampoco lo merecía.

—Besa como una lavadora —le confió Lorrie riéndose y haciendo círculos en el aire con la lengua.

Una nimiedad, pues.

En la casa, Jez lio un porro. Estaba sentado en un sofá sin patas que había en la estancia principal, con las largas piernas flexionadas y las rodillas a la altura de las orejas. Lamió el papel pasando su gorda lengua por el extremo encolado y luego enrolló el cigarrillo con cuidado entre los dedos pulgar e índice. Tras encenderlo, le dio una calada y se lo pasó a Lorraine, que permanecía incómodamente de pie a un lado del sofá. Miriam deambulaba cerca de la puerta. Lorraine le dio una calada, luego otra y se lo ofreció a Miriam, que negó con la cabeza. Jez se puso de pie, cogió el porro y salió despacio de la estancia, adentrándose todavía más en la casa y alejándose de la puerta de entrada.

—¿Alguien quiere una cerveza? —exclamó por encima del hombro.

—Vámonos —le suplicó Miriam a Lorraine—. Quiero marcharme de aquí.

Lorraine asintió, echó un vistazo al coche por la sucia ventana y luego se volvió otra vez hacia Miriam.

—Quizá puedo decirle que hemos de volver a la escuela —sugirió.

—No, simplemente....

Jez regresó antes de lo esperado con dos cervezas.

—Creo que Lorraine y yo vamos a pasar un rato solos —dijo sin mirar a ninguna de las dos.

Lorraine se rio y respondió:

—Nah, no me apetece. En realidad creo que deberíamos ir tirando. —Y entonces Jez dejó las botellas en el suelo, se acercó muy deprisa a Lorraine y le dio un puñetazo en la garganta.

A Miriam le comenzaron a temblar las piernas como si fueran de gelatina. No le funcionaban bien. Intentó salir corriendo, pero no dejaba de tropezar con cosas y él la atrapó antes de que pudiera llegar a la puerta de la casa. La agarró de la coleta y tiró de ella con fuerza hacia atrás, arrancándole varios mechones de pelo. Miriam cayó al suelo, y él la arrastró de vuelta al centro de la habitación por el sucio suelo repleto de paquetes de cigarrillos y excrementos de rata. Lorraine yacía tumbada de lado con los ojos abiertos como platos y la mirada desquiciada; hacía un extraño ruido ronco al respirar. Miriam la llamó, y Jez le dijo que si volvía a abrir la puta boca la mataría.

Luego la llevó a una habitación vacía que había en la parte trasera de la casa y la empujó al suelo.

—Espera aquí —le ordenó—. No me llevará mucho rato. —Y cerró la puerta con llave.

(«¿Qué es lo que no le llevará mucho rato?»)

Intentó abrir la puerta con la manija, tirando de ella, luego empujándola e incluso corriendo hacia ella y embistiéndola.

(«¿Qué es lo que no le llevará mucho rato?»)

No podía estar segura, pero le pareció oír a Lorraine llorando.

(«¿Qué es lo que no le llevará mucho rato?»)

Detrás de ella había una ventana de guillotina lo bastante grande para escapar por ella. Estaba cerrada, pero el fino cristal era viejo y estaba agrietado. Y no era doble. Miriam se quitó la camiseta y se envolvió la mano con ella. Trató de romperlo de un puñetazo, pero no impactó con la suficiente fuerza. No quería hacer ruido. No quería hacerse daño.

271

Se dijo a sí misma que, fuera lo que fuese lo que iba a sucederle, sería peor que un corte en la mano. Se dijo a sí misma que no tenía mucho tiempo. Solo el que él permaneciera con Lorraine.

Volvió a golpear el cristal, esta vez con más fuerza, y su puño lo atravesó por fin. Se hizo un corte en el antebrazo con la punta de uno de los fragmentos de cristal roto y se le escapó un alarido de dolor. Desesperada, se metió la camiseta en la boca para amortiguar sus gritos y permaneció completamente inmóvil, aguzando el oído. Oyó crujidos y pasos sobre los tablones de madera del suelo. En algún lugar de la casa, alguien estaba yendo de un lado a otro.

Miriam contuvo el aliento. Seguía con el oído atento y comenzó a rezar. Rezó para que no la hubiera oído y bajara a la planta baja. Rezó y rezó mientras las lágrimas caían de sus ojos y pudo oler su propia sangre en las ventanas de la nariz; rezó para que no fuese a por ella.

En el exterior todavía había luz. Miriam corrió primero hacia el coche, pero él se había llevado las llaves. Siguió adelante y comenzó a recorrer la serpenteante carretera de tierra. Los cortes que se había hecho al salir por la ventana en el brazo y el torso no dejaban de sangrar, y por el cuello y la cara le resbalaba más sangre, la que manaba de la herida que le había hecho Jez en el cuero cabelludo al tirarle del pelo.

Al cabo de un rato ya estaba demasiado cansada para correr, así que empezó a andar. Todavía parecía estar muy lejos de la carretera principal. No se acordaba de que el trayecto a la granja fuera tan largo; se preguntó si no habría girado donde no debía. Pero no recordaba haberlo hecho. De hecho, ni siquiera recordaba haber visto alguna intersección. Esa, y solo esa, era la única carretera que había, y parecía no tener fin y estar completamente desierta.

Ya había oscurecido cuando oyó un trueno. Levantó la mirada y vio el cielo despejado y las estrellas titilando, y se dio cuenta de que no era ningún trueno, sino un coche. El alivio que sintió hizo que se le doblaran las rodillas. ¡Llegaba alguien! ¡Llegaba alguien! La alegría le nubló unos segundos el entendimiento antes de que un ululante vendaval de miedo helado se llevara por delante esas nubes: el coche llegaba por detrás. No procedía de la carretera principal, sino de la granja. Miriam apretó a correr a ciegas, alejándose de la carretera. Saltó por encima de una cerca de alambre de espino, haciéndose todavía más cortes, y se metió en una zanja. Oyó el ruido que hacía el coche al cambiar de marcha y reducir la velocidad, y vio que sus faros iluminaban el espacio que había encima de ella. Pasó de largo.

Miriam permaneció un buen rato tumbada en la zanja. No estaba del todo segura de cuánto tiempo había permanecido ahí. Al final, sin embargo, se puso de pie y volvió a saltar por encima de la cerca. Tenía cortes en los brazos, las piernas y el torso, las zapatillas deportivas estaban empapadas de orina y la boca pegajosa a causa de la sangre. Comenzó a correr, se cayó, se levantó. Continuó adelante. Al cabo de un rato consiguió llegar a una gasolinera. El hombre que trabajaba ahí telefoneó a la policía.

Llegaron demasiado tarde.

LA QUE SE ESCAPÓ

Ya lleva un rato llorando. No deja de llorar. Pide ayuda a gritos y golpea la puerta hasta que le sangran los puños. Llama a
su amiga. Primero bajito y luego más alto,
y luego todavía más alto, una y otra vez,
cada vez más alto hasta que resuena por
toda la casa y silencia a los pájaros, y
lo silencia todo, salvo los lastimeros llo-
ros de su amiga.

En medio de ese silencio se oye un portazo; el ruido resulta ensordecedor y tan
estremecedor como un estallido sónico. Es
el mayor estruendo que la chica ha oído en
su vida.

Deja de llorar. Oye movimiento. Unos
pasos rápidos y urgentes van en su dirección. Ella retrocede, se cae, se retuerce

y se retira a un rincón de la habitación, donde pega la espalda a la pared y se prepara con ambas manos. Enseña los dientes.

Los pasos se ralentizan al llegar a la puerta. Oye el ruido que hace la suela de las botas contra la piedra, el de la llave en la cerradura, el clic al girarla. Sus pulsaciones retumban y se prepara. Se prepara para él. Lo oye suspirar. Cállate, gorda. Cállate, engendro. Tu turno no ha llegado todavía. Luego oye otra vez la llave en la cerradura, otro clic, y sus pulsaciones se apaciguan y sus entrañas se remueven cual un oleaje rompiendo una presa. Gotas de orina caliente caen al suelo.

Al alejarse, el tipo tararea una melodía y, con una voz preñada de emoción, se pone a cantar: Lo que le quité, no lo devolveré.

21

Carla recorría su casa de habitación en habitación, inspeccionando y volviendo a inspeccionar armarios roperos, alacenas, la parte trasera de las puertas... Cualquier sitio donde pudiera haber colgado la bolsa con la medalla de san Cristóbal. Estaba mareada a causa del agotamiento y se movía con lentitud y cuidado, como si lo hiciera en el barro. De vez en cuando sonaba su teléfono móvil. Cada vez que lo hacía, ella miraba la pantalla y veía que era Theo, y a veces acercaba un dedo al botón verde e intentaba convencerse a sí misma de que debía aceptar la llamada, pero al final vacilaba en el último minuto y, o bien volvía a guardarse el móvil en el bolsillo, o bien pulsaba el rojo.

¿Qué le diría si contestaba ahora? ¿Se lo preguntaría directamente? «¿Qué estabas haciendo con mi hermana? ¿Qué estabas haciendo en su casa?» En realidad, sin embargo, no eran esas las preguntas que quería hacerle.

La verdadera pregunta todavía no la había formulado, no se lo había permitido a sí misma.

Abrió el armario de almacenaje que había en el rellano. ¿Por qué iba a estar ahí la bolsa de tela? Nunca abría ese armario. No lo había hecho en meses. Estaba lleno de ropa que nunca usaba: vestidos de seda y trajes a medida, prendas que pertenecían a una mujer que hacía años que ya no era. Se las quedó mirando, ensimismada, sin fijarse en lo que tenía delante. Volvió a cerrar la puerta del armario.

En el dormitorio se tumbó en la cama y se cubrió las piernas con una manta de lana. Necesitaba dormir, pero cada vez que cerraba los ojos visualizaba lo mismo: se imaginaba a Theo con Angela, discutiendo frente a la casa de esta. Luego había un cambio de escena y estaban en el interior de la casa, gritándose. En su mente habían retrocedido en el tiempo y tenían el mismo aspecto que el día que Ben murió: Theo hecho una furia y con los ojos desquiciados; Angela, encogida y alzando sus delicadas manos por encima de la cabeza, dejando a la vista sus pálidas muñecas. Luego oía la voz de Theo preguntándole: «¿Crees que ella sentía celos? Por cómo era Ben, quiero decir. Decías que tenía mal genio. *Sádica*. Decías que era sádica», resonaba su voz, pero no era eso mismo lo que había dicho ella, ¿verdad? «Una imaginación sádica», tal vez. Y entonces, la imaginación de Carla se la llevaba a otra parte: a casa de Angela, en Hayward's Place, donde Theo se le aparecía con su aspecto actual, y, con su considerable corpulencia, arremetía contra la frágil Angela y ambos se ponían a forcejear en lo alto de la escalera. A continuación Carla lo veía descender los escalones y pasar por encima del magullado cuerpo de su hermana. Y luego, en la calle, se encendía un cigarrillo.

Abrió los ojos. ¿Qué había sucedido, se preguntó, para que Theo volviera a ver a Angela después de tanto tiempo? ¿De verdad había pasado tanto tiempo? ¿O habían tenido lugar otros encuentros que desconocía? Le dolía pensar en eso, en ellos dos juntos, escondiéndole cosas. Simplemente no conseguía entender *por qué*. Todo esto, añadido a lo de Daniel, era demasiado. Carla se sentía cada vez más insensibilizada, la tristeza empezaba a nublarle la mente.

Salió de la cama. La medalla de san Cristóbal que su hijo nunca había llevado; tenía que encontrarla. *Debía* estar en algún lugar de su casa, puesto que no se hallaba en la de Angela. Volvió a recorrer toda la vivienda, de habitación en habitación. Había empezado a ver puntitos negros, oía un leve zumbido y sentía las extremidades flácidas. Volvió a bajar y subir la escalera y miró de nuevo el armario del rellano: los vestidos de seda, los trajes hechos a medida. En el estante inferior había una hilera de cajas de zapatos de color azul pálido. Las abrió una a una: botas de ante gris, zapatos de tacón de suela roja, sandalias verde brillante con tacones negros y, en la última, una bolsa de plástico llena de ceniza. Carla se puso en cuclillas y sintió que el aire abandonaba sus pulmones con un suspiro entrecortado.

«Aquí estás.» No había llegado a decidir qué hacer con ella. Con Angela.

Después del funeral ella y Daniel volvieron allí, a casa de Carla. Se sentaron uno al lado del otro en el sofá y tomaron té en silencio, con la bolsa de plástico frente a ellos, sobre la mesita de centro. El aire en la casa estaba cargado y los remordimientos colmaban la atmósfera. Daniel tenía un aspecto pálido, delgado, demacrado; su cuerpo apenas llenaba el traje oscuro, que olía a humo.

—¿Dónde fue feliz? —le preguntó Carla, mirando fijamente la bolsa que tenían delante—. Deberíamos hacerlo en un lugar en el que hubiera sido feliz.

A su lado notó que los hombros de Daniel se alzaban y volvían a caer.

—No la recuerdo feliz —respondió él.

—Eso no es verdad.

Daniel sorbió por la nariz.

—No, tienes razón. La recuerdo feliz en Lonsdale Square. Pero no podemos esparcirlas ahí, ¿verdad? —Agachó la cabeza, abrió la boca y exhaló un hondo suspiro—: Estuvo sola durante *días* —dijo.

—No podías estar pendiente de ella todo el tiempo, Daniel. —Carla le colocó una mano en la nuca y se inclinó hacia él. Sus labios casi se posaron sobre la mejilla del chico.

Lo decía en serio, aunque también quería decir: «*Yo no podía estar pendiente de ella todo el tiempo*».

—Tienes que vivir tu propia vida, Dan. Tienes que hacerlo. No podemos derrumbarnos *todos*.

Él se volvió hacia ella y hundió el rostro en el cuello de la mujer.

—Tú no te has derrumbado —susurró.

Carla se inclinó hacia delante y, tras sacar cuidadosamente la bolsa de cenizas de la caja de zapatos, la sopesó en las manos.

«Ahora sí.»

22

Al revisar el correo Theo descubrió otra carta de su seguidor, el señor Carter, quien —podía advertir no solo por su tono algo molesto, sino también por la fuerza con la que el bolígrafo había presionado el papel— se sentía irritado por no haber recibido ninguna respuesta.

Le di mi dirección de correo electrónico porque pensaba que eso supondría que tal vez me contestaría con rapidez.

Imagino que probablemente está ocupado.

En mi última carta comentaba el hecho de que la gente encontrara sexista que ofreciera usted el punto de vista del hombre y le preguntaba si tenía algo que decir al respecto. Yo creo que es sexista cuando solo conocemos el punto de vista femenino. Ahora muchas novelas policíacas están escritas por mujeres así que a menudo solo tenemos su punto de vista. He leído en muchas reseñas de Amazon que su libro «culpabiliza a la víctima», pero ¿la cuestión no es precisamente el hecho de que «él» también ha sido maltratado por muchas personas en su vida, entre las cuales están «la amiga» y «la chica», y que por lo tanto en cierto sentido él también es una víctima y no podemos culparlo al ciento por ciento? Creo sin embargo que hacia el final tal vez lo hizo demasiado débil. ¿Alguna vez desearía haber escrito la novela de otro modo?

Por favor, ¿podría contestar a mis preguntas por correo electrónico?

Gracias, saludos cordiales,

Henry Carter

Theo dejó esa carta junto a las demás en la pila de «cosas pendientes» y consideró por un momento cuál sería el modo más educado de explicarle al señor Carter que, si bien estaba de acuerdo con que muchísimos de los lectores que habían publicado sus reseñas en Amazon habían malinterpretado sus intenciones al contar la historia del modo en que lo había hecho, parecía que él tampoco tenía la menor idea de lo que había tratado de hacer en la novela. Theo lo consideró durante un instante y luego se olvidó de ello. Tal y como el señor Carter había señalado, estaba muy ocupado.

No con trabajo; hacía días que no se había dedicado

a nada que pudiera considerarse trabajo propiamente dicho, estaba demasiado ocupado preocupándose por la vida. Habían pasado once días desde la muerte de Daniel, cinco desde que había hablado con Carla. Su exesposa estaba bajo custodia policial; Theo había hablado por teléfono con el detective inspector Barker y él le había dicho que estaban siguiendo «distintas líneas de investigación» (otra vez esa frase), pero también que no habían interrogado a nadie nuevo, no desde la chica que habían llevado a comisaría y que luego habían dejado marchar, y tampoco habían realizado ningún arresto.

Theo se sentía al mismo tiempo aliviado y decepcionado. «¿Y qué hay de la chica? —quería preguntarles—. ¿Qué hay de la maldita chica?» Lo aliviaba, sin embargo, el hecho de que Carla no pareciera estar bajo sospecha.

Y además sabía que ella estaba bien, que estaba de nuevo en pie, deambulando de un lado para otro en el último piso de su casa: la había visto a través de la ventana cuando, una mañana, fue a visitarla y llamó una vez más a su puerta. Llamó y esperó, luego retrocedió unos pasos y, al levantar la mirada, la pilló escondiéndose detrás de las cortinas. Se puso furioso y le entraron ganas de gritarle y golpear con fuerza la puerta. No podía hacerlo, claro. El año pasado había tenido lugar un incidente y los vecinos se habían quejado del jaleo que habían montado en la calle. Carla y él habían discutido, ya no recordaba acerca de qué.

Le daban igual los vecinos y le importaba un comino molestarlos, pero debía ser cauto: era un personaje (semi) público y, hoy en día, todo lo que uno hacía tenía consecuencias. La gente lo grababa y luego quedaba colgado en el ciberespacio para el resto de la eternidad; si uno se pasaba de la raya lo ridiculizaban en internet, lo ponían en la picota en Twitter, lo «cancelaban». Era la ley de la calle, aunque eso no se podía decir. Hacerlo también provocaría que lo «cancelaran» a uno.

Theo estaba seguro de que la anciana, la vecina entrometida, habría hablado con Carla y le habría contado que él había visto a Angela. De modo que ahora Carla estaba enfadada porque no se lo había dicho. No le sorprendía, pero le molestaba. Ella le había mentido docenas de veces a lo largo de los años. No era idiota, sabía que solía quedar ocasionalmente con Angela. Lo que desconocía era lo de su relación con Daniel, eso había supuesto un *shock* para él, y estaba molesto, en gran medida, por la naturaleza de la revelación. Pero no por ello le había hecho el vacío, ¿verdad? No ignoraba sus llamadas ni se negaba a abrirle la puerta. Él había actuado como siempre había hecho y como siempre haría: había permanecido a su lado. Y había dirigido su ira en otra dirección.

La última vez que vio a Angela —la última de todas—, Theo le levantó la mano. Nunca había pegado a una mujer, jamás en la vida, pero con ella se le había pasado por la cabeza durante un segundo o dos. Luego el momento pasó y, en vez de pegarle, le dijo lo que pensaba de ella; y eso fue peor.

Angela había llamado a Theo por teléfono y le había dejado un mensaje diciéndole que necesitaba contarle algo y que preferiría hacerlo cara a cara. No hubo lágrimas, al menos al principio. Le hizo entrar en casa y, esta vez, él aceptó. También tenía que decirle algunas cosas y no quería hacerlo en la calle.

La anterior ocasión en la que se habían visto, a él le había desconcertado la apariencia de ella; esta vez lo que lo dejó perplejo fue el estado de la casa: manchas en la moqueta, suciedad en las ventanas, una gruesa capa de polvo sobre las superficies y, en general, una poderosa sensación de abandono que, de algún modo, empeoraba por el hecho de que hubiera cuadros en las paredes cuidadosamente enmarcados, como si tiempo atrás Angela hubiera hecho un esfuerzo porque su casa tuviera buen aspecto.

—Me encanta en qué has convertido esta casa —dijo Theo, y Angela se rio: una retumbante risa gutural que a él le encogió el corazón. Se apartó de ella y echó un vistazo a los libros que había en un estante cercano a la chimenea. Reparó en un ejemplar de *La que se escapó*—. He oído decir que este está bien. —Cogió el libro y lo levantó por encima de su cabeza. Ella volvió a reír sin demasiado entusiasmo. Theo dejó el libro en la mesita de centro, se sentó pesadamente en un sillón de cuero negro y sacó un paquete de cigarrillos—. No te importa, ¿verdad? —preguntó sin mirarla.

—No, no me importa.

—¿Quieres uno?

Angela negó con la cabeza.

—Estoy intentando dejarlo. —Sonrió. A las once y media de la mañana ya tenía la mirada perdida—. ¿Quieres un café?

—¿Es eso lo que estás tomando?

Angela negó de nuevo con la cabeza y se sentó en la silla libre, delante de él.

—Esto es duro para mí, ¿sabes? —empezó, y Theo soltó una risotada desganada. Angela se frotó los ojos. Su sonrisa se había vuelto rígida y su expresión, tirante. Hacía esfuerzos por no llorar—. He hablado con él —añadió al cabo—. Con Daniel. Al final conseguí que se pusiera al teléfono. La mayoría de las veces se limita a ignorar mis llamadas. —Theo permaneció en silencio—. Le pedí que te dejara en paz, le dije que no ibas a darle más dinero.

—¿Cuándo fue eso? —preguntó Theo. Se inclinó hacia delante para tirar la ceniza del cigarrillo en el cenicero, pero falló.

—Hace unos días —respondió Ángela—. Él no dijo mucho, pero me escuchó, y creo que...

Theo se puso de pie despacio. Cogió un sobre que llevaba en el bolsillo interior de la americana y se lo tendió a Ángela, que sacó de su interior una hoja de papel, le echó un vistazo y palideció. Cerró los ojos, dobló la hoja y volvió a meterla en el sobre. Se lo ofreció de vuelta a Theo.

—No, da igual, quédatelo —dijo él con frialdad. No quería volver a verlo, no quería volver a ver ese detallado retrato a lápiz de su esposa que tan bien capturaba la expresión extrañamente extática que tenía mientras dormía. Daniel la había dibujado tumbada de lado, con las sábanas apartadas y el cuerpo completamente expuesto—. Lo he recibido por correo esta mañana, así que no estoy convencido de que tu pequeña charla sirviera de mucho. —Angela se inclinó hacia delante con la cabeza en las manos y masculló algo—. ¿Qué has dicho? —preguntó Theo—. No te he oído.

—Es monstruoso —repitió ella levantando la mirada hacia él con los ojos anegados en lágrimas—. He dicho que es monstruoso. —Se mordió el labio y apartó la vista—. ¿Crees que...? —comenzó, pero le costaba pronunciar las palabras—. ¿Crees que han...?

—¡No han hecho nada! —exclamó Theo, aplastando con agresividad el cigarrillo en el cenicero—. Esto no tiene que ver con ellos, sino con él. Es cosa suya, es su pequeña perversión. Y ¿sabes qué? —Ahora Theo se elevaba sobre ella, y Angela le pareció tan pequeña y tan frágil como una niña a sus pies—. Ni siquiera puedo culparle. Es decir, no es culpa suya, ¿verdad? ¡Fíjate en la vida que ha tenido! ¡Mira el lugar en el que se ha criado! ¡Mira en qué estado se encuentra su madre!

—Theo, por favor. —Angela le miraba desde abajo con los ojos abiertos como platos, y él alzó la mano para pegarle, deseoso de borrarle esa expresión de autocompasión de la cara.

Al ver cómo ella, presa del pánico, se encogía, Theo retrocedió, horrorizado por lo que Angela había provocado en él.

—Me da pena tu hijo —dijo entonces—. De verdad. Mira la vida que le has dado. No tiene ni idea de lo que se supone que es el amor, de lo que es el amor de una madre. ¿Cómo iba a saberlo?

—Lo intenté —murmuró Angela entre sollozos—. Lo intenté...

—¡Lo intentaste! —exclamó él—. Tu indolencia y tu dejadez le costaron la vida a mi hijo. Y luego descuidaste al tuyo y lo enviaste a estudiar fuera para poder beber sin impedimento alguno. ¿Y te extraña que haya terminado convirtiéndose en un sociópata?

—No se ha convertido...

—Sí que lo ha hecho, Angela. Eso es lo que es. Es una persona avariciosa, calculadora y manipuladora. Y todo eso te lo debe a ti.

Ella se quedó callada un momento y luego se puso de pie con paso vacilante. Le temblaban las manos. Agarró el ejemplar del libro de Theo y metió entre sus páginas el sobre que él le había dado antes de dejarlo de nuevo en el estante. Luego se volvió hacia él y cogió aire, como si estuviera haciendo acopio de fuerzas para una difícil tarea.

—Necesito... —comenzó a decir, retorciéndose nerviosamente las manos a la altura del pecho—. Quiero decirte algo.

Theo extendió los brazos y enarcó las cejas.

—Te escucho.

Angela tragó saliva, parecía estar luchando con algo en su interior.

—¿Y bien? —No tenía paciencia para esa teatralidad de pacotilla.

—Creo que será mejor que te lo enseñe —señaló ella en voz baja—. ¿Podrías... subir un momento?

23

Laura no podía dejar de dar vueltas a todas las cosas que había hecho mal, y no necesariamente a las más obvias. No se había despertado cubierta de sudor frío pensando en Daniel Sutherland muerto en su barcaza, ni se acordaba del tipo con el tenedor clavado en la mano. No; lo que no dejaba de acudir a su mente, lo que hacía que se encogiera avergonzada, que su rostro se sonrojara y sintiera un nudo en las entrañas, era el incidente del autobús, aquella vez que había gritado y llamado «gorda de mierda» a una mujer. No podía dejar de recordar su expresión y lo dolida y avergonzada que debió de sentirse; cada vez que pensaba en ello los ojos se le llenaban de lágrimas.

Se le había ocurrido incluso volver a coger ese mismo autobús, con la esperanza de encontrársela de nuevo y poder así pedirle perdón y explicarle que tenía un problema, y que cuando estaba estresada o cansada o enfadada decía cosas que en realidad no pensaba (lo cual, claro está, no era cierto; la verdad era que decía cosas que *sí* pensaba en serio, pero la mujer no tenía por qué saber eso). El problema era que no conseguía recordar el número del autobús.

Entonces, evocar a esa mujer le recordó a Miriam, y la expresión que esta había puesto y lo estupefacta y dolida que había parecido sentirse cuando Laura se burló y se rio de ella. Miriam era extraña y antipática, y Laura no se sentía mal por cómo se había comportado con ella aunque sí lo hacía por cómo había tratado a la mujer del autobús; desde luego no lloraba por ello, pero aun así había estado un poco fuera de lugar. No debería haber sido cruel con ella, y en el fondo no había pretendido serlo, simplemente se había dejado llevar. Y como no podía pedirle perdón a la persona con la que quería disculparse, bien podía hacerlo con Miriam. Al menos, en su caso, sabía dónde encontrarla.

Encontró la *Lorraine* amarrada exactamente donde Miriam le había dicho que estaría, a unos pocos metros de donde se había hallado la barcaza de Daniel. Esa barcaza ya no estaba; en su lugar había otra más elegante, adecentada y con una bicicleta de aspecto caro sujeta al tejado. Resultaba extraño volver allí. Era como si todo rastro de Daniel hubiera sido borrado. Extraño en un sentido bueno: tenía la sensación de que el incidente no había sucedido, era como si solo hubiera sido un sueño: «¡Mira, aquí no hay ninguna barcaza sucia y azul! ¿Eso que pensabas que había pasado? No, no pasó. Fue una pesadilla. Ahora ya puedes despertarte».

La *Lorraine* no tenía nada que ver con aquella barcaza sucia y azul: era larga y elegante, estaba pintada de color verde con una franja roja, tenía macetas con cuidadas plantas en el tejado, paneles solares en un extremo y se veía adecentada, limpia y acogedora. Parecía el hogar de alguien.

Laura se quedó plantada enfrente de la embarcación, en el camino de sirga, preguntándose adónde diantre debía llamar una si quería avisar de su llegada a quienquiera que viviera en una barcaza. (¿A la ventana? Eso parecía una indiscreción.) De repente, sin embargo, Miriam salió por la puerta de la cubierta de popa. El pelo, por lo general encrespado, le caía lacio sobre los hombros, a juego con el holgado vestido de lino que llevaba puesto. Tenía las piernas y los pies sorprendentemente blancos, como si no hubieran visto el sol en mucho tiempo. Laura arrugó la nariz y dio un paso atrás. El movimiento llamó la atención de Miriam.

—¿Qué demonios quieres? —gruñó.

—Me encanta tu casa —empezó Laura, mirando con perplejidad la barcaza que tenía delante—. Es muy bonita. —Miriam no dijo nada. Se cruzó de brazos y frunció el ceño bajo el lacio flequillo. Laura se mordió una uña—. La razón por la que he venido es porque quería pedirte perdón por lo maleducada que fui el otro día. Quería explicarte...

—No me interesa —la interrumpió Miriam, pero no se movió ni se dio la vuelta. Permaneció en la cubierta de popa, mirando a Laura a los ojos.

—Suelo decir estupideces. Lo hago continuamente, ni siquiera..., es decir, sí, *es* culpa mía, pero no siempre puedo controlarlo. —Miriam inclinó la cabeza a un lado. La escuchaba—. Es un problema que tengo, una enfermedad. Se llama «desinhibición». Es por el accidente. ¿Recuerdas que te hablé del accidente que tuve de pequeña? Por favor. —Laura dio un paso hacia la barcaza con la cabeza un tanto gacha—. Solo quería decirte que lo siento, fui muy desagradable contigo y tú solo intentabas ayudarme, ahora me doy cuenta de ello. Lo siento de veras.

Miriam siguió mirándola un instante con el ceño fruncido. Luego comenzó a darse la vuelta como si fuera a meterse en la barcaza, pero en el último momento pareció repensárselo y se volvió de nuevo hacia Laura.

—Está bien —dijo—. Será mejor que entres.

—¡Qué lugar tan agradable! —Laura recorrió la barcaza de arriba abajo—. Es muy... *hogareña*, ¿no? No imaginaba que estas barcazas pudieran ser tan *acogedoras*.

Miriam asintió con los labios fuertemente apretados, pero Laura advirtió, por el rubor de sus mejillas y la expresión de sus ojos, que estaba encantada con los comentarios. Miriam le ofreció té, encendió el hervidor y

296

sacó un par de tazas de un armario. Laura seguía mirándolo todo. Pasó los dedos por los lomos de los libros y cogió una fotografía enmarcada de Miriam junto con sus padres.

—¡Esta eres tú! Sí, ¿verdad? No has cambiado tanto —dijo al mismo tiempo que pensaba: «Ya entonces eras repulsiva»—. Tu madre y tu padre parecen buenas personas.

—Lo eran —precisó Miriam. Se sentó en el banco frente al que Laura se encontraba.

—¡Oh! ¿Fallecieron? Lo siento. Los míos es como si no estuvieran. Ya te hablé de ellos, ¿verdad? Mi padre tiene buenas intenciones, pero mi madre es una pesadilla y el problema con ella es que, por muy mal que se porte conmigo, yo siempre termino perdonándola. No sé por qué. No puedo evitarlo.

El hervidor silbó y Miriam lo retiró del fuego. Luego volvió a cruzarse de brazos y se quedó mirando a Laura con expresión pensativa.

—Es porque has sufrido un trauma, esa es la razón —opinó finalmente—. No lo digo como una crítica. Solo es una observación. De pequeña te hicieron cosas que te dejaron cicatrices por dentro y por fuera, ¿no es así?

Laura asintió. Retrocedió un poco, de tal forma que su cuerpo quedó apoyado contra la librería.

—Cuando fui a tu casa y tú te reíste y te burlaste de mí; no, no digas nada, solo escúchame. Cuando eso sucedió, te dije que éramos parecidas y tú me contestaste que no, pero estabas equivocada. Puedo percibir que has sufrido un trauma porque yo también he sufrido uno. De joven me pasó algo, algo que me marcó.

Laura recorrió insegura la parte trasera de la barcaza, en dirección al banco que había en uno de sus costados, se sentó con las piernas cruzadas y se inclinó hacia delante. Miriam había despertado su curiosidad.

—¿Qué quieres decir? —le preguntó—. ¿Qué te pasó?

Miriam extendió la mano hacia el hervidor y se dispuso a servir agua, pero al final lo posó donde estaba y se volvió hacia Laura.

—Cuando tenía quince años me secuestraron —dijo en voz baja y con expresión grave.

Laura se quedó tan sorprendida que tuvo que taparse la boca con una mano para que no se le escapara una carcajada.

—¿Te... *secuestraron*? ¿Hablas en serio?

Miriam asintió.

—Estaba con una amiga. Un día decidimos pasar de ir a clase y nos pusimos a hacer autoestop. Un hombre nos recogió y... nos llevó a una granja. A mí me encerró en una habitación. —Volvió a apartar la mirada, sus dedos gordos y pequeños se aferraban al borde del mostrador—. Me encerró, pero conseguí romper una ventana y escaparme.

—¡Dios mío! Eso es... increíble. —Laura lo decía literalmente: no estaba segura de si creer a Miriam—. Es algo horrible de verdad. ¿Te hizo daño?

Miriam asintió.

—Joder. Lo siento. Es... realmente aterrador. ¿A tu amiga también le hizo daño?

Miriam no dijo nada. No se movió, pero Laura reparó en que sus nudillos palidecían.

—¿Miriam?

—No pude ayudarla —murmuró Miriam—. Hui corriendo.

—¡Oh, Dios! ¡Oh, Dios mío! —Por una vez Laura no sabía qué decir. Se tapó la boca con la mano y negó con la cabeza al tiempo que las lágrimas asomaban a sus ojos—. ¿Entonces...?

Miriam asintió.

—¡Oh, Dios mío! —exclamó Laura—. ¿Cuándo fue esto? Es decir, si tenías quince años, esto pasó... ¿en los setenta?

—Los ochenta —precisó Miriam.

—Y... ¿qué ocurrió? Me refiero a luego. Joder. Me parece inconcebible. Apenas puedo imaginar por lo que debiste de pasar.

Miriam se la quedó mirando durante un largo rato y luego, sin decir nada, se dio la vuelta y desapareció detrás de una puerta que había al final de la barcaza y tras la que Laura supuso que se encontraba su habitación. Cuando regresó, llevaba en las manos un manojo de papeles.

—Si de verdad estás interesada, puedes leer esto —indicó—. Es el libro que escribí sobre ello. Sobre lo que pasó y cómo me afectó. —Miriam le ofreció los papeles, que había encuadernado y formaban un voluminoso manuscrito—. Supongo que... puedes leerlo, si quieres —añadió con el rostro sonrojado y los ojos relucientes.

Sin pensarlo, Laura negó con la cabeza.

—No soy muy lectora —respondió, pero al ver cómo Miriam se llevaba el manuscrito al pecho y toda la afectación desaparecía de sus ojos, las comisuras de sus labios se volvían hacia abajo y su expresión se agriaba, añadió—: Es decir... me encantaría leerlo —se corrigió Laura, extendiendo una mano. Miriam se apartó—, es solo que es posible que tarde un poco en terminarlo porque soy muy muy lenta. O sea, no mentalmente, aunque algunas personas opinarían que también; cuando era pequeña solían decir que era muy lista y yo acostumbraba a leer todo el rato, pero la cosa es que después del accidente ya fui incapaz de concentrarme en nada y como que perdí la costumbre, ¿entiendes lo que quiero decir? —Laura se mordió el labio—. Pero me encantaría leerlo, parece... —¿Qué parecía? Parecía horroroso, devastador—. Parece una historia muy interesante.

Con cierto recelo, Miriam le dio el manuscrito.

—Tómate tu tiempo, pero por favor ten cuidado con él —pidió.

Laura asintió.

—No lo perderé de vista —aseguró, y guardó el manuscrito en su mochila.

Volvió a hacerse un silencio incómodo. Laura echó un esperanzado vistazo al hervidor.

—¿Se ha puesto en contacto contigo la policía? —le preguntó Miriam. Laura negó con la cabeza—. Bueno, eso está bien, ¿no?

Laura se mordisqueó el labio.

—Supongo que sí. La verdad es que no lo sé. No dejo de ver las noticias por si hay alguna... novedad, pero no parece haber ninguna.

—No, parece que no, ¿verdad?

Y volvió a hacerse un silencio.

—Me muero por una taza de té —afirmó Laura.

—¡Oh, sí! —Miriam pareció aliviada por tener algo que hacer. Retomó la preparación del té que había dejado a medias, pero descubrió que no tenía azúcar (Laura tomaba dos cucharadas y media), de modo que se excusó y dijo que iría un momento por el camino de sirga hasta una cafetería cercana para tomar prestado un poco.

Laura se levantó del banco y comenzó a inspeccionar el alojamiento de Miriam. Estaba mucho mejor de lo que esperaba. Aunque, claro, ¿qué era lo que esperaba? ¿Algo triste, sucio y deprimente como la barcaza de Daniel? Esto no tenía nada que ver. Esto era mucho más agradable que su propio piso. Aquí había plantas y cuadros y libros de cocina. También había mantas, viejas y andrajosas, pero de colores vivos y debidamente dobladas en un rincón. Y olía muy bien, a madera ahumada y limón. Y todas las superficies estaban impolutas.

En la librería que había junto a la estufa de leña descansaba un pequeño reloj de mesa. Estaba chapado en oro. Laura lo cogió y sintió su gratificante peso en la mano. Encima de la librería vio un estante sobre el que había una cajita de madera. Probó a abrirla y se sorprendió al comprobar que la tapa no estaba cerrada con llave. La cogió y la colocó en la mesa, delante del banco. En su interior encontró un par de aretes de oro que no parecían ser para nada del gusto de Miriam. Se los metió en el bolsillo y siguió revisando el contenido de la cajita. Había una cruz de plata con un diminuto Jesús crucificado, la placa identificativa de un perro, un guijarro liso y gris, una carta dirigida a Miriam y una llave que colgaba de un llavero.

A Laura le sorprendió tanto verla que al principio no la reconoció. No era *una* llave, ¡era *su* llave! La llave de su casa, que colgaba de un llavero de madera en forma de pájaro. La cogió y la inspeccionó bajo la luz. A su espalda oyó un crujido. Sintió que algo se movía y que una sombra descendía sobre ella. Entonces una voz dijo:

—¿Qué crees que estás haciendo?

Laura se dio la vuelta tan deprisa que casi se cae del banco. Miriam estaba en el umbral de la puerta con un tarro de azúcar en una mano, mirándola con expresión iracunda.

—¿Qué diantre crees que estás haciendo? ¿Quién te ha dado permiso para registrar mis cosas?

—¿*Tus* cosas? —Laura se recuperó rápidamente e irguió la espalda, lista para pasar a la ofensiva—. ¡Esto es *mío*! —estalló enfurecida—. ¿Qué cojones haces tú con la llave de mi casa?

Miriam dio un paso adelante y dejó el tarro de azúcar sobre el mostrador.

—Me la encontré —respondió frunciendo los labios como si le ofendiera que Laura la interrogara de ese modo—. Quería devolvértela, pero me olvidé. Yo...

—¿Que te *olvidaste*? ¿El otro día estuviste en mi apartamento y no se te ocurrió decirme que tenías mi llave? ¿Dónde la encontraste? ¿Dónde...? Esto es sangre, ¿no? —dijo Laura dándole la vuelta a la llave en la mano—. Esto parece... ¡Dios mío, está cubierta de sangre! —Dejó caer la llave como si quemara y se limpió los dedos en los pantalones vaqueros—. ¿Por qué la cogiste? —preguntó desconcertada y con los ojos abiertos como platos—. Estuviste ahí, me dijiste que estuviste ahí después de que yo me marchara, pero ¿por qué...? ¿Por qué la cogiste? —Laura estaba empezando a tener un mal presentimiento respecto a todo aquello, un pésimo presentimiento, algo a lo que contribuía la actitud de Miriam, que permanecía de pie delante de ella, flanqueando la puerta de la barcaza cual bloque de carne rechoncho y achaparrado, con los brazos cruzados y negando con la cabeza pero sin decir nada, como si estuviera pensando, como si estuviera intentando buscar una excusa para su comportamiento. A Laura se le encogió el estómago. El otro día, en su piso, bromeaba cuando había dicho que tal vez Miriam había matado a Daniel, pero ahora comenzaba a pensar que tal vez tenía razón, ahora comenzaba a pensar muchas cosas. Esa mujer había sufrido un trauma, esa mujer era una víctima, esa mujer estaba como una *puta* cabra.

—Simplemente la vi —explicó al final Miriam con el rostro inexpresivo y un tono de voz neutro; todo su enojo parecía haberse disipado—. Vi la llave en el suelo, a su lado. Su rostro estaba pálido, y parecía... —Exhaló un suspiro, un largo suspiro, como si todo su aliento abandonara su cuerpo—. Parecía desesperado. —Cerró los ojos y volvió a negar con la cabeza—. Vi la llave y la cogí... —Mientras hablaba, simuló arrodillarse y coger la llave. Mantuvo los ojos fuertemente cerrados hasta que dijo—: Estaba protegiéndote, Laura. Es lo que he estado haciendo desde el principio. Y puede que tenga mis propias razones para ello, pero eso no cambia nada.

Como una *puta* cabra.

—¡No quiero tu protección! —Laura percibió el miedo en su propia voz y eso la puso todavía más nerviosa—. ¡No necesito nada de ti! Solo quiero salir de aquí... —Cogió su mochila e intentó rodear a Miriam y su considerable corpulencia en el estrecho espacio del interior de la barcaza—. Déjame salir, por favor... —Pero Miriam permanecía firme, no se apartaba y le dio un empellón para que retrocediera, haciendo que Laura perdiera el equilibrio—. ¡No me toques! ¡No me toques!

Laura necesitaba salir de ahí, necesitaba salir de la

barcaza, tenía la sensación de que se ahogaba, no podía respirar. Era como si volviera a estar inmersa en aquella pesadilla con Daniel, esa en la que se encontraba en su sucia barcaza y él se reía de ella y podía notar en la boca el sabor de su carne. Comenzó a escupir y gritar.

—*Apártate apártate apártate* —gimió mientras forcejeaba con alguien, otro cuerpo, empujándolo y agarrando puñados de pelo grasiento.

»*Apártate.*

Podía oler su sudor y su mal aliento. Enseñó los dientes.

—*¡Por favor!* —chilló, y Miriam también comenzó a gritar—. *¡No me toques no me toques no me toques!*

LA QUE SE ESCAPÓ

La chica y su amiga han emprendido el camino de vuelta a casa desde el horrible *pub* del centro del pueblo. Andan con los brazos entrelazados y haciendo eses por un lateral de la carretera. La chica está animada por la ginebra y se siente feliz, y el cálido tacto del delgado brazo de su amiga contra la grasa de su cintura le resulta reconfortante.

Un coche se acerca y la amiga extiende un brazo y levanta el pulgar sin demasiada convicción. Un maltrecho Golf amarillo con una franja decorativa medio despegada de la pintura de la carrocería pasa a su lado y reduce la velocidad. Ellas se miran y se ríen. Corren hacia el coche y, cuando la puerta se abre, la chica oye el fragmento de una melodía, alguien está cantando, un hombre con una voz áspera y grave. Se fija en el cuello del conductor, tiene un sarpullido en carne viva.

No, le dice a su amiga. No.

Pero su amiga ya se ha metido en el coche, se ha sentado al lado del conductor y le pregunta a este, bueno, ¿adónde vamos?

24

Alrededor de la lápida crecían dientes de león y margaritas, y sus colores amarillo canario y crema suave destacaban en medio de la extensión de hierba. Esta estaba descuidada, pero la sensación que daba era más de exuberancia que de dejadez. Carla se moría por tumbarse en la hierba, yacer ahí mismo, dormir y no despertarse. Había llevado consigo una manta roja de cachemira que extendió sobre la hierba, pero en vez de tumbarse, se arrodilló y se inclinó hacia delante como si fuera a rezar. Luego apoyó las yemas de los dedos en lo alto de la lápida de granito negro, que seguía presentando un aspecto asombrosamente nuevo entre las demás tumbas, más grises y cubiertas de musgo, y dijo:

—Feliz cumpleaños, cielo. —A continuación volvió a erguir la espalda y se permitió a sí misma llorar un rato con pequeños sollozos entrecortados. Luego se enjugó las lágrimas, se sonó la nariz y se sentó a esperar con las piernas cruzadas y la espalda erguida. Al cabo de poco vio que Theo iba en su dirección por el sendero, tal y como ella había esperado que hiciera. Él la saludó alzando una mano. Ella sintió los débiles latidos de su corazón en la base de la garganta.

Theo se detuvo a pocos pasos de ella.

—He estado preocupado, ¿sabes? —indicó, pero Carla podía notar por su tono de voz y la expresión de su rostro que no estaba enfadado. Más bien tenía aspecto de sentirse escarmentado, como cuando ella averiguó lo de la publicista. Así pues, lo sabía. Sabía que ella sabía lo de Angela, que había algo que saber sobre Angela.

—He perdido la medalla de san Cristóbal de Ben —confesó Carla, y se hizo a un lado para dejarle espacio a Theo en la manta. Él se sentó pesadamente a su lado y se inclinó hacia ella para darle un beso, pero ella se encogió y dijo—: No.

Él frunció el ceño.

—¿Dónde la has perdido? ¿Qué estabas haciendo con ella?

—Yo... no lo sé. Si supiera dónde la he perdido, no la habría perdido de verdad, ¿no? La cogí porque... solo quería verla un momento. La he buscado por todas partes.

Él asintió al tiempo que la miraba de arriba abajo, examinándola.

—Tienes un aspecto terrible, Carla.

—Qué bien, gracias. Las últimas dos semanas no han

sido muy buenas —explicó, y comenzó a reír. Al principio no fue más que una risita, pero luego se convirtió en una auténtica carcajada. Estuvo riendo hasta que las lágrimas empezaron a caerle por las mejillas, hasta que Theo extendió una mano para enjugárselas. Ella volvió a encogerse—. No me toques. No hasta que me cuentes la verdad. No quiero que me toques hasta que me cuentes lo que hiciste. —Una parte de ella deseaba salir corriendo, otra se moría por oírle negarlo todo.

Theo agachó la cabeza y se frotó la coronilla con el dedo índice.

—Estuve con Angela. Fui a verla porque Daniel había acudido a mí para pedirme dinero. Le di un poco, pero luego quiso más. Ya está. Eso es todo.

Carla enroscó los dedos en la hierba y arrancó una mata con la mano. Luego volvió a hundirla en la tierra.

—¿Por qué no me lo contaste, Theo? ¿Por qué no me contaste que Daniel había acudido nada menos que a ti?

Theo alzó las manos.

—¡No lo sé! ¡No lo sé! No sabía lo que estaba pasando y, francamente —añadió mirándola a los ojos—, no estaba seguro de si quería saberlo.

Carla sintió que se sonrojaba desde la base del cuello hasta las mejillas.

—Entonces ¿solo la viste... una vez? ¿Solo esa vez? ¿Theo?

—Dos —respondió él bajando la voz—. Ella me pidió que nos viéramos una segunda vez y fui a su casa. No podía contártelo, Cee. Fue... —Exhaló con fuerza—. Justo antes de que muriera. Fui a verla y una semana después la encontraron al pie de la escalera. No habría pintado bien.

—No habría pintado bien —repitió Carla—. ¿Y con razón? —preguntó con tono suave.

—Cee... —Theo extendió el brazo para cogerle una mano y ella dejó que lo hiciera—. No quiero tener aquí esta conversación. ¿Tú sí? Hoy es el día de Ben. Su dieciocho cumpleaños. No quiero pensar en ella.

—¿Por qué quería verte? —preguntó Carla.

Theo no contestó. Se inclinó hacia ella y le dio un beso en la boca. Ella le dejó hacerlo.

—Te he echado de menos —dijo él—. No me gusta que desaparezcas.

Permanecieron un rato sentados en silencio, cogidos de la mano. Theo había llevado coñac en una petaca y se lo bebieron por turnos, pasándose la petaca el uno al otro.

Cuando el alcohol ya le ardía en el pecho, Carla le preguntó:

—¿Qué harías de forma distinta? Si pudieras. ¿Te habrías casado igualmente conmigo si hubieras sabido lo que iba a pasar?

—Claro que lo habría hecho. Yo...

—Yo no creo que lo hubiera hecho —lo interrumpió ella. Theo hizo una mueca de dolor. Ella le dio un apretón en la mano y la soltó—. No pretendo ser cruel, pero si lo hubiera sabido no creo que hubiese podido casarme contigo. Aunque imagino que no importa con quién me casara, ¿no? Habría pasado de todos modos, ¿verdad?

—¿Qué quieres decir? —Él la cogió por una muñeca. Sus dedos índice y pulgar le rodearon completamente los delgados huesos. La otra mano la llevó a la cara de ella e intentó tirar de su barbilla para que lo mirara, pero ella se apartó.

—El veneno —dijo ella—. Procedía de mí, de *mi* familia.

—Tú no eres tu hermana —replicó Theo.

Y, entonces, ella lo miró a los ojos.

—Deberías perdonarla, Theo.

Theo intentó que Carla volviera a casa con él, pero ella insistió en que quería estar un rato más. Al principio se ofreció a quedarse con ella, pero al final Carla consiguió convencerle para que se marchara. Aunque no antes de que él le diera un lápiz de memoria con el borrador de su última novela para que la leyera.

—¿De verdad, Theo? Ahora mismo ya estoy lo bastante liada, ¿sabes? Ni siquiera he... —La voz se le atragantó—. Ni siquiera he comenzado a preparar el funeral. El funeral de Daniel. Tengo que esperar a que el forense termine su investigación, y entonces yo...

—Yo puedo ocuparme de eso —la cortó Theo, insistiendo en que cogiera el lápiz de memoria—. Yo me encargaré de los preparativos. Hablaré con la policía para saber cómo llevan la investigación, pero..., *Cee*. Tú siempre has sido mi primera lectora. No puedes dejar de serlo, la cosa no funciona así.

Carla contempló cómo Theo se alejaba en dirección al camino principal, zigzagueando entre las lápidas con el paso algo vacilante a causa del coñac, iluminado por los rayos del sol, que se filtraban a través de las hojas de los árboles. Esperó un poco para asegurarse de que se había marchado y de que no había dado media vuelta y andaba merodeando por ahí, vigilándola. Cuando se hubo convencido de que estaba sola cogió un puñado de ceniza del bolsillo y la esparció sobre la hierba que cubría la tumba de Ben.

Intentó evocar la voz arrastrada y la risa gutural de su hermana.

—¿Recuerdas aquella casa en Vaugines, Cee? —le había preguntado Angela años atrás. Estaban instaladas en el sofá del salón de la casa de su hermana en Hayward's Place. Los débiles rayos de sol se filtraban por las cortinas a medio correr e iluminaban la estancia con un apagado resplandor amarillo. Angela estaba sentada con las piernas flexionadas y los pies debajo del cuerpo, fumando y mordiéndose las uñas. Su pulso era firme, lo cual quería decir que ya había bebido—. ¿Recuerdas ese lugar junto al olivar, con aquellas extrañas esculturas de

314

cabezas de animales en las paredes? Daniel y yo nos alojamos en la casa de la piscina. Ben todavía era un bebé. Era diminuto. —Hizo el gesto con las manos—. Calentito y perfecto como una hogaza de pan.

—Claro que me acuerdo —respondió Carla—. Fueron las primeras vacaciones que hicimos con él. Theo y yo nos pasábamos el día tendidos en esas tumbonas que había bajo los árboles, durmiendo con Ben en medio de los dos. —Cerró los ojos—. ¿Qué árboles eran? ¿Robles, quizá? ¿O tal vez plátanos...?

—Y esas increíbles puestas de sol con el cielo rosado —siguió Angela—. ¿Las recuerdas?

—Me acuerdo de que no había modo alguno de que sacaras a Daniel de la piscina. ¿Recuerdas lo mucho que se enfadó porque quería enseñarle a Ben a nadar y nosotros no dejábamos de decirle que Ben era demasiado pequeño?

Angela negó con la cabeza.

—¿Lo hizo? ¿En serio? —preguntó, y se inclinó hacia delante para aplastar el cigarrillo en el cenicero que había dejado sobre la moqueta—. Parece imposible, ¿verdad? Ahora, estando *aquí*. —Acompañó sus palabras con un gesto en derredor, señalando la habitación en la que se encontraban—. Cuesta pensar que fuéramos todos tan felices. Parece inimaginable. Toda esa felicidad, desperdiciada.

Al oír ese lamento por la dicha perdida, a Carla comenzaron a temblarle las manos, los brazos, las piernas y, finalmente, todo el cuerpo. Se puso de pie y bajó la mirada hacia su hermana.

—Inimaginable —repitió con voz baja y ronca—. Lo es, ¿verdad? Un momento de descuido, una o dos horas de irreflexiva desatención, una puerta abierta. Y aquí estamos.

Recordó el modo en que su hermana la había mirado entonces, con los ojos vidriosos y moviendo la boca, pero sin emitir sonido alguno.

Carla cogió otro puñado de ceniza y se la llevó a los labios antes de hundirla en la tierra, presionando con fuerza.

LA QUE SE ESCAPÓ

Hacen novillos y salen por la puerta de la escuela sin que las vean. Hay un autobús que va y viene de la ciudad, sale cada hora, a y media. ¡Deprisa! Su amiga se arremanga un poco la falda con una mano y aprieta el paso, agitando frenética el brazo libre para llamar la atención del conductor. La chica acelera, provocando que la bolsa de libros que cuelga de su hombro se balancee de una manera incómoda y que sus grandes pechos reboten. Suben al autobús y pasan por delante del conductor, que las mira con una sonrisa de suficiencia, y de los otros pasajeros de cara avinagrada.

En cuanto descienden del autobús la chica lamenta haber ido allí. Hace un calor sofocante y las aceras están repletas de gente que ha salido a comprar. Ahí no hay nada que hacer, ningún lado al que ir. Deambulan de tienda en tienda mirando ropa que no pueden permitirse. En un estanco compran cigarrillos, de esos baratos que pican en la garganta. Encienden uno con otro y fuman hasta que sienten náuseas.

Van al *pub*, pero el camarero se niega a servirles. Se sientan a una mesa de la terraza con las faldas ligeramente levantadas. Los tipos mayores que están sentados al lado las miran mal. Un hombre joven se acerca a ellas y se queda parado, observándolas. Mira a la amiga, no a la chica. Sonríe. Es feo, tiene los ojos demasiado juntos y acné en el cuello, con un sarpullido en carne viva. Su amiga pone los ojos en blanco. Lo lleva claro, dice, y se ríe.

Una canción comienza a sonar en una radio o una máquina de discos. La chica ya la ha oído antes, es una balada, una voz masculina suave y ronca canta sobre una guitarra acústica. A pesar del cálido sol vespertino, la chica nota la piel fría. Tiene la sensación de que alguien ha vertido petróleo sobre ella y, sin embargo,

hay un punto en la parte trasera de su
cabeza, en el cuero cabelludo justo donde
nace la coleta, que palpita a causa de un
intenso calor.

Algo malo va a pasar.

25

Miriam tenía las manos sumergidas hasta la muñeca en el agua caliente y jabonosa del lavamanos, lleno casi hasta arriba, cuando le sobrevino un recuerdo tan intenso que dio un respingo. No fue visual, sino una sensación: el repentino y sorprendente calor de la sangre arterial burbujeando en sus dedos y, justo después, la sacudida de la desilusión. De la tristeza. *Ya no había vuelta atrás.* Permaneció ante el lavabo de su pequeño cuarto de baño, con los brazos mojados, incapaz de moverse durante un minuto, quizá dos. La mano derecha se aferró con fuerza a un cepillo de uñas y la izquierda al mango de unas tijeras, como si hubieran sufrido un espasmo.

Y entonces el momento pasó, sus manos se relajaron y ella volvió en sí. Sacó el tapón y vio cómo el agua jabonosa desaparecía por el desagüe. Dejó el cepillo y las tijeras en el estante que había debajo del espejo, se secó con cuidado las manos y luego vertió un poco de loción antiséptica en una bolita de algodón que aplicó suavemente a los arañazos que tenía en el cuello y los brazos. Cogió la tira de venda adhesiva que había cortado del rollo y se la colocó en la peor de las heridas, la que tenía a lo largo del brazo izquierdo.

Cuando hubo terminado, Miriam regresó a la estancia principal de la barcaza y comenzó a recogerla. Volvió a colocar en las estanterías los libros que habían caído, dejó la cajita de madera en su sitio y barrió con un cepillo y un recogedor los restos de cerámica y tierra que habían quedado en el suelo después de que una de sus macetas de hierbas aromáticas cayera del alféizar. La planta, un pequeño brote de estragón, era ya irrecuperable. Con la espalda achacosa y las rodillas apoyadas, con dolor, en el suelo, Miriam se afanaba metódicamente, esforzándose todo lo posible para recoger los restos de su enfrentamiento con esa chica tan agresiva. Estaba enfadada, pero consiguió controlar y contener la furia hasta el momento en el que descubrió, debajo de la mesa, uno de los aretes de Lorraine algo doblado, y se puso a llorar.

¿Por qué los demás tienen que coger aquello que no les pertenece? ¿Por qué tienen que coger sus cosas y estropearlas?

Lo que Miriam recordaba con más claridad de la época inmediatamente posterior a su secuestro no era su estancia en el hospital. Ni a su madre sollozando tan fuerte que su padre tuvo que sostenerla cuando fueron a verla por primera vez. Tampoco las horas de interrogatorios con la policía o las hordas de gente que acampó delante de su casa, los periodistas, o las cámaras de televisión.

Lo que recordaba con mayor nitidez era la insoportable amabilidad de los padres de Lorraine, y al padre de esta cuando fue a verla a su habitación del hospital y le dio un apretón en la mano mientras murmuraba entre lágrimas:

—Gracias a Dios, gracias a Dios que estás bien.

Aunque a Miriam le costaba concebir que fuera eso lo que realmente estaba pensando. Sin duda debía de ser más bien algo parecido a: «¿Por qué no tú? ¿Por qué no fuiste tú?».

Después del funeral de Lorraine se celebró una ceremonia conmemorativa en casa de sus padres. Miriam preguntó si podía subir un momento al dormitorio de Lorraine, y la madre, una mujer menuda y destrozada, se las arregló para sonreír y decirle:

—Claro que sí. Siempre eres bienvenida en esta casa. Puedes visitarnos siempre que quieras.

En la habitación de Lorraine, en el piso de arriba, sentada ante su tocador, Miriam se quedó un rato mirando los coloridos coleteros de su amiga, sus lápices de labios en tonos rosa oscuro y rojo, y la paleta de sombras de ojos púrpura, azul y blanco. Delante del espejo había un joyero. Al abrirlo sonaba *Greensleeves* y Miriam lo había admirado desde que eran pequeñas. En su interior había varios collares y pulseras, un anillo demasiado pequeño para los dedos de Miriam y un par de pendientes, los aretes de oro que se metió en el bolsillo de su cazadora.

Se marchó de la ceremonia sin despedirse.

Tres días después encontraron el coche de Jeremy en el aparcamiento de un acantilado, en una zona eufemísticamente descrita como «paraje pintoresco», uno de esos lugares a los que la gente va cuando no tiene ningún otro sitio al que ir. Tres días después de eso los guardacostas suspendieron la búsqueda a causa del mal tiempo. Y tres semanas más tarde, dos niños que jugaban en una playa cerca de Hastings encontraron un pie humano cercenado de un tamaño y un color que se ajustaban a los del cuerpo de Jeremy y cuya sangre era de su mismo grupo. Tanto si se había estrellado contra las rocas como si había sido triturado por la hélice de algún barco, había desaparecido para siempre. Lo único que quedaba de él era la nota que había dejado en la guantera de su coche: una nota de disculpa con una única palabra: «perdón».

Perdón.

En la escuela, todo el mundo sentía lástima por Miriam. Todo el mundo sentía lástima por ella pero nadie quería acercarse demasiado. Todo el mundo la observaba, aunque procuraba que sus miradas no se cruzaran.

Su nombre estaba en boca de todo el mundo y nadie hablaba con ella a la hora del recreo o durante el almuerzo. Ella pasaba a su lado y ellos sonreían amablemente, incluso los profesores, pero lo hacían sin mirarla, con la vista puesta en algún punto a media distancia. Estaba mancillada. La gente —sus padres, su terapeuta, la policía— le dijo que lo que le había pasado a Lorraine no era culpa suya. «Nadie habría esperado que actuaras de otro modo, Miriam.» Pero el hecho de que creyeran necesario decírselo hablaba por sí solo. El hecho de que sintieran la necesidad de decírselo significaba que lo habían pensado, que habían pensado: «Podrías haber hecho alguna otra cosa. Nadie lo esperaba. Pero podrías haberlo hecho».

Nadie dijo nunca nada en voz alta. No hasta que apareció Theo Myerson.

LA QUE SE ESCAPÓ

Ella sabe lo que le hará cuando la atrape. Ha vuelto al punto de partida, esta chica. Tumbada en la tierra, se acuerda de sí misma esa mañana, en su tocador, cepillándose el pelo, recogiéndoselo con un coletero en una prieta coleta a la altura de la nuca.

Todavía inocente.

Podría haberlo evitado, ¿no? Cuando su amiga le sugirió que hicieran novillos podría haberse limitado a negar con la cabeza y haber asistido a la clase de dos horas de matemáticas. Cuando estaban en el pueblo, podría haberse negado a ir al *pub* y haber sugerido que fueran al parque. Podría haber dicho que no pensaba subirse a ese coche. Podría haberlo dicho un poco más alto: No.

Incluso después de que todo se hubiera puesto en marcha, podría haber hecho las cosas de otra forma.

No tenía por qué haber salido corriendo.

En lugar de correr, podría haber recogido de la amarillenta hierba un trozo del cristal de la ventana que acababa de romper. Podría habérselo guardado en el bolsillo de los pantalones vaqueros. Podría haber vuelto a entrar en la casa, siguiendo los gritos de dolor de su amiga. Podría haber entrado a hurtadillas en la habitación en la que él la tenía inmovilizada en el sucio suelo. Podría haberse abalanzado sobre él con rapidez, con los pies desnudos y conteniendo el aliento. Podría haberlo agarrado del pelo, haber tirado hacia atrás de su cabeza y haberle clavado el trozo de cristal en la garganta.

Pero ahora ya es demasiado tarde.

26

Irene dormitaba en su sillón junto a la ventana con un ejemplar de *Blow Your House Down*, de Pat Barker, abierto en su regazo cuando la lluvia la despertó. De repente había comenzado a caer un chaparrón tan fuerte que las gotas de lluvia repiqueteaban sobre los adoquines de la callejuela como si de granizo se tratara. Era tal el estruendo que a Irene le costó distinguir, en medio, el sonido de alguien llorando.

Al principio creyó que solo eran imaginaciones suyas, y luego, poniéndose en pie, se le ocurrió, con el corazón encogido, que podría tratarse de Carla —la desesperada y trágica Carla—, que había vuelto una vez más a la casa vecina. Pero entonces reparó en que alguien llamaba a su puerta. Lo hizo tan bajito y de un modo tan vacilante que podría haberse tratado de un niño. Luego oyó que alguien, con un hilo de voz, decía:

—¿Irene? ¿Estás ahí?

Laura se encontraba de pie en el umbral de su casa, completamente empapada y en un estado lamentable, con el abrigo rasgado y un moratón del tamaño de una pelota de tenis en un lado de la cara. Temblaba y lloraba como una niña pequeña.

—¡Dios mío, Laura! Entra en casa. —Irene extendió las manos hacia ella, pero Laura se apartó.

—No —gimió entre sollozos—. No lo hagas. No deberías ser amable conmigo.

—¿De qué diantre estás hablando? ¡Por el amor de Dios! —Agarró a la chica por el abrigo empapado—. Entra de una vez, no te quedes ahí, bajo la lluvia.

En cuanto la puerta se hubo cerrado detrás de ella, Laura se agitó como un perro en el oscuro recibidor.

—No deberías dejarme entrar —lloró desconsolada—. Deberías mandarme a la mierda. Aunque tú nunca me dirías algo así, porque eres demasiado amable y educada.

—Bueno, eso procuro —repuso Irene en un tono airado—. Pero basta ya de tonterías. Quítate ese abrigo mojado y déjalo cerca del radiador, ese, el que está ahí. Hace algo de frío, ¿verdad? Encenderé la calefacción. Vamos, no te entretengas, que lo pondrás todo perdido. Ve al salón. Voy a encender la calefacción, preparo unas tazas de té y luego me lo cuentas todo desde el principio.

Cuando regresó con el té, Laura estaba sentada en el suelo, en medio del salón, con las piernas cruzadas y la cabeza apoyada en las manos. Irene le tendió una taza.

—Bueno, venga, cuéntame. ¿Qué ha pasado?

Mientras Irene volvía a sentarse en su sillón, Laura comenzó a relatarle lo ocurrido. Le explicó que le había robado a ella dinero del monedero, cosa que Irene ya sabía, claro, porque si bien era olvidadiza, no era idiota. Laura le dijo entonces que también había robado algo en la casa de al lado, que había visto la puerta abierta y que había cogido una bolsa del recibidor, y eso Irene no lo sabía.

—¿Todavía tienes lo que robaste? —le preguntó con severidad, y la chica asintió—. Entonces lo devolverás. Una cosa es el dinero, Laura, y entiendo que estás pasando apuros. Pero no puedes ir por ahí robando cosas que significan algo para alguien. ¿Puedes imaginarte cómo te sentirías —la regañó— si alguien me robara el reloj de William? ¿Puedes imaginar lo que pensarías de esa persona?

Laura se encogió avergonzada. Con una expresión triste, volcó el contenido de su mochila en el suelo del salón de Irene, cogió las dos pequeñas cajitas de piel y se las dio.

—Esto no es lo peor —musitó en un tono de voz que apenas era un susurro.

El corazón de Irene se estremeció. Temía lo que Laura estuviera a punto de contarle, pues ¿qué podía ser peor? ¿Qué podía ser peor que robarle algo a una mujer que estaba de duelo?

—¿Qué has hecho, Laura? —A Irene se le hizo un nudo en la garganta y apenas podía pronunciar las palabras—. ¿No habrás...? ¿No le habrás hecho daño a alguien, verdad?

Laura levantó la mirada. Sus ojos relucían anegados.

—No lo creo. A no ser que cuentes al tipo del tenedor, pero no creo que te refieras a eso, ¿no? —Irene negó con la cabeza, confundida—. Daniel —siguió Laura, e Irene se tapó la boca con una mano.

—¡Oh, no, Laura! —A Irene le dio un vuelco el corazón.

—¡No lo maté! —exclamó Laura. Estaba de rodillas a los pies de Irene—. No lo hice, te lo juro. Pero estuve en su barcaza... justo antes. Estuve ahí con él. Y no te lo conté porque dijiste que era conflictivo y...

—Yo no te dije que fuera conflictivo, Laura. Dije que tenía muchos *conflictos*. Creo que te advertí que tuvieras cuidado con él porque era un chico con muchos conflictos, ¿no? Te dije que había tenido una vida familiar muy difícil. Yo...

—Y yo no te hice caso. Y salí con él y me quedé a dormir... —La voz de Laura se fue apagando.

En la calle la lluvia había amainado un poco, pero el cielo se oscurecía de nuevo, parecía prepararse para un segundo asalto.

—¿Te quedaste a dormir? —repitió Irene, y Laura bajó la mirada a la moqueta—. ¡Oh, por el amor de Dios! No tienes por qué ser tan remilgada. Soy una anciana, no una niña. —Laura asintió, pero no levantó la vista—. Está bien, te quedaste a dormir con él. Y luego supongo que te marchaste sin desayunar. Pero cuando te fuiste, ¿estaba bien? —Laura volvió a asentir—. ¿Y no tienes ni idea de lo que le pasó? —Esta vez Laura negó con la cabeza—. ¡Laura! Y, a la luz de todo esto, ¿de verdad pensabas que era una buena idea robarle algo a su familia? Por el amor de Dios. Imagínate la impresión que causaría si alguien lo averiguara, si...

—*Alguien* lo ha hecho —repuso Laura con un hilo de voz—. Tú lo sabes.

Irene puso los ojos en blanco.

—No seas ridícula, yo no voy a llamar a la policía, ¿no? Y, en cualquier caso, nada de eso explica esto —dijo Irene, haciendo un gesto con la mano en dirección a Laura—. Nada de eso explica el estado en el que estás.

—Ah, bueno. —Laura volvió a sentarse con las piernas cruzadas—. Verás, hay una mujer que vive en una de las barcazas del canal. La conozco un poco porque a veces va a la lavandería. Se llama Miriam y es un poco extraña, su mismo aspecto es extraño, ya sabes, como si siempre llevara puestas unas cuantas prendas de más. ¿Entiendes a lo que me refiero? Bueno, la cosa es que fue ella quien encontró a Daniel. Su cadáver, quiero decir.

Ella llamó a la policía. Y resulta que el otro día apareció frente a la lavandería cuando yo estaba un poco alterada, nada grave, solo... ya sabes. —Irene no lo sabía, no tenía ni idea de qué era lo que le estaba contando Laura—. Bueno, la cosa es que hoy he ido a verla a su casa, a la barcaza, porque le debía una disculpa (es una larga historia, no tienes por qué conocer todos los detalles) y, cuando estaba ahí, he descubierto que tenía la llave de mi apartamento.

—¿Tenía tu llave?

—¡Eso es! ¿Recuerdas que te dije que la había perdido? Bueno, pues la tenía ella.

—¿Y te la ha devuelto? —Irene no terminaba de comprender adónde quería llegar Laura con todo eso.

—No, no me la ha devuelto. La tenía escondida. La he encontrado en su barcaza. Estaba mirando entre sus cosas y...

—¡Estabas buscando algo que robar! —la reprendió Irene.

—Sí, es cierto, lo estaba haciendo, pero esa no es la cuestión, Irene. La cuestión es que ella tenía mi llave. Y cuando lo he descubierto, hemos tenido un pequeño... bueno...

—¿Un altercado?

—Eso es.

—¿Y te ha pegado? ¿Esa mujer te ha pegado? ¿Ha sido ella quien te ha hecho este moratón?

Laura negó con la cabeza.

—Ha habido una pequeña refriega. Básicamente, yo intentaba salir de ahí y he tropezado. Me he caído.

—¿Crees que deberíamos llamar a la policía, Laura? Es decir, si esa mujer tiene tu llave, entonces...

—Oh, no. Ahora ya vuelvo a tener la llave. —Metió la mano en el bolsillo de sus pantalones y la sacó junto con un pendiente de oro que observó un momento antes de volver a guardárselo en el bolsillo—. Tengo la llave y también tengo esto. —Se volvió hacia la pila del suelo con el contenido que había vaciado de la mochila y cogió un manojo de papeles, un manuscrito encuadernado, que ofreció a Irene—. La mujer me ha dado esto. Antes de que tuviéramos nuestro... ¿Cómo lo has llamado...? Altercado, eso es. Me ha dado esto. Sus *memorias* —dijo Laura, haciendo el gesto de comillas con los dedos—. Me ha sugerido que las leyera, cosa que no pienso hacer. Pero a ti puede que te gusten. ¡Hay un crimen! La mujer esta dice que la raptó un pirado cuando era joven. O algo así.

—¡Dios mío! —exclamó Irene aceptando el manuscrito con ambas manos—. Qué extraordinario.

De repente cayó un relámpago acompañado de un ensordecedor trueno que hizo que ambas mujeres agacharan la cabeza.

—¡La hostia! —Laura se estremeció.

—Y que lo digas —respondió Irene—. ¿Sabes qué? Creo que deberías ir arriba a quitarte la ropa mojada, colgarla en el armario de la caldera para que se seque y darte un buen baño caliente. Y también creo que deberías quedarte aquí conmigo esta tarde. ¿Qué te parece?

Laura sonrió mientras se enjugaba las lágrimas de las mejillas.

—Me encantaría.

Por encima del ruido del segundo aguacero, Irene podía oír cantar a Laura. Tenía una voz más honesta y dulce de lo que hubiera imaginado. La chica se tomó su tiempo, casi había pasado una hora cuando volvió a bajar a la planta baja envuelta en un albornoz rosa que había encontrado doblado en el armario de la caldera y que nadie había usado en casi una década. Algo en la visión de esa chica menuda ataviada con su viejo albornoz conmovió a Irene. Sintió que la embargaba una oleada de emoción; una sensación que —imaginaba— podía considerarse casi maternal.

No le dijo nada de esto a Laura, pues sospechaba que la avergonzaría con una confesión semejante. En vez de eso comentó:

—Es muy raro este libro. —Y alzó el manuscrito que Laura había traído consigo—. Estas memorias. He estado leyéndolas un poco, y...

—No puedes habértelo leído todo —la interrumpió Laura, que se dejó caer en el sofá y recolocó los cojines bajo su cabeza.

—Bueno, he estado echándole una ojeada. La verdad

es que no está mal escrito. Un poco recargado, quizá. Pero lo extraño es que algunas partes me resultan terriblemente familiares. Por supuesto, la idea de un personaje que se escapa de un asesino en serie no es demasiado *original*. Es solo que... —Su voz se fue apagando y, con el ceño fruncido, echó un vistazo a los estantes de su librería por encima de la montura de las gafas—. Hay algo que me escama y no sé con exactitud de qué se trata.

Laura cerró los ojos y se acurrucó en el sofá, tirando hacia abajo del albornoz para que las rodillas le quedaran cubiertas.

—¡Oh, Dios! —gorjeó—. Esto es un auténtico paraíso. Estoy tan hecha polvo, Irene... Me quedaría el resto de mi vida aquí tumbada.

—Bueno, estás más que invitada. Si quieres, puedes incluso pasar la noche —le sugirió Irene—. Puedo prepararte la cama de la habitación de invitados.

Laura no contestó directamente, pero con una sonrisa en los labios dijo:

—Aquí siempre me siento segura, ¿sabes? Tengo la sensación de que nadie va a venir a por mí.

—Claro que nadie va a venir a por ti, Laura —afirmó Irene—. ¿Por qué diantre piensas eso?

—Oh, alguien lo hará —respondió ella al tiempo que se subía el albornoz hasta la barbilla—. Sin duda alguna. Siempre termina sucediendo.

Mientras Laura dormía, Irene estuvo leyendo. Una gran cantidad de escenas del manuscrito le resultaban familiares: dos chicas haciendo autoestop en un caluroso día de verano, un encuentro fortuito, el súbito descenso a la violencia en una granja remota, unas delicadas extremidades juveniles que se cortan con los cristales rotos de una ventana... Supuso que se debía al hecho de que, básicamente, todo se reducía al típico material de una película de terror. Pero había algo que no conseguía quitarse de la cabeza, y era la canción. El estribillo de una canción que sonaba en una radio y que cantaba uno de los personajes (¿podía llamársele «personaje» si se trataba de unas memorias?) le resultaba familiar. Le recordaba a algo, le sonaba de algún lugar.

Laura cambió de posición en el sofá. Se dio la vuelta de tal forma que ahora volvía a estar de cara a Irene, y comenzó a roncar muy suavemente. Irene volvió a sentir una oleada de afecto, una punzada en el estómago que, por alguna razón, le parecía maternal; pero, claro, ¿qué diantre sabía ella? No tenía claro a qué se debía con exactitud, pero sentía el mismo impulso de proteger a esta chica que había sentido con la pobre Angela.

Volvió a echar un vistazo a los libros de Angie. No había terminado aún de revisarlos. Tenía que ponerse cuanto antes a ello, pues ya llevaban ahí varias semanas. Tal vez podía pedirle a Laura que llevara la primera pila a la tienda de Oxfam que había en Upper Street.

Y entonces lo vio. En lo alto de la pila de libros que tenía pensado llevar a la tienda solidaria de segunda mano: *La que se escapó*, de Caroline MacFarlane. ¡La novela policíaca de Theo Myerson! La tenía delante mismo de las narices. Se levantó del sillón y cogió el libro, un ejemplar en tapa dura, voluminoso y bien encuadernado. Le dio la vuelta y leyó el texto de contracubierta, escrito en un llamativo color rojo sangre:

De camino a casa desde la escuela, una chica y su amiga son secuestradas.
La chica consigue regresar a casa.
La amiga no.
Esta chica es una víctima.
Esta chica está de duelo.
Esta chica ha sufrido un trauma.
Esta chica es vengativa.
¿Esta chica es culpable?
Esta chica es *La que se escapó*.

Irene puso los ojos en blanco. Cuando lo leyó por primera vez, al poco de su publicación, ya le pareció una estupidez; su opinión seguía siendo la misma. De vuelta en su butaca, abrió el libro y comenzó a buscar ese pasaje que creía recordar, algo sobre una canción, un fragmento del estribillo. Estaba ahí, en algún lugar, aunque no era fácil encontrarlo en una novela tan fragmentaria. El punto de vista cambiaba ocasionalmente de la víctima al criminal y la línea temporal no seguía un orden cronológico, de forma que la historia no dejaba de saltar hacia delante y hacia atrás. Resultaba muy confuso y, en opinión de Irene, irritante. Recordaba haber oído a Myerson, cuando ya lo habían desenmascarado como autor de la novela, defendiéndola en un programa de radio; decía algo sobre que había pretendido jugar con las nociones de culpa y responsabilidad, desafiar las expectativas del lector y demás chorradas parecidas. Tonterías. Mera experimentación porque sí. ¿Se puede saber qué tiene de malo la novela policíaca tradicional en la que termina prevaleciendo el bien, y el mal es derrotado? ¿Qué más da si en la vida real las cosas rara vez son así?

Un extraño zumbido interrumpió la lectura de Irene. La anciana levantó la mirada y vio que una luz parpadeaba en el teléfono móvil de Laura. Al final se detuvo, pero al cabo de un momento volvió a vibrar. Laura se despertó.

—Oh, es mi móvil —gruñó dándose la vuelta hacia Irene y cayendo del sofá—. Maldita sea —masculló entre dientes al tiempo que gateaba por la moqueta para coger el aparato—. Me había quedado profundamente dormida. —Miró la pantalla y descolgó—. ¿Sí? ¿Quién? Oh, sí, lo siento. ¿Cómo dice? Oh, no, ahora mismo no estoy ahí. Estoy con una amiga. Puedo... pero yo... pero... ¿Cómo dice? *¿Ahora?* —Cerró un segundo los ojos—. ¿Es realmente necesario?

Terminó la llamada con un sentido suspiro y se volvió hacia Irene con ojos soñolientos.

—Te lo he dicho. —Laura intentó sonreír a pesar del revelador temblor que podía percibirse en su voz—. Ya te he dicho que siempre hay alguien que viene a por mí, ¿no? —Se puso de pie con movimientos cansados—. Tengo que ir tirando. Era la policía.

Laura comenzó a recoger sus cosas a toda prisa, sin hacer caso a la preocupación de Irene.

—No hay nada de lo que preocuparse, socia —la tranquilizó, y subió corriendo al primer piso para buscar su ropa—. Nada de lo que preocuparse —repitió cuando bajaba.

—¿Es por lo de Daniel? —preguntó Irene, y Laura hizo una mueca.

—¡Sí, claro! ¡Claro que es por lo de Daniel! No me he acostado con nadie más que haya estirado la pata últimamente, ¿no? Soy una testigo, eso es todo. Yo fui la última persona que lo vio, ya sabes, *con vida*. No hay nada de lo que preocuparse.

Irene la acompañó a la puerta de entrada. Mientras la ayudaba a ponerse el abrigo, todavía mojado, le preguntó si tenía abogado. Laura se rio y salió a la calle cojeando más de lo habitual. Mientras se alejaba se volvió con una amplia sonrisa en la cara y sin rastro alguno de haber estado llorando.

—¿Acaso no moja el agua?

Mientras metía un par de rebanadas de pan en la tostadora, Irene pensó en lo mucho que a William le habría gustado Laura. Le habría hecho reír. Angela nunca le entusiasmó demasiado; no era antipático con ella ni nada de eso, tan solo recelaba de ella.

—Esa mujer está al filo del abismo —decía—. Y cuando se caiga será mejor que no andes cerca o te agarrará y, fiuuu, os hundiréis las dos.

William nunca llegó a conocer de verdad a Angela. Nunca llegó a ver lo amable que era.

En cuanto hubo untado la mantequilla en la tostada, Irene se sentó a la mesa de la cocina, abrió las memorias que le había dado Laura y puso la novela de Theo al lado, para compararlas.

—Algo sobre cantar —iba rumiando para sí mientras pasaba las páginas—. Algo sobre... ¡oh!

Al final de *La que se escapó*, oculto bajo la solapa de la sobrecubierta, descubrió un sobre dirigido a Theo Myerson. Era extraño, ya que ese era el ejemplar de Angela. Dentro del sobre encontró una hoja en formato DIN A4, aparentemente arrancada de una libreta, y en la cual podía verse el dibujo a lápiz de una mujer dormida, con las sábanas retiradas y el torso desnudo a la vista. Al pie de la hoja había una nota escrita a mano con una letra enmarañada:

Hola, querido tío, he estado dibujando un poco, he pensado que te gustaría verlo.

La nota no estaba firmada, pero el estilo de dibujo le recordaba mucho al de Daniel. Y la mujer era inequívocamente Carla Myerson.

27

Sobre la cama de Carla descansaba la maleta a medio hacer. El armario ropero también estaba abierto, y sobre la colcha había montones de prendas desparramadas. Le estaba costando decidir qué meter en la maleta: no tenía ni idea de cuánto tiempo estaría fuera ni tampoco de qué iba a necesitar. Ahí ahora hacía más frío, pero en el sur el tiempo sería más cálido, ¿no? Siguió sacando mecánicamente distintas cosas de los estantes: camisetas, suéteres, un vestido que no se había puesto en años. En algún lugar de la casa sonaba el teléfono, pero, claro, su teléfono siempre estaba sonando. Nunca dejaba de hacerlo.

Era consciente de que en algún momento tendría que hablar con Theo para pedirle que le reenviara el correo allá adonde por fin hubiera decidido ir, y que tratara con los abogados, se ocupara de las gestiones de la herencia y de la venta de la casa de Angela.

Inevitablemente habría una discusión, razón por la cual aún sopesaba la opción cobarde de llamarlo cuando ya se hubiera marchado. Pero no estaba segura de si podría hacerle eso, marcharse directamente sin despedirse. Tampoco estaba segura de si podría hacérselo a ella misma.

También tenía que decirle que le había echado un vistazo a lo último que había escrito y que no le había gustado. Le molestaban todas esas idas y venidas, todos esos saltos temporales. Era como la novela anterior, esa terrible cosa policíaca. Empieza por el principio, por el amor de Dios. ¿Por qué la gente ya no podía limitarse a contar una historia, de principio a fin?

El año anterior a la muerte de Angela, un domingo, sobre las ocho de la tarde, Daniel apareció en la puerta de casa de Carla. Estaba inquieto y agitado, tenía un rasguño en el pómulo y un corte en el labio. Le soltó una larga y complicada historia sobre una discusión con una novia, seguida de un atraco. A Carla le costó seguir el hilo de lo que le contaba, pero básicamente Daniel le dijo que no tenía adónde ir. No quería llamar a la policía y, desde luego, tampoco quería ir a casa de su madre.

—Ella no me quiere en su casa —le explicó a Carla—. Nunca me ha querido en su casa.

Carla le respondió que podía quedarse. Abrió una botella de vino, que parecieron beberse muy deprisa, de

346

modo que abrió otra. Cuando ya iban por la mitad de la segunda, se dio cuenta de que debían parar.

Subió al piso de arriba, se duchó y, con paso vacilante, fue directa de la ducha a la cama y se acostó, todavía envuelta en la toalla. Al cabo de un rato se despertó con un sobresalto, tal y como solía pasarle cuando había bebido. Permaneció inmóvil, el corazón latiéndole con fuerza en el pecho, y tardó un rato en darse cuenta de que las sábanas habían sido retiradas y la toalla estaba abierta. Sus ojos también tardaron un rato en acostumbrarse a la oscuridad, y cuando por último lo hicieron, notó que no estaba sola. Él estaba sentado en el suelo junto a la puerta, mirándola, con el cuaderno de bocetos en el regazo.

—Me has asustado, Daniel —balbuceó al tiempo que se tapaba rápidamente con las sábanas. En la oscuridad no podía distinguir su expresión, solo la blancura de sus dientes.

—No he podido evitarlo —respondió él.

Por la mañana lo encontró sentado en la encimera de la cocina, bebiendo café.

—¡Buenos días! —La recibió sin el menor rastro de vergüenza—. Me preguntaba si podría quedarme algunos días —dijo mientras ella llenaba el hervidor de agua y metía los vasos de la noche anterior en el lavaplatos.

Carla se volvió hacia él. Daniel sonreía, inocente y hermoso.

—Lo siento, Daniel —respondió, y la sonrisa de su

sobrino se desdibujó un poco por un segundo—. Lo haría, es solo que... Theo... Él no... —Se dio la vuelta.

—No pasa nada —concedió él—. Lo entiendo. No pasa nada.

Un mes después de que su madre muriera, Daniel fue a casa de Angela a recoger sus cosas, se le veía cansado e infeliz. No quería entrar en la casa, y él y Carla casi discutieron por ello.

—Tienes que ver lo que hay, Daniel. No puedo revisarlo todo y elegir por ti.

—Solo quiero *mis* cosas. Mis cuadernos, mis cosas. No quiero nada de ella.

Cuando al fin entró en la casa, subió la escalera, se dirigió directamente a su dormitorio y cogió la caja en la que Carla había metido todos sus cuadernos de dibujo.

—No los habrás mirado, ¿verdad? Porque... —hizo una mueca— no son muy buenos.

Carla negó con la cabeza.

—No, siempre has dejado muy claro que son privados.

Él sonrió.

—Gracias, tía Carla.

Siempre le tocaba la fibra que la llamara así. Le recordaba a cuando era un niño pequeño y la miraba con esos enormes ojos que apenas cabían en su demacrado rostro, receloso y vulnerable. Pobre pequeño salvaje. Se inclinó hacia él para darle un beso en la mejilla, pero en el último momento él movió la cabeza y sus labios se rozaron.

—He alquilado una barcaza —le dijo Daniel al tiempo que se daba la vuelta para marcharse—. En el canal, al lado del puente de Whitmore. Es de un amigo de un amigo, así que me hacen precio. Es un antro, pero es todo lo que puedo permitirme por ahora. Vendrás a visitarme, ¿verdad?

Carla lo observó mientras salía de la habitación con la caja en las manos y restregaba la suela de una zapatilla deportiva en la moqueta antes de descender la escalera.

Daniel se volvió entonces hacia ella y sonrió.

—Cuídate, ¿de acuerdo?

Un día o dos más tarde, quizá tres, Carla estaba en casa de Angela inspeccionando por última vez las habitaciones para asegurarse de que no se dejaba nada antes de que fueran a limpiar, cuando descubrió un puñado de cartas en el fondo del armario ropero de Daniel. Tres de ellas, enviadas por su hermana a Marcus, el padre de Daniel, tenían un sello de «devolver al remitente». El papel de las cartas estaba muy manoseado, se notaba que habían sido leídas y releídas; podría parecer que por Angela, pero como ella era la persona que las había escrito, parecía más probable que quien lo hubiera hecho fuera Daniel.

Y cuando se imaginó a este leyéndolas, a quien visualizó haciéndolo fue al pequeño Daniel, con su linda cabecita y su cuello magullados. Ese fue el Daniel al que visualizó leyendo las palabras de su madre, no al hombre desconocido en quien se había convertido, y eso hizo que se le encogiera el corazón.

Le encogía el corazón pensar en Daniel leyendo todas esas palabras hirientes que su madre había escrito al padre que lo había rechazado. Le encogía el corazón leer cómo Angela le pedía ayuda con su hijo «imposible», un niño que nunca había sido considerado más que un problema, algo sobre lo que debía ponerse remedio. «Me estoy volviendo loca —había escrito ella—. No soporto tenerlo cerca. Tienes que ayudarme, Marcus, eres el único a quien puedo acudir.»

De camino al canal, Carla había comprado una botella de vino. Intentó no pensar en la razón por la que no quería hablar con él sin una copa en la mano; intentó no pensar en la noche del funeral, intentó no pensar en él restregando el pie contra la moqueta, algo que de todos modos no significaba nada, ¿no? Llegó al canal y, junto al puente de Whitmore, vio dos embarcaciones: una preciosa, que había sido pintada recientemente de verde botella con una franja rojo oscuro; la otra, una destartalada y herrumbrosa barcucha azul y blanca. Carla golpeó el cristal de una ventana con los nudillos, luego subió a la cubierta de popa y volvió a llamar, pero esta vez a la puerta, que se abrió sola por la fuerza de sus golpes.

—¡¿Daniel?! —exclamó—. ¡¿Estás ahí, Daniel?!

Su sobrino no estaba, pero sin duda esa era su barcaza: la caja con cuadernos que se había llevado de casa de Angela descansaba en la encimera, y parte de su contenido había sido volcado en el banco que había al otro lado. El interior de la barcaza era tan espantoso como lo era esta por fuera: el fregadero y los fogones estaban sucios y, en general, olía a podredumbre, mientras que el pequeño dormitorio que había al fondo apestaba a sudor y semen. Estaba claro que Daniel había tenido compañía, y este pensamiento le provocó a Carla un horrible retortijón en el estómago seguido de una oleada de vergüenza. Daniel era un hombre adulto, tenía veintitrés años, no había razón alguna por la que la idea de que se acostara con alguien tuviera que incomodarla. No debería causarle sensación alguna.

Al salir del dormitorio cogió uno de los cuadernos que había en el banco y, sintiéndose algo culpable, hojeó rápidamente sus páginas. Estaba lleno de bocetos a lápiz: rostros desconocidos, extremidades sueltas. Volvió a dejarlo en el banco y cogió otro, este lleno de dibujos a lápiz y tinta. Se trataba de una obra más detallada y sofisticada; toda una novela gráfica en la que el propio Daniel era el protagonista. Advirtió que en la primera página había escrito el título: *Los orígenes de Ares*, y los ojos se le llenaron enseguida de lágrimas. El dios de la guerra, el más odiado de todos los dioses, aquel a quien ni siquiera sus propios padres podían soportar.

Oh, Daniel.

Pasó más páginas y sintió que el estómago se le revolvía otra vez al reconocerse a sí misma, dibujada con una apariencia joven y lujuriosa, más hermosa y, seguro, más voluptuosa de lo que ella había sido nunca en la vida real. Con el rostro ardiendo de vergüenza cerró el cuaderno y volvió a dejarlo en el banco. Acto seguido, casi sin pensarlo, lo cogió de nuevo. Todavía lo tenía en la mano cuando salió de la barcaza, y también cuando su mirada se encontró momentáneamente con la de otra mujer, que la observaba con atención desde la cubierta de popa de la bonita barcaza verde y roja que estaba amarrada a unos pocos metros.

Carla cerró la cremallera de su maleta, la llevó a la planta baja y la dejó en el recibidor. Luego fue al salón a escuchar sus mensajes: había uno del detective inspector Barker, que le pedía que le llamara en cuanto pudiera, y otro de Theo, que la invitaba a cenar. «Tu plato favorito, chuletas de cordero. No estoy seguro de si te has enterado ya, pero hay buenas noticias, Cee. Al fin. Buenas noticias.»

28

Theo permanecía de pie ante el fregadero de la cocina, sumergía la mano izquierda debajo del chorro de agua caliente y observaba cómo el agua convertía el líquido rojo en rosa en la pila. Se había cortado un milímetro, o quizá dos, de la punta del índice izquierdo y sangraba de forma sorprendentemente abundante. El culpable —su cuchillo santoku recién afilado— descansaba en el mostrador, manchado de sangre y junto a un diente de ajo rosado. El santoku no era el mejor instrumento para laminar ajo, pero su pequeño cuchillo de chef no estaba con los demás, en el cuchillero magnético de la pared. Sin duda debía de haberlo perdido en el caos que era el cajón de cubertería miscelánea, donde ya nunca más podría encontrarlo.

Aun así, no había razón alguna para preocuparse. Tenía buenas noticias. ¡Buenas noticias, al fin!

A pesar del repentino frío glacial, esa mañana Theo

había salido a pasear y, por casualidad, se había topado con el joven policía, el del sarpullido en la cara, en la cola de la cafetería que había cerca del camino de sirga. El intento de Theo de pasar desapercibido había sido infructuoso: el joven lo había abordado con expresión cohibida.

—Señor Myerson —lo llamó en voz baja—. Tenía la esperanza de que nos encontráramos. Hay buenas noticias.

—¿Ah, sí?

El joven asintió.

—Todavía no es oficial, no han emitido ningún comunicado ni nada de eso, pero estoy convencido de que pronto recibirá noticias de la policía. —Respiró hondo, saboreando el momento—. Se ha llevado a cabo un arresto.

Theo soltó un exagerado grito ahogado.

—¡Oh! —exclamó y, tras una punzada de adrenalina, añadió—: Efectivamente, eso *son* buenas noticias. ¿Y a quién...? Es decir, ¿puede decirme a quién se ha arrestado?

—A Laura Kilbride —le confió el agente de policía—. La joven a la que usted vio, la que yo mencioné el otro día; ya sabe, la que le conté que tenía antecedentes de violencia —comentó el joven, hablando por la comisura de la boca.

—Y ¿ya la han acusado formalmente? —preguntó Theo.

—Lo harán. Es solo cuestión de tiempo. Han encontrado el cuchillo.

—Han... ¿qué? ¿Se refiere al arma homicida? —A Theo el corazón le latía con tanta fuerza que creyó que se iba a desmayar.

El joven sonreía de oreja a oreja.

—Ya la tienen, señor Myerson. De esta no se escapa.

Durante el corto paseo de vuelta a casa, Theo se sentía como si hubiera escalado una montaña, y las piernas, gelatinosas, apenas pudieran sostenerle; casi se cae dos veces al intentar esquivar a unos corredores que avanzaban en su dirección. Y, sin embargo, al mismo tiempo ¡tenía ganas de ponerse a bailar! Se había acabado. La habían detenido. Se había *acabado*. Y lo que hacía que el corazón pareciera salírsele del pecho no era solo que ese embrollo en particular, el lamentable y brutal asesinato de Daniel, llegara a su fin, sino también que con ello lo haría *todo ese maldito asunto* de una vez por todas. Daniel ya no estaba, y tampoco Angela. Carla sufriría, pasaría un tiempo de duelo, sentiría todo aquello que necesitara sentir, pero después de eso comenzaría a estar mejor, sin nadie a su alrededor que la lastrara. La maldición de los Sutherland, todo ese veneno que el apellido había inoculado a su familia, a su matrimonio, empezaría por fin a disiparse.

Theo sabía que ya nada volvería a ser igual que antes, no era idiota, pero al menos ahora empezaba a vislumbrar un futuro para ellos dos. Podía verlos a ambos construyendo algún tipo de vida, disfrutando de una suerte de paz, y podrían hacerlo juntos, ahora, porque ya no había nada ni nadie que pudiera separarlos.

Cuando por fin dejó de sangrar, Theo se vendó el dedo, limpió el cuchillo, tiró el diente de ajo manchado y volvió a centrar la atención en la receta. Sumergió las chuletas en un adobo a base de aceite, ajo y menta, las dejó macerar, se puso un abrigo y salió fuera, al porche trasero, para fumarse un cigarrillo. Al llevarse el filtro a los labios, reparó en que todavía tenía sangre en la uña. Y de pronto su mente se retrotrajo a la mañana que vio a esa chica, a Laura, la que habían arrestado. Después de verla había vuelto a la cama y se había quedado dormido. Al despertar oyó que Carla estaba en la ducha, y cuando esta volvió a entrar en el dormitorio, él le pidió que se acercara y la cogió de la mano para intentar meterla otra vez en la cama, pero ella se resistió. Él le besó entonces las puntas de los dedos y ahí fue cuando advirtió los restos rosados que había bajo sus uñas.

Ya de vuelta en el interior de la casa, Theo estaba sirviéndose un vaso de vino cuando sonó el timbre. Carla debía de haberse olvidado su llave. Recogió la pila de correo que había en el felpudo de la puerta de entrada, la dejó en la consola del recibidor y abrió la puerta con una sonrisa en el rostro y mariposas en el estómago, como en los viejos tiempos.

—¡Oh! —dijo decepcionado—. Es usted.

29

Algunas cosas eran iguales, otras habían cambiado. Laura estaba sentada con la espalda inclinada hacia delante y la cabeza apoyada sobre los brazos cruzados. La última vez era de noche, tarde; ahora, en cambio, era primera hora de la mañana, aunque, en realidad, ¿cómo estar segura? En la habitación no había luz natural, podía ser cualquier hora. La de esta vez era una habitación distinta, pero a todos los efectos bien podría haber sido la misma. La última vez hacía un calor exagerado, esta, un frío glacial, pero la intensa iluminación era idéntica, y también lo era el mobiliario barato. La fea moqueta gris era como la que tenía en el recibidor de casa. («No pienses en casa. No pienses en casa o llorarás.») Y, al igual que en la anterior ocasión, Huevo estaba presente, y también Ceja. Ambos se sentaban frente a ella con expresión seria. Más que la última vez, pensó. Cuando su mirada se cruzaba con la de Huevo, él apartaba los ojos, y eso la asustaba.

Estaba agotada. Parecía que hubieran pasado días o incluso semanas desde que, la tarde del día anterior, había recibido la llamada en casa de Irene. A petición de la propia policía, se habían encontrado en la torre de apartamentos en la que vivía ella. Fue apercibida en el aparcamiento, con todos los vecinos mirando, y subieron juntos los siete pisos que había hasta su apartamento. En el pasillo la esperaban más agentes de policía, ataviados con esos trajes protectores que se ven en la televisión.

—¿Qué está pasando aquí? —preguntó Laura—. Esto ya lo habéis hecho, ¿no? Ya habéis registrado mi casa, ¿por qué tenéis que volver a hacerlo?

Habían salido a la luz nuevas pruebas, le explicó alguien, y tenían que realizar un registro más minucioso. Tras esperar un buen rato mientras lo llevaban a cabo, la condujeron a la comisaría de policía. Para entonces ya era tarde. La metieron en una celda y le recomendaron que tratara de descansar. No había pegado ojo.

—¿Laura? —Ceja dejó una taza con agua delante de ella—. El abogado de oficio está de camino, ¿de acuerdo? Empezaremos en un minuto.

—Sí, vale —respondió—. Salud.

Eso sí seguía igual: la actitud educada y falsamente afable de los agentes. Siempre se comportaban así. En todos los encuentros que había tenido con la policía habían seguido el mismo patrón de comportamiento. Imaginaba, sin embargo, que quizá esta vez las cosas serían distintas, porque esta vez la razón *era* distinta. No era allanamiento, ni alteración del orden público, tampoco embriaguez pública ni hurto. Era asesinato.

¡Asesinato! Laura sintió que una risita ascendía por su pecho. Irguió de golpe la espalda y se mordió el labio, pero por más que se esforzó no pudo contenerla y emergió en forma de carcajada. Huevo alzó la vista de sus notas, sorprendido. Laura siguió riendo. No era divertido, no tenía ni puta gracia. Se rio todavía más fuerte y durante más rato. Comenzaron a saltársele las lágrimas.

—¿Estás bien, Laura? —le preguntó Huevo.

Ella se inclinó hacia delante, apoyó la frente sobre la mesa y se mordió el interior de la mejilla. «Deja de reír deja de reír deja de reír, deja de reír de una puta vez.»

La puerta se abrió y Laura dejó de reír. Levantó la mirada. Un hombre menudo y delgado, pelirrojo y de piel muy pálida le tendió una mano floja para que se la estrechara. El abogado de oficio, uno distinto del de la última vez. Él le dio su nombre, que ella olvidó de inmediato, y esbozó una rápida sonrisa nerviosa. ¿Por qué estaba nervioso *él*? Eso no era muy buena señal, ¿no?

Huevo empezó a hablar. Los presentó a todos para que quedara constancia de sus nombres completos en la grabación. Laura los escuchó todos y luego los olvidó (otra vez): Huevo, Ceja, Tío Nervioso. Laura Kilbride. Empezaron a hacerle preguntas. Las mismas preguntas de la última vez. ¿Dónde había conocido a Daniel? ¿Cuándo? ¿A qué hora habían ido hacia su barcaza? ¿Qué hicieron cuando hubieron llegado a esta? Volvió a pasar por el mismo interrogatorio que la vez anterior, primero en su apartamento y luego en la comisaría.

—¡Joder! ¿Queréis hacer el favor de cambiar el puto disco? —intervino Laura finalmente—. Ya hemos pasado por esto, ¿no? ¿No hemos cantado ya este dueto? O, mejor dicho, cuarteto —puntualizó, volviéndose hacia Tío Nervioso—. Esto sería un cuarteto, ¿no? Aunque tú no estás contribuyendo demasiado. ¿Haces armonías?

Huevo frunció los labios con expresión apenada.

—¿Te parece que esto es gracioso, Laura? —preguntó Ceja—. ¿Te parece que es una broma?

—¡*Es* una puta broma, sí! Ya os he hablado de Daniel Sutherland y ya os he dicho que discutimos y nos empujamos uno al otro un poco. Eso fue todo. No lo apuñalé. Ya hemos pasado por todo esto y no tenéis nada. No tenéis una mierda, ¿verdad? Resulta que no habéis encontrado a nadie más, así que me hacéis venir aquí otra vez y me hostigáis. —Se volvió de nuevo hacia Tío Nervioso—. Deberían mover ficha o dejarlo estar, ¿verdad? —El abogado bajó la mirada al cuaderno que tenía delante, cuyas páginas estaban en blanco. Joder. Ese tipo no servía de mucho, ¿no?—. Tenéis que acusarme de algo o dejar que me vaya.

Huevo se reclinó en la silla y, mirándola a los ojos, le explicó tranquilamente que, además de un testigo que la había visto alejarse de la escena del crimen, con la ropa manchada de sangre y en actitud agitada, alrededor de la hora en la que Daniel Sutherland había muerto, habían encontrado ADN de la víctima en el cuerpo de Laura y viceversa. También estaba el hecho de que ella le hubiera robado un reloj. Y, además, prosiguió el detective inspector, el análisis que habían hecho de la camiseta que ella llevaba ese día demostraba que, si bien la mayor parte de la sangre presente en la tela era de la propia Laura, había también una cantidad pequeña pero significativa perteneciente a Daniel Sutherland.

—¿Puedes explicar eso, Laura? —preguntó Huevo—. Si, como dices, Daniel estaba todavía vivo e ileso cuando te marchaste, ¿cómo explicas la presencia de sangre suya en tu ropa?

«Está claro que, por lo visto, follar con tullidas no es lo mío», le había dicho Daniel en algún momento de la madrugada, sin venir a cuento, después de que él hubiera terminado por segunda vez. Laura no estaba preparada para un comentario despreocupado pero cargado de semejante crueldad. Sabía que Daniel no era lo que se diría un buen tipo, de haberlo sido no habría salido con él —a ella no le gustaban los chicos buenos, los chicos buenos solían terminar siendo lo peor—, pero lo cierto era que tampoco esperaba *eso*. No esperaba que la empujara y luego se riera al verla tropezar y caer (y no con una risa forzada, sino auténtica, como si de veras creyera que era algo gracioso). Cuando Laura se levantó, lo hizo prácticamente cegada por la rabia, y se abalanzó tan rápido sobre él que lo sorprendió con la guardia baja y pudo llegar a vislumbrar la expresión de su rostro. Por un momento, por una mera fracción de segundo, él había sentido miedo.

—¿Laura? —Esta vez era Ceja, que se inclinaba por encima de la mesa—. ¿Puedes? ¿Puedes explicarnos la presencia de la sangre de Sutherland en tu camiseta?

—Lo mordí —respondió Laura.

—¿Lo mordiste? —repitió Ceja con la más absoluta seriedad, y por más que Laura intentó replicar en ella su adusto semblante, no pudo, así que estalló en carcajadas otra vez porque ¿cómo podía evitarlo? Esto era serio, jodidamente serio, y ella se quedó mirando a los detectives, sentados al otro lado de la mesa, y se rio y se rio, mientras que ellos, por su parte, parecían infelices (Huevo) y satisfechos de sí mismos (Ceja).

A su lado, Tío Nervioso se movió inquieto y alzó las palmas con los dedos extendidos como diciendo «Pero ¿qué cojones es esto?».

—Lo mordí con fuerza, aquí. —Laura señaló un punto en su cuello, por encima de la clavícula—. Y le hice sangre. Me manché la boca y los labios y me limpié. Debió de caer algo en la camiseta.

Ceja sonrió con suficiencia mientras negaba sin parar con la cabeza.

—¿Eso es todo? —preguntó—. ¿Esa es tu explicación?

—Sí, lo es. Preguntádselo a vuestros forenses —dijo Laura—. Preguntadles si Daniel tenía un mordisco en el cuello.

—Teniendo en cuenta la localización de las heridas

de las cuchilladas, es posible que no podamos determinarlo —contestó Huevo con tranquilidad.

—¡Ajá! —exclamó Laura en tono victorioso, y se reclinó en la silla con una sonrisa.

—Pero no me parece probable que un mordisco pueda explicar la cantidad de sangre que encontramos en la camiseta. No, a no ser que ese mordisco fuera extremadamente profundo. ¿Lo fue? —preguntó Huevo.

Laura tragó saliva.

—Claro que no. No soy un puto vampiro. Hubo una pequeña refriega. Algo se rompió, puede que un plato, o un vaso, no lo sé. Sí, un vaso. ¿Había cristales en el suelo? Seguro que sí. Él tenía sangre en... la mano, creo, y me empujó. Sí, me apartó de un golpe en la cara, porque recuerdo que tenía sangre en la cara cuando llegué a casa. Me dio un empujón en la cara y tal vez otro en el pecho al pasar a mi lado.

Sentado a la mesa, Tío Nervioso garabateaba con furia en su cuaderno.

—Esto no lo mencionaste la última vez, Laura —dijo Huevo—. ¿Por qué no nos contaste nada de esto?

—No tenía importancia —respondió Laura.

—Por supuesto que tenía *importancia*. Que mientas a la policía tiene importancia —la reprendió Huevo con tono tenso—. ¿Por qué no nos lo contaste? ¿Por qué nos mentiste sobre algo así?

—¿Por qué *no* iba a hacerlo? —replicó Laura—. Ya estaba en apuros, siempre estoy en putos apuros, simplemente no quería empeorar las cosas. ¡Mentí, ¿de acuerdo?! —vociferó—. Aquel día mentí, pero ahora estoy contando la verdad.

De algún lugar (a Laura no le quedó claro de dónde; puede que tuviera una chistera debajo de la mesa), Ceja sacó una bolsa transparente para pruebas que dejó sobre la mesa. Laura se la quedó mirando.

—¿Qué puedes decirnos sobre esto, Laura? —preguntó Ceja.

Laura abrió la boca y luego volvió a cerrarla.

—¿Qué puedo...? —Estaba a punto de estallar en carcajadas otra vez, así que se mordió el labio—. ¿Qué puedo deciros de esto? Es un cuchillo. Un cuchillo pequeño. Bueno, tirando a pequeño. Tiene un mango negro. De madera, supongo. Hay algo en la hoja. No tengo ni idea de qué es, pero supongo...

—No supongas —intervino de repente Tío Nervioso.

—Sí. Cierto. Bien visto. ¿Que qué puedo deciros de esto? Pues puedo deciros que parece un cuchillo que no había visto nunca.

Huevo asintió.

—Está bien. Y ¿te sorprendería saber que hemos encontrado este cuchillo en tu apartamento?

Laura negó con la cabeza.

—No..., es decir, ¡sí! Sí, claro que me sorprendería. ¡Ya os he dicho que no lo había visto antes en mi puta vida! No es mío. No lo es. —Se puso de pie—. ¡No lo es!

—Por favor, siéntate, Laura —dijo Huevo afablemente.

Ella se sentó.

—¿Por qué razón iba yo...? —comenzó a protestar otra vez—. No, de acuerdo, digamos, hipotéticamente, que...

—Señorita Kilbride, yo... —Tío Nervioso al fin se había despertado.

—No, no pasa nada, no pasa nada. Digamos, hipotéticamente, que estaba en mi apartamento. ¿Por qué iba a dejarlo ahí? ¿Creéis que estoy loca? ¿Que soy idiota? ¿Por qué iba a dejarlo ahí para que lo encontrarais?

—Dejaste el reloj de Daniel —señaló Ceja.

—¡Oh, por el puto amor de Dios! ¡Con un reloj no se puede matar a nadie!

—¿Y con un cuchillo sí?

Laura puso los ojos en blanco.

—¿Tú ves esto? —arremetió, volviéndose hacia su abogado—. Están intentando poner palabras en mi boca, intentando engañarme. Típico de los putos polis. Ese cuchillo no es mío. No sé de dónde ha salido. No es mío.

—Entonces... ¿qué? —la presionó Ceja—. Soy toda oídos. No quiero *poner palabras en tu boca*, así que dime tú qué crees que sucedió.

Laura abrió la boca y la volvió a cerrar, como un pez, y luego alzó las manos.

—No tengo ni puta idea. Alguien lo dejó ahí. Uno de los vuestros, quizá. Para tratar de incriminarme. Estáis desesperados, ¿verdad? Hace dos semanas que murió y no tenéis una mierda.

—Alguien lo dejó ahí —repitió Ceja muy lentamente—. ¿Crees de veras que alguien dejó el cuchillo en tu apartamento? ¿Tiene alguien acceso a tu apartamento, Laura? ¿Alguien más tiene una llave?

—¿Aparte del mayordomo, quieres decir? —ironizó Laura—. ¿Y de la mujer de la limpieza, mi entrenador personal y...? ¡Oh! ¡Un momento...! ¡Miriam! —recordó de golpe—. ¡Miriam tenía mi llave! —Los detectives intercambiaron una rápida mirada—. Ella debe de haber... ¡Joder! Mirad, estaba bromeando con lo del mayordomo, pero hay una mujer que se llama Miriam y vive en... Bueno, en realidad ya la conocéis. Habéis hablado con ella. Me dijo que ella fue quien encontró a Daniel. Resulta que ella tenía mi llave.

Los detectives intercambiaron otra mirada antes de que Ceja se inclinara hacia delante y preguntara:

—¿Estás diciendo que Miriam Lewis tenía la llave de tu apartamento?

—No sé cuál es su apellido. Me refiero a la mujer de la barcaza, la que me explicó que encontró el cadáver. ¿Cuántas Miriams puede haber?

—Solo una, y sin duda esa es Miriam Lewis —respondió Huevo. Parecía genuina y satisfactoriamente desconcertado—. ¿Y por qué crees que Miriam Lewis podría ser quien dejó el cuchillo en tu apartamento?

A Laura se le había acelerado la respiración. Empezaba a ver cosas que no había visto antes, veía un destello de luz, sentía... ¿Qué era esa extraña sensación? Esperanza.

—Mi llave —repitió—. ¿Recordáis que os conté que

la había perdido y que me había hecho un corte en el brazo? —Huevo asintió—. Bueno, pues resulta que la tenía ella. Me dijo que la había encontrado en la barcaza de Daniel, lo que no me contó es por qué la cogió... ¡La cuestión es que podría haber entrado en mi apartamento en cualquier momento desde el asesinato! Y la cosa es que... —Laura comenzaba a verlo todo claro—. Les guarda un gran rencor a los Myerson, ¿lo sabíais? Los odia. Cree que son malvados. No estoy del todo segura de cuál es la razón, pero me dijo que ella sospechaba que había sido Carla, que es la tía de Daniel, ¿verdad? Pues me dijo que sospechaba que había sido ella quien había asesinado a Daniel, lo cual en su momento me pareció muy extraño, pero ahora creo que me lo dijo porque estaba intentando desviar la atención hacia otro lado. Es decir, ella asegura que fue quien encontró a Daniel, pero, ¿cómo sabéis si eso es cierto? Quizá lo encontró porque sabía que estaba ahí. ¿No dicen a menudo que la persona que encuentra el cadáver suele ser la autora del asesinato? Ya sé que suena un poco inverosímil, porque es una anciana...

—Tiene cincuenta y tres años —intervino Huevo.

—Sí, exacto, pero el hecho de que sea vieja no significa que no pudiera asesinarlo. Está seriamente traumatizada, ¿sabéis? Ya sé lo que estáis pensando. Me observáis en plan «mira quién habla», pero justo por eso sé de lo que hablo. ¿Sabíais que una vez la secuestró un asesino en serie? Ha escrito un libro sobre ello. Está jodidamente loca... —aseguró al tiempo que acercaba un dedo índice a la sien y describía pequeños círculos en el aire.

Ambos detectives permanecían inmóviles, reclinados en sus sillas con los brazos cruzados. Por un momento Laura parecía haberlos dejado anonadados. Ceja fue la primera en recuperarse.

—Esta llave que dices que ella tiene, ella...

—*Tenía*, no tiene. La recuperé.

—¿La recuperaste? Ayer, ¿verdad? Cuando fuiste a su barcaza y la atacaste.

—¿Cuando yo *qué*? No, yo no la *ataqué*, yo no...

—La señora Lewis presentó una denuncia contra ti, Laura —agregó Ceja—. Ella...

—¡Menuda gilipollez! Eso es una auténtica gilipollez. ¡Yo no la ataqué! ¡Ella fue quien me empujó a mí! ¡Mirad! —Laura señaló el moratón que tenía en un lado de la cara—. Ella me empujó y yo me caí, pero... pero esa ni siquiera es la cuestión, ¿verdad? —Se volvió hacia Tío Nervioso—. ¿Tú no deberías estar haciendo o diciendo algo? —Señaló la bolsa de pruebas con el cuchillo dentro—. ¿Están ahí mis huellas? No, ¿verdad?

—Todavía no tenemos los resultados de los análisis.

—¿Análisis? ¿Para unas huellas dactilares? —Soltó una risotada burlona—. No habéis encontrado una mierda, ¿verdad? ¿Vais a acusarme de algo o no? Porque si no...

—Vamos a acusarte, Laura.

Sus esperanzas se desvanecieron.

—Pero... la llave —retomó Laura—. ¿Es que eso no os dice nada?

—Tenías móvil, medios y oportunidad —sentenció Ceja con firmeza, y levantó uno por uno tres dedos—. Nos mentiste sobre la gravedad de tu altercado con Daniel Sutherland. Hemos encontrado sangre suya en tu ropa. Y el arma homicida en tu posesión.

—No estaba en mi posesión. —Laura rompió a llorar—. La llave, tiene que ser... Por favor... —Se quedó mirando a Huevo, que también parecía a punto de empezar a llorar. Evitó sus ojos. Bajó la mirada al escritorio y luego la levantó hacia Tío Nervioso.

—Ahora te llevaremos abajo para presentar formalmente los cargos.

—No, por favor —volvió a implorar Laura, extendiendo las manos hacia el detective. Quería suplicarle. Quería arrojarse a sus pies y ofrecerle su cuerpo, pero entraron otras dos personas en la habitación, dos agentes uniformados que la ayudaron a levantarse de la silla. Lo hicieron con cuidado, pero eso lo empeoró todo aún más. Comenzó a apartarlos y a forcejear.

—Laura —oyó que decía Huevo preocupado, reprendiéndola—. Vamos, Laura, no hagas esto...

Pero ella quería hacerlo, quería pelear, quería que la agarraran, que la tiraran al suelo, que la dejaran sin sentido. Quería sumergirse en la inconsciencia.

30

Carla se había cambiado de ropa ya dos veces y había empezado y desechado la carta que quería escribirle a Theo en tres ocasiones. Finalmente dio por válido el cuarto borrador. En vez de desaparecer sin decir nada, había decidido que iría a su casa a cenar. Luego se quedaría a pasar la noche y, por la mañana, se marcharía sin que la viera tras dejar la carta sobre su escritorio.

Había reservado un taxi para que la llevara a la estación de King's Cross a las once y media de la mañana. Eso le proporcionaría el tiempo suficiente para sacar de Hayward's Place las cosas que, por alguna estúpida razón, había llevado y dejado ahí: la correa del perro, las cartas y el cuaderno. Cosas que no podía permitir que Theo encontrara. No quería que él tuviera que afrontar la realidad como había tenido que hacer ella, Theo carecía de su fortaleza. E, incluso así, bastaba con ver el daño que la situación le había hecho a ella.

¡Qué pena que Daniel no hubiera hecho algo más con su talento! Eso fue lo que Carla pensó mientras, sentada en el sofá de su casa, hojeaba el cuaderno que había cogido en la barcaza. Sus hermosos dibujos reproducían con gran viveza expresiones faciales, y demostraban un gran talento para capturar movimiento y registrar matices. En ellos Daniel revelaba una empatía de la que nunca pareció dar muestras en la vida real.

Se sintió culpable por pensarlo, culpable por mirar siquiera sus cuadernos; Daniel siempre había dejado bien claro que no estaban pensados para que los vieran otras personas, que solo dibujaba para sí mismo. Un problema de confianza, había supuesto Carla, aunque ahora ya no estaba tan segura. Al contemplar las páginas en las que aparecía ella misma, no pudo evitar sentirse claramente incómoda al confirmar algo que en el pasado solo había sospechado: el modo en que Daniel la quería encerraba algo inadecuado. Y, peor aún, temía que, en cierta manera, el modo en que ella lo quería a él también lo fuera. Sentía todas estas cosas —culpa, incomodidad y miedo— y, sin embargo, no podía dejar de pasar las páginas, porque lo que había dibujado en ellas era hermoso.

Todo en sus ilustraciones estaba idealizado: la casa

de Lonsdale Square —donde ella y Angela habían crecido y donde Daniel había pasado su infancia— parecía más un castillo que una villa victoriana, y los alrededores, más un parque que una plaza ajardinada londinense. Daniel se había dibujado a sí mismo con la espalda más ancha, más musculoso, y cuando Carla vio a Ben se quedó sin habla. Un perfecto querubín con hoyuelos y ojos grandes e inocentes: Daniel había capturado maravillosamente la generosidad de su pequeña sonrisa, el suave rizo de su pelo en la nuca. Casi se le detuvo el corazón.

Dejó el cuaderno a un lado.

Pero volvió a cogerlo y a pasar sus páginas hacia delante y hacia atrás para tratar de encontrarle un sentido a toda esa historia, y entonces se dio cuenta de que no *todo* estaba idealizado. Angela, por ejemplo, estaba representada de un modo cruel: aparecía como una borrachuza acabada, escuálida y ligera de ropa. Tampoco el mismo Daniel salía demasiado bien parado, pues su personaje, Ares, aunque físicamente hermoso, era despreciable: acosaba a chicos más jóvenes en la escuela y a menudo incurría en palizas a modo de represalia; seducía a chicas jóvenes de las que luego se olvidaba y que oscilaban entre la ingenuidad y la idiotez, e intimidaba y humillaba a su madre. Resultaba tan extraño, pensó Carla, tan inquietante y, sin embargo, tan conmovedor ver a Daniel representado de un modo así de monstruoso y saber que había sido él mismo el autor de los dibujos...

¿Qué significaba el hecho de que, en vez de representarse como el héroe de su propia historia, apareciera como el villano? A Carla le dolía en lo más hondo. Al pasar las páginas, no obstante, ese condenado cúmulo de dolor situado justo debajo del esternón comenzó a disolverse y se vio reemplazado por un sentimiento de terror y la creciente certeza de que debería dejar el cuaderno a un lado, que debería cerrarlo y no volver a mirarlo nunca más. Pero entonces, al llegar más o menos a la mitad volvió a encontrarse con su personaje. Estaba llegando a Lonsdale Square una tarde soleada, con Ben en brazos, y Carla supo de inmediato de qué día se trataba. Y ya no pudo apartar la mirada.

En la versión de Daniel de los acontecimientos, Carla va ataviada con un vestido, el pelo largo y ondulado cae sobre sus hombros desnudos y Ben —el precioso y dorado Ben— sonríe y ríe encaramado a su cadera. Desde el balcón, Daniel, con el enjuto rostro medio oculto por las sombras, ve cómo Carla le entrega su hijo a Angela. Asomado al balcón y con los rayos del sol iluminándolo ya por completo, Daniel llama y saluda a su tía, pero ella ya se ha dado la vuelta sin llegar a verlo. Su pequeño rostro se entristece.

En la página cae la noche. Daniel está viendo la televisión en el cuarto de juegos, solo. Se pone de pie y sube al dormitorio de su madre para darle las buenas noches, pero no la encuentra ahí, de modo que se dirige a su propia habitación, donde descubre que su primo pequeño se ha despertado, se ha levantado del colchón en el que estaba durmiendo y se ha tumbado en medio del suelo. Está dibujando y garabateando en un libro, y a su alrededor hay otros parecidos que ha dejado desparramados, todos con las páginas cubiertas por sus feos garabatos. La consternación es claramente visible en el rostro de Daniel: ¡Ben ha arruinado todos sus libros, sus cómics dibujados con tanto cuidado! Desconsolado, llama a su madre, pero no acude nadie. Va en su busca, mirando habitación por habitación, hasta que al final llega al estudio. La puerta está cerrada, pero en su interior alguien está haciendo ruido. Con cuidado abre la puerta y ahí está ella, sentada a horcajadas encima de un hombre, un desconocido, alguien a quien nunca había visto antes. Angela tiene la cabeza echada hacia atrás y Daniel puede ver su boca completamente abierta y sus labios pintados de rojo. En ese momento la mujer se vuelve, distingue al horrorizado niño y se pone a reír.

Daniel sale corriendo.

La siguiente escena lo muestra tumbado en la cama. Sobre su cabeza hay una nube en cuyo interior sus pensamientos se representan en una sucesión de escenas: en una, se imagina a sí mismo golpeando al amante de su madre en la cabeza con una botella de champán; en otra, abofetea el rostro borracho de su madre. Luego la nube de pensamientos se disipa. Daniel se incorpora, apoya el peso en un hombro, y mira al niño pequeño que ahora duerme de costado al otro lado de la habitación. Sus largas pestañas acarician sus pómulos y sus rizos parecen formar un halo alrededor de su cabeza.

Por la mañana Daniel sube al dormitorio de su madre. Esta está dormida, y sola. Sale de la habitación cerrando la puerta tras de sí. Regresa al primer piso, a su propio dormitorio, y zarandea con suavidad al niño para despertarlo. Él, encantado de ver a su primo mayor, sonríe de oreja a oreja. Daniel lo ayuda a levantarse, lo coge de la mano, lo conduce al estudio y abre la puerta. Ambos cruzan la estancia cogidos de la mano, abriéndose paso entre las pruebas del libertinaje de la noche anterior: ropa tirada por todas partes, el cenicero a rebosar, una botella de champán volcada. Daniel lleva al niño hasta el balcón, abre las puertas y, de detrás de su espalda, saca un juguete, un camión de color rojo brillante. Se lo ofrece al niño, que se ríe encantado y extiende las manos para cogerlo. Justo entonces Daniel empuja el camión cuidadosamente por el balcón, en dirección a la barandilla rota. Observa cómo el niño va detrás.

En la última viñeta Daniel vuelve a estar solo, sentado en el borde del balcón con los pies colgando y una sonrisa en los labios.

31

Irene estaba encaramada a una silla incómoda y dura que había en el salón de Theo Myerson. Antes de sentarse en ella ya tenía claro que no iba a ser cómoda, pero lo había hecho de todos modos porque era relativamente alta y había calculado que podría levantarse de ella sin ayuda, lo cual era importante. No quería estar a merced de Myerson. Con cierta dificultad, aferrándose a la silla con una mano y, con la otra, sujetando con fuerza el bolso sobre el regazo, consiguió acercar la silla unos pocos centímetros más a la estufa que había en la chimenea. Hacía un frío glacial; el invierno había vuelto con ganas. Esa mañana en la radio habían dicho que nevaría.

Myerson estaba en la cocina, sirviéndole un jerez. En realidad ella no lo quería —nunca había sido una gran bebedora—, pero cuando se lo había ofrecido, después de invitarla a entrar muy a su pesar, ella había pensado que sería mejor aceptarlo. Él estaba bebiendo vino. Solo, en mitad de la tarde.

Mientras tanto ella aprovechó para admirar la librería del salón. Podían decirse muchas cosas sobre Theo Myerson, pero lo cierto era que tenía una hermosa librería. De roble, le pareció a Irene, y hecha a medida. Iba del suelo al techo a ambos lados de la chimenea, y tenía una de esas estilosas escaleras con ruedecitas que te permitían acceder a los estantes superiores. Desde donde estaba sentada no podía leer los nombres de los lomos, lo cual le resultaba frustrante. A Irene pocas cosas le gustaban más que husmear en las librerías de los demás, si bien estaba claro que ahora no era el momento para algo así.

—Carla está a punto de llegar —informó Theo cuando regresó al salón, y le tendió a Irene un pequeño vaso de cristal—. Va a venir a cenar.

Irene aceptó la bebida asintiendo con la cabeza.

—No sabía dónde encontrarla —repuso ella, vagamente consciente de que ya se lo había explicado—, pero, como le he dicho, he visto esta dirección en un sobre, dentro de un libro...

Theo asintió. Se sentó en un sillón que estaba a cierta distancia de Irene, al otro lado de la estancia. Le dio un largo trago a su copa de vino y la miró con el ceño fruncido.

—¿Necesita hablar con ella con urgencia? ¿Puede contarme de qué se trata?

—Creo que será mejor que esperemos a Carla —repuso Irene. Le dio un sorbo a su jerez.

Theo puso los ojos en blanco antes de volver a mirarla con el ceño fruncido. No era lo que podía llamarse un hombre sutil. Permanecieron en silencio un momento y luego, cediendo ante la presión, Irene explicó:

—Solo necesito hablar con ella sobre algo que he encontrado en casa de Angela. —Le dio otro sorbo al jerez—. Un cuaderno. Uno de los de Daniel. —Lo sacó de su bolso y lo sostuvo en alto unos segundos, antes de pensárselo mejor y volver a guardarlo en el bolso.

—¿Y eso es urgente? —dijo Myerson en un tono de voz inexpresivo.

—Bueno, yo... No lo había visto antes, ¿verdad, señor Myerson? —Theo negó con la cabeza; por suerte, no estaba interesado. Cambió de posición en su asiento, claramente irritado; parecía estar a punto de pedirle que se marchara. Irene se puso algo nerviosa y le dio otro sorbo a su jerez—. En él hay dibujado lo que podría llamarse una novela gráfica, supongo. No hace mucho incluyeron una en el listado de finalistas del premio Booker, ¿no? Me pareció muy extraño. Es decir, ¿cómo diantre puede compararse un cómic con un libro de verdad? —Theo enarcó las cejas y bebió más vino de su copa. Estaba consiguiendo que se sintiera muy incómoda—. Bueno, supongo que es cuestión de gustos. —Se quedó un momento callada—. He encontrado esto en uno de sus libros, señor Myerson —reveló sosteniendo en la mano el sobre con la dirección de Myerson—. El policíaco.

Durante el largo y tenso silencio que hubo a continuación, Irene consideró la idoneidad de mencionar el manuscrito que había leído, el que Laura le había dado. Pero, claro, ahora quizá no era el mejor momento para acusar a Myerson de plagio. Finalmente prefirió no desviarse del asunto que la había llevado allí. Una vez más, se acercó el vaso a los labios y se sorprendió al descubrir que ya casi se lo había terminado.

—Este cuaderno —dijo Theo por último sin dejar de fruncir el entrecejo—, el que dice que ha encontrado en casa de Angela. ¿Qué estaba haciendo usted ahí?

—Bueno, verá, la cosa es que...

La voz de Irene fue apagándose. No tenía una buena respuesta a esa pregunta. La versión corta era que había estado husmeando. La larga, que al enterarse por la radio de que Laura había sido acusada del asesinato de Daniel, supo de inmediato que debía hablar con Carla, pues no albergaba ninguna duda de que se había cometido un error. No tenía los datos de contacto de esta, pero estaba segura de que en casa de Angela daría con algo que llevara su número o su dirección. Al entrar, sin embargo, había descubierto que ya estaba completamente vacía. Había ido de habitación en habitación, advirtiendo por primera vez la sordidez de las mismas y el lamentable estado en el que se encontraba el lugar: el papel pintado de las paredes tenía burbujas y estaba medio despegado, había humedades alrededor de la ventana de la cocina, los marcos de las de los dormitorios estaban sucumbiendo a la podredumbre... En el fondo del armario del dormitorio de Daniel —prácticamente, el único mueble que quedaba en la casa—, Irene había descubierto una pila de papeles. Tres o cuatro cartas, todas dirigidas a Angela, y un cuaderno; y se lo había llevado a casa. No había encontrado la dirección de Carla, pero el cuaderno le había proporcionado otra cosa. No comprensión —Irene no estaba segura de si eso era posible—, pero sí un atisbo de otra cosa, un atisbo del lugar en el que todo podía haber comenzado, en el que la semilla de la destrucción había sido sembrada.

Theo se inclinó hacia delante.

—¿Y bien? ¿Qué estaba haciendo en casa de Angela? —Su tono de voz se había vuelto crispado y su expresión resultaba realmente amenazadora—. Que yo sepa, usted no tiene nada que hacer en esa casa. Es propiedad de Carla.

—¿Ah, sí? —dijo Irene—. ¿Pertenece a Carla?

Myerson se puso de pie de repente.

—¡Oh, por el amor de Dios! No es asunto suyo a quién pertenece la casa. Carla está pasando por unos momentos muy duros, lo último que necesita es una anciana entrometida molestándola e interfiriendo en sus asuntos. —Cruzó el salón en su dirección y extendió una mano hacia ella—. Deme el cuaderno a mí y ya se lo daré yo a Carla —le exigió—. Si ella quiere hablar con usted, ya se pondrá en contacto. Aunque yo, en su lugar, esperaría sentada.

Irene se llevó el bolso al pecho y se aferró a él.

—Me gustaría dárselo en persona, si no le importa —rebatió con una firmeza con la que pretendía disimular el miedo que le provocaba el corpulento hombre que se alzaba ante ella; miedo por lo que podía hacerle si veía lo que Daniel había dibujado.

—Sí que me importa —replicó Theo—. Deme el cuaderno —insistió con la mano todavía extendida— y le llamaré un taxi.

Irene apretó los labios con firmeza y negó con la cabeza.

—Le pido que no lo lea. Yo no...

—¿Carla puede verlo pero yo no? —preguntó él—. ¿Por qué?

—Estoy segura de que Carla ya lo ha visto —explicó Irene—. Para ella no sería ningún *shock*.

—¿Un *shock*? —Theo dejó caer las manos a ambos lados—. ¿Y a mí por qué tendría que suponerme un *shock*? —Volvió a levantar la mirada al techo—. ¡Oh, por el amor de Dios! Trata sobre Carla, ¿verdad? ¿Aparece Carla dibujada en el cuaderno? Daniel estaba obsesionado con ella, ¿sabe? A niveles enfermizos. Me temo que era un joven algo trastornado. —Irene no dijo nada. Se limitó a bajar la vista al bolso que tenía en el regazo—. ¿No es eso? —preguntó Myerson—. ¿Es algo sobre mí? Se mete conmigo, ¿verdad?

—La cosa es que... —comenzó a decir Irene, pero la silenció el repentino acto de violencia de Theo, que extendió súbitamente la mano y le quitó el bolso del regazo—. ¡No! —exclamó ella—. ¡Espere, por favor!

—Ya he tenido bastante —gruñó Theo, y sacó el cuaderno del bolso, que le devolvió a Irene arrojándolo en su dirección. Fue a parar al suelo, desparramando las posesiones de la anciana (las gafas de repuesto, la polvera, el pequeño monedero de *tweed*) sobre la alfombra.

Con mucho cuidado, Irene se arrodilló para recoger sus cosas mientras Myerson se alzaba a su lado. Ignorando a la anciana, abrió el cuaderno y se puso a leer.

—*Los orígenes de Ares* —recitó con una sonrisita de suficiencia—. Dios mío, se tenía a sí mismo en alta estima, ¿no? ¡Ares, el dios de la guerra! Ese pequeño desgraciado...

Theo empezó a pasar rápidamente las páginas para echarle una ojeada por encima hasta que, dejando escapar un sonoro grito ahogado, se detuvo de golpe. La mueca de sus labios desapareció, la piel de su rostro pareció palidecer ante los ojos de Irene y sus manos se cerraron en un puño, arrugando con ello las páginas del cuaderno.

—Señor Myerson —empezó Irene, sintiendo cómo el corazón se le encogía en el pecho—, no debería estar viendo esto... —Se puso poco a poco de pie—. Sería mejor que no viera lo que dibujó Daniel —añadió intentando advertirle, aunque se daba cuenta por la horrorizada expresión de Theo de que ya era demasiado tarde—. Es realmente terrible, lo sé, yo...

De repente la anciana notó que la cabeza le daba vueltas y la moqueta que había bajo sus pies se balanceaba como un bote. La estufa y la hermosa librería de roble comenzaron a desdibujarse ante sus ojos.

—¡Oh...! No me encuentro muy bien —murmuró, y extendió una mano hacia el lugar en el que esperaba que estuviera la silla, pero no la encontró. Se tambaleó y consiguió enderezarse otra vez. Cerró con fuerza los ojos y los volvió a abrir. Era el jerez. El jerez y el calor de la estufa. Se sentía muy rara, y ahí estaba Myerson, mirándola fijamente con la boca roja y abierta, el rostro oscurecido y las manos cerradas con fuerza en sendos puños.

—Oh, Dios. —Dio un paso atrás al tiempo que con la mano buscaba algo en lo que sostenerse, sin éxito. ¡Qué idiota había sido llevando el cuaderno con ella! Creía que estaba siendo valiente al atreverse a ir, pero había sido una idiota, una vieja idiota, justo lo que la gente pensaba de ella.

32

Theo había matado con la pluma muchas veces. A lo largo de unos pocos cientos de páginas de ficción había apuñalado, disparado y destripado a personajes; los había colgado de horcas improvisadas o les había dado palizas de muerte con una piedra afilada. Y había contemplado cosas peores (¡oh, las cosas que había llegado a considerar!) mientras se preguntaba qué sería capaz de hacer una persona (él, cualquiera) *in extremis.*

El cuaderno de dibujo ya no existía, lo había arrojado a las llamas. La anciana volvía a estar de pie, pero se la veía aturullada y asustada; no se esperaba que él reaccionara tan rápido y con tanta fuerza. Mientras la observaba, pensó en lo poco que haría falta: eran muy frágiles a esa edad, y además ella ya estaba mareada. Se había bebido ese vaso de jerez muy deprisa. Ahora se balanceaba ligeramente ante él con los ojos llenos de lágrimas. Permanecía de pie, en el borde de una alfombra cuya esquina había levantado al agacharse a recoger sus cosas del suelo, casi justo a medio camino entre la chimenea de piedra de afiladas esquinas y la mesita de centro de cristal y bronce de líneas simples.

De haber estado escribiendo esta escena, le habría resultado difícil la elección.

LA QUE SE ESCAPÓ

No puede ver nada, todo se ha vuelto rojo.

Cuando se despertó esa mañana no pensaba que él sería el protagonista de la historia. Si en algún momento hubiera llegado a pensar en ello, tal vez se habría llamado a sí mismo el cazador.

Cuando se despertó esa mañana no podía imaginar cómo irían las cosas ni cómo sería ella, tan distinta de lo que él quería; en absoluto la que él quería. No podía imaginar cómo ella le mentiría y le engañaría.

Cuando se despertó esa mañana no pensó que él sería la presa.

Esa injusticia, amarga en su boca, desciende lentamente por su garganta cuando sucumbe a ella, la que se escapó, la venga-

tiva chica del rostro feo, las manos rojas
y llenas de piedras. Ella es lo único que
puede ver, la última cosa que verá.

LA QUE SE ESCAPÓ

Antes de verlo, ya sabe que la ha encontrado. Antes de verlo, ya sabe que es él quien va detrás del volante. Se queda inmóvil. Vacila durante un segundo y luego sale de la carretera y aprieta a correr. Se mete en una zanja y salta una cerca de madera. Al llegar al campo que hay al otro lado, sigue corriendo a ciegas, cayéndose y levantándose sin emitir sonido alguno. ¿De qué serviría gritar?

Cuando él la alcanza, le agarra un puñado de pelo y la tira al suelo. Ella puede oler su aliento. Sabe lo que va a hacerle. Sabe lo que le espera porque ya lo ha visto, ha visto cómo se lo hacía a su amiga, la violencia con la que la manoseaba y le aplastaba la cara contra el suelo.

Ha visto la fuerza con la que su amiga se ha resistido.

La ha visto perder.

De modo que no se resiste, se deja hacer. Permanece inmóvil como un peso muerto. Mientras él manosea débilmente su ropa, ella mantiene los ojos puestos en su cara.

Esto no es lo que él quiere.

Cierra los ojos, le dice. Cierra los ojos.

Ella no cierra los ojos.

Él le da una bofetada. Ella no reacciona, no emite sonido alguno. Sus pálidas extremidades resultan pesadas, tan pesadas que se hunden en la tierra y lo arrastra consigo.

Esto no es lo que él quiere.

Él se quita de encima y golpea la tierra con el puño. Tiene sangre en la cara y en la boca. Se siente flojo, derrotado.

Esto no es lo que él quiere.

Comienza a llorar.

Mientras llora, ella se levanta en silencio del suelo.

Vete, le dice él. Vete. Corre.

Pero esta chica no quiere correr, ya ha corrido suficiente. Agarra una piedra con una punta afilada como una flecha. No muy grande, lo justo para poder sujetarla con comodidad.

Sostiene la cálida piedra con la mano y él abre unos ojos como platos cuando ella echa el brazo hacia atrás para golpearlo. Cuando oye el ruido que hace el hueso de su sien al partirse, siente una efervescente oleada de júbilo y lo golpea una segunda vez, y luego otra vez, y otra más, hasta que termina empapada en sudor y sangre. Cree haberle oído suplicar que parara, pero no está segura. Es posible que lo haya imaginado.

Cuando llegue la policía, la chica les contará que ha luchado por su vida y ellos la creerán.

33

Miriam examinaba cuidadosamente sus recuerdos, los objetos que había ido recopilando a lo largo de sus encuentros con otras vidas; eran las vidas de otros, vidas que ella podría haber vivido. Advirtió con cierta tristeza que faltaban cosas: la llave que había cogido en la barcaza ya no estaba; tampoco uno de los pendientes de Lorraine, algo que la entristecía terriblemente.

Las cosas que había decidido guardar representaban momentos importantes para ella, y cuando pensaba en ellos —aquel instante con Daniel en la barcaza, su huida de la granja— le gustaba tener objetos que la ayudaran a evocar lo que sucedió y cómo se sentía. Ahora, mientras sostenía el pequeño crucifijo de plata que su padre le había regalado por su confirmación, cerró los ojos con fuerza y se imaginó a sí misma con catorce años, antes de los horrores de la granja, cuando todavía era inocente.

Miriam era consciente de que esa costumbre de coleccionar recuerdos que la transportaran de vuelta a momentos importantes de su vida era un rasgo que compartía con psicópatas y asesinos en serie, lo cual la molestaba, pero creía que, en el fondo, todos hemos vivido cosas terribles, y esos objetos la ayudaban a mantenerse fiel a quien era ella en realidad, al monstruo en el que se había convertido.

A veces, cuando se hallaba en un lugar anímicamente muy oscuro, se sentía abrumada por la necesidad de confesar. Si tuviera un confesor, ¿por dónde empezaría? ¿Por la última transgresión o por la primera? Tendría que ser por la primera, supuso. Era la definitoria, la que la había empujado a tomar ese camino.

Comenzaría por la noche en la que se escapó de la casa, cuando, inmóvil ante la ventana rota, rezó y rezó. Cuando trepó por ella y echó a correr por la carretera de tierra. Cuando oyó el trueno que no era un trueno, el ruido del coche que iba detrás de ella, procedente de la granja. Cuando se dio cuenta de que él la buscaba y apretó a correr de nuevo, saltó una cerca y se metió en una zanja y se arrastró boca abajo hasta quedar oculta, al menos en parte, por las largas ramas del árbol que tenía encima. Se quedó ahí tumbada; oía el ruido que hacía el coche al cambiar de marcha y reducir la velocidad, y veía cómo sus faros iluminaban las ramas que tenía sobre la cabeza. El coche pasó de largo.

Después de eso permaneció un buen rato en la zanja. Cuánto, no lo sabía. Nunca había sido capaz de determinarlo. Miriam recordaba muchos detalles de aquel día y de la noche que le siguió: el olor de la casa, el condenado azul pálido del cielo, la canción que sonaba en el coche y ese ruido que hizo Lorraine, ese horrible ruido, cuando él le dio un puñetazo. Pero era absolutamente incapaz de recordar cuánto tiempo había pasado en la zanja, aterida e incapaz de moverse, sin dejar de darle vueltas a la cabeza y pensar «No es culpa mía que te eligiera a ti».

Tampoco podía recordar cuánto tiempo permaneció encerrada en aquella habitación, paralizada por el terror ante la ventana rota. No podía recordar cuánto tiempo le llevó decidir que la mejor opción no era quedarse ahí y enfrentarse a él, sino salir corriendo y dar la voz de alarma. No podía recordar cuánto tiempo pasó ahí, de pie, rezando para que él no bajara por la escalera y fuera a por ella; para que se tomara su tiempo con Lorraine.

Su mente había dejado todo eso atrás, y no fue hasta que estuvo sentada ante el tocador de Lorraine, en su dormitorio, y se metió en el bolsillo sus pendientes de oro, cuando volvieron a su memoria todas esas cosas horribles que se le habían pasado por la cabeza y todo el tiempo que había perdido pensando en ellas.

Al cuestionarse a sí misma, Miriam tomó conciencia de sus deficiencias y descubrió que carecía de cierta bondad esencial, que faltaba cierto elemento crítico en su fibra moral.

No era buena entonces, y no había sido buena desde entonces.

En el fondo de la cajita de madera, debajo de la carta del abogado, encontró la placa identificativa del perro.

A Miriam no le gustaba pensar en ese episodio, el episodio del perro. No era algo de lo que estuviera orgullosa. Había perdido el control en un momento doloroso. Guardó la placa para recordarse a sí misma que el odio que sentía por una persona no podía transferirse a otra. No tenía sentido. Pensó en Jeremy, y en lo mucho que le habría gustado clavarle un cuchillo en la garganta. A veces también pensaba en Myerson e imaginaba que le daba un martillazo en la parte trasera de la cabeza, y luego, tras empujarlo al canal, observaba cómo se hundía bajo la superficie de sus sucias aguas.

Había pensado en ello, pero carecía de la valentía necesaria para llevarlo a cabo. Y entonces sucedió. Un día que había tenido que lidiar con un cliente maleducado en la librería y que en el camino de sirga casi la atropelló un ciclista que luego la llamó «gorda de mierda», llegó a casa con una opresión en el pecho y la vista borrosa, sufriendo lo que eran los primeros síntomas de un auténtico ataque de pánico. Entonces vio al perro en la cubierta de popa de su barcaza, intentando abrir la bolsa de basura del reciclaje que había sacado esa mañana y que había olvidado llevar a los cubos. Casi sin pensarlo lo cogió, lo metió dentro de la barcaza, lo llevó al fregadero de la cocina y agarró un cuchillo afilado con toda rapidez y le rebanó el pescuezo.

El animal no sufrió, fue un asesinato limpio. No literalmente, claro está. En sentido literal fue una asquerosidad: una gran cantidad de sangre fue a parar a sus manos, le manchó la ropa y el suelo; mucha más de la que esperaba.

Más tarde, esa misma noche, metió al perro en una bolsa, cargó con él por el camino de sirga y lo tiró al canal, justo a la altura de la casa de Myerson. Pensaba que no tardarían en encontrar el pequeño cadáver del perro, pero este debió de desaparecer por el túnel o tal vez se enganchó a la hélice de algún barco, de modo que al final Theo nunca llegó a preguntarse quién podía haber hecho algo tan terrible, solo dónde diantre se habría metido Dixon; y en cierto modo a Miriam todavía le parecía más gratificante verlo recorrer arriba y abajo el camino de sirga y las calles aledañas llamando al animal y colgando patéticos carteles.

Miriam se metió la placa identificativa del perro en el bolsillo y salió de la barcaza en dirección a casa de Myerson. Si tenía que confesar algo, sería eso, el lamentable incidente con el perro, y si tenía que confesárselo a alguien sin duda sería al mismo Myerson. Era posible que la denunciara a la policía, por supuesto, pero algo le decía que no lo haría. No querría admitir ante ellos cómo había empezado todo, no querría entrar en detalles. Eso dañaría su orgullo.

Se había convencido a sí misma de todo esto, y estaba segura de que contarle lo del perro sería lo mejor para *ella*: saldría ganando por partida doble, castigaría a Myerson al mismo tiempo que aliviaba su propia carga. Así pues, con los puños cerrados colgando a ambos lados del cuerpo y la mandíbula apretada, subió con determinación los escalones que iban del camino de sirga a la calle y se dirigió hacia la esquina de Noel Road, donde se detuvo de golpe.

Ahí estaba él, de pie frente a la puerta de su casa, mirando furtivamente a un lado y al otro, inspeccionando la calle con preocupación. Sus miradas se cruzaron y, de repente asombrado, Theo abrió los ojos como platos antes de que dos agentes de policía uniformados lo condujeran al coche que estaba esperándolos.

Mientras veía cómo se alejaban, Miriam notó que el corazón comenzaba a latirle con fuerza. Apenas podía creer lo que había visto. ¿Había ganado? ¿Se había hecho algo de justicia, al fin?

Se quedó ahí plantada, tan estupefacta por lo que acababa de presenciar que casi se olvida de sentirse eufórica. Pero luego ese momento pasó, y la confusión dio paso a la felicidad. Una sonrisa se dibujó en sus labios y, tras llevarse ambas manos a la boca, estalló en sonoras carcajadas. Y rio y rio; un sonido extraño incluso para sus propios oídos.

Cuando se hubo recuperado, advirtió que alguien la observaba, un hombre, al otro lado de la calle, un poco más adelante. Se trataba de un anciano con una mata de pelo blanco que iba en silla de ruedas. A continuación el anciano descendió de la acera y miró a un lado y a otro como si fuera a cruzar la calle. Miriam pensó por un momento que iba a acercarse y hablar con ella, pero entonces un coche, uno de esos taxis grandes, pasó por delante y se detuvo; el conductor salió y ayudó al hombre a entrar en la parte trasera del vehículo. Luego el taxi arrancó y cambió de sentido.

Cuando el coche pasó a su lado, las miradas de Miriam y el anciano se cruzaron, y ella notó cómo se le erizaba el vello de la nuca.

34

Todo es material literario. Y la comedia es el resultado de una tragedia a la que sumamos el elemento tiempo. ¿No es así? Sentado en una habitación mal ventilada con dos detectives delante, Theo se preguntó amargamente cuánto tiempo tendría que pasar antes de que lo que le había sucedido —la muerte de su hijo, la subsiguiente desintegración de su matrimonio— se volviera divertido. Al fin y al cabo, hacía ya quince años que su hijo había muerto. ¿A esas alturas no debería ser algo un poco divertido?

Gilipolleces.

En cuanto a lo de que todo es material literario, le estaba costando mucho tomar notas mentales de su entorno, y todas sus observaciones estaban resultando ser banales: la habitación era gris, cuadrada, y olía como una oficina (mal café, muebles nuevos). El único sonido que podía oír era un insidioso zumbido de ruido blanco y, por encima, la respiración más bien nasal de la detective Chalmers, que permanecía sentada enfrente de él.

Sobre la mesa que lo separaba de los detectives Chalmers y Barker, había una bolsa de pruebas transparente con un cuchillo. Un cuchillo pequeño con el mango de madera negra y una mancha oscura en la hoja. Un pequeño cuchillo de chef. *Su* pequeño cuchillo de chef; al parecer no lo había perdido entre el caos del cajón de cubertería miscelánea.

Cuando dejaron el cuchillo sobre la mesa, a Theo se le encogió el corazón al darse cuenta de que eso no iba a ser *material literario*. No iba a ser una historia divertida que pudiera contar más adelante. Desde luego, iba a pasar mucho mucho tiempo antes de que se convirtiera en una comedia.

—¿Reconoce esto, señor Myerson? —le preguntó la detective Chalmers. Theo miró el cuchillo. Muchos pensamientos acudieron a su cabeza, todos ellos estúpidos. Se oyó a sí mismo emitiendo un pequeño ruido, «mmm», lo cual también era estúpido. Nadie miraba un objeto y luego decía «sí, lo reconozco» o «no, no reconozco eso»; pero en este caso la segunda opción no era posible, pues sabía muy bien que si la policía estaba mostrándole este cuchillo en ese momento era porque debían de tener claro que lo reconocería.

«Piensa rápido piensa rápido piensa rápido», rumió Theo, lo cual resultaba irritante porque le impedía pensar otra cosa que no fuera la palabra *rápido*. «Piensa otra cosa que no sea *rápido*, por el amor de Dios.»

El cuchillo era suyo y ellos lo sabían, no lo habían relacionado con él por casualidad. Así pues, eso era todo, ¿no? Había llegado el final. El final del mundo tal y como lo conocía. Y, como dice la canción, él se sentía bien. Lo extraño era que se sentía bien de verdad. Bueno, quizá *bien* era mucho decir, pero no se sentía tan mal como hubiera esperado. Tal vez era cierto eso que decían, lo de que al final es la esperanza lo que le mata a uno. Ahora que ya no había esperanza alguna, se sentía mejor. Debía de tener algo que ver con el suspense, se dijo. El suspense era lo angustioso, ¿no? Hitchcock lo sabía bien. Ahora que el suspense había terminado, ahora que sabía lo que iba a suceder, se sentía conmocionado y triste, pero también aliviado.

—Es mío —reconoció Theo en voz baja, todavía con la vista puesta en el cuchillo en vez de mirar a los detectives—. Me pertenece a mí.

—Ajá —asintió Barker—. Y ¿podría decirnos cuándo vio este cuchillo por última vez?

Theo aspiró una honda bocanada de aire. Por un momento se vio a sí mismo en su salón con Irene Barnes, mirando los dibujos que había hecho Daniel, las vulgares imágenes de su hermosa esposa, la gráfica representación de la muerte de su hijo; se vio a sí mismo pasando las páginas del cuaderno antes de reducirlo a cenizas. Exhaló despacio. Allá vamos.

—Bueno —dijo—, debió de ser la mañana del diez.

—¿El diez de marzo? —El detective Barker echó una fugaz mirada a su colega y se inclinó hacia delante en su silla—. ¿La mañana en la que murió Daniel Sutherland?

Theo se frotó la frente con el dedo índice.

—Así es. Lo tiré. Me refiero al cuchillo. Yo... iba a tirarlo al canal, pero entonces... vi a alguien. Me pareció ver a alguien que venía por el camino de sirga y no quería llamar la atención, así que lo tiré a los arbustos.

Los detectives intercambiaron otra mirada, esta vez más larga. El detective Barker ladeó la cabeza con los labios fuertemente apretados.

—¿Tiró el cuchillo a los arbustos? ¿La mañana del diez? Está usted diciendo, señor Myerson...

—Que esa mañana, a primera hora, fui a la barcaza de Daniel mientras mi esposa aún dormía. Yo... lo apuñalé. Hubo sangre, claro está, mucha sangre. Me limpié en la barcaza. Luego me marché y tiré el cuchillo a unos arbustos, de camino a casa. En cuanto llegué, me duché. Carla seguía durmiendo. Preparé café para ambos y le llevé una taza a la cama.

El detective Barker abrió un momento la boca y luego la volvió a cerrar.

—Está bien. —De nuevo miró a su colega, y a Theo le pareció que Chalmers negaba con la cabeza muy ligeramente, aunque también era posible que, llegados a este punto, estuviera imaginando cosas—. Señor Myerson, ha dicho antes que no deseaba contar con representación legal para este interrogatorio, pero voy a volverle a preguntar si no desea cambiar de parecer. Si quiere que llamemos a alguien, podemos hacerlo. O, si no, podemos encargarnos de que venga un abogado de oficio.

Theo negó con la cabeza. Lo último que quería era un abogado. No quería que nadie intentara mitigar las consecuencias ni que complicara de modo innecesario lo que, en el fondo, era muy simple.

—No necesito llamar a nadie, gracias.

Barker apercibió a Myerson, señalando que había acudido a comisaría de forma voluntaria y que había rechazado contar con representación legal, pero que, a la luz de lo que acababa de decir, era necesario que fuera apercibido formalmente.

—Señor Myerson. —Theo podía notar que al detective Barker le estaba costando mantener equilibrado su tono de voz; este debía de ser, al fin y al cabo, un momento excitante para él—. Solo para que no haya dudas, está usted confesando la autoría del asesinato de Daniel Sutherland, ¿correcto?

—Así es —confirmó Theo—. Eso es correcto. —Le dio un sorbo a su vaso de agua y volvió a aspirar una honda bocanada de aire. «Allá vamos otra vez»—. Mi cuñada... —empezó, pero se quedó callado. Esta era la parte más difícil, la parte que le iba a costar más, la parte que no quería decir en voz alta.

—¿Su cuñada? —insistió Chalmers, cuyo rostro era ahora un libro abierto: estaba atónita a causa de lo que estaba oyendo—. ¿Angela Sutherland? ¿Qué pasa con Angela Sutherland?

—Antes de morir, Angela me dijo que mi esposa, mi... Carla... y Daniel estaban manteniendo una relación.

—¿Una relación? —repitió Chalmers. Theo asintió con los ojos fuertemente cerrados—. ¿Qué tipo de relación?

—Por favor, no —pidió Theo, y se sorprendió a sí mismo rompiendo a llorar—. No quiero decirlo.

—¿Está usted insinuando que Carla y Daniel mantenían relaciones sexuales? ¿Es eso lo que nos está contando? —preguntó Barker.

Theo asintió. Le caían lágrimas de la punta de la nariz a los pantalones vaqueros. No había llorado en años, pensó de repente. No lo había hecho cuando se sentó junto a la tumba de su hijo, en el que debería haber sido su dieciocho cumpleaños, y ahora allí estaba, en una comisaría de policía, llorando por *eso*.

—¿Angela Sutherland fue quien le reveló la existencia de esa relación?

Theo asintió.

—Fui a verla antes de que muriera, una semana antes, más o menos.

—¿Qué puede contarnos sobre eso, señor Myerson? ¿Qué puede contarnos sobre lo que pasó cuando fue a verla?

—Creo que será mejor que te lo enseñe —le dijo Angela—. ¿Podrías...? ¿Podrías venir un momento al piso de arriba?

Theo la siguió y se adentró en el recibidor. La observó cuando subía la escalera mientras pensaba en lo que tendría ella ahí arriba, lo que quería enseñarle. Cosas de Daniel, presumiblemente. Más dibujos, tal vez. O notas. La idea le revolvió el estómago. Theo empezó a subir la escalera detrás de ella. Imaginó la cara que pondría Angela cuando le enseñara lo que fuera que quería enseñarle, compasiva pero al mismo tiempo con cierto triunfalismo, como si dijera «ya te lo advertí», y «mira a tu hermosa esposa. Mira lo que hace con mi hijo». A unos pocos escalones del descansillo se detuvo. Angela estaba esperándolo, lo miraba desde arriba, y parecía preocupada. Él recordó entonces cómo se había acobardado al verle el día que murió Ben, y cómo él había deseado agarrarla, estrangularla y estamparla contra la pared.

Ahora no sentía nada de eso. Dio media vuelta y comenzó a bajar la escalera. Oyó cómo ella se ponía a llorar mientras él abría la puerta y la cerraba tras de sí, saliendo a la luminosa tarde londinense y deteniéndose para encenderse un cigarrillo antes de enfilar el camino de vuelta a casa. Mientras recorría el trayecto en dirección al cementerio de la iglesia de St. James, le sobrevino una profunda nostalgia por la época en la que no solo no odiaba a Angela, sino que, de hecho, la quería mucho; nostalgia por la época en la que su corazón solía henchirse de alegría cuando la veía, porque era alguien muy divertido, con quien era muy agradable estar y que siempre tenía muchas cosas que contar. Hacía ya mucho tiempo de eso.

—¿Qué puede contarnos sobre eso, señor Myerson? ¿Qué puede contarnos sobre lo que pasó cuando fue a verla?

Theo se enjugó las lágrimas de los ojos con el dorso de la mano. No iba a contarle a la policía lo de su añoranza. De nada serviría a su propósito explicarles que antaño la había querido como a una hermana o a una amiga, ¿no?

—Ella me explicó que había algo entre Daniel y mi esposa. Discutimos. No... Yo no le puse la mano encima. Quise hacerlo. Quise estrangular su delgaducho cuello, pero no lo hice. Tampoco la empujé por la escalera. Que yo sepa, la muerte de Angela fue accidental.

Que él supiera. Y no iba a admitirles a esos dos policías que siempre que pensaba en Angela, y así sería ya para el resto de sus días, lo hacía imaginándola tal y como la vio ese día, llorando en lo alto de la escalera, y que no podía evitar recordar asimismo las palabras que le había dedicado cuando la llamó vaga, irresponsable y mala madre. Se preguntaba si esas serían las últimas palabras que alguien llegó a decirle; se preguntaba si, cuando tropezó en lo alto de la escalera o cuando yacía, moribunda, al pie de la misma, la suya fue la elegía que oyó.

—De modo que discutieron y usted se marchó... ¿Habló luego con su esposa? ¿Le preguntó por lo que Angela le había contado?

—No. —Theo negó con la cabeza, y luego añadió en voz baja—: Hay preguntas cuyas respuestas uno prefiere no conocer. Que prefiere no llegar a conocer jamás. En cualquier caso, poco después de esa conversación Angela murió, y difícilmente iba a sacar el tema con mi esposa mientras ella estaba llorando la muerte de su hermana. Pero yo sospechaba..., o, mejor dicho, estaba seguro de que Daniel usaría la muerte de su madre para intentar acercarse a Carla. Eso no podía soportarlo, y decidí deshacerme de él.

La detective Chalmers detuvo la grabadora, se levantó de la silla y dijo que iban a hacer una breve pausa. Le ofreció una taza de café, que él rechazó. En su lugar Theo pidió una botella de agua, con gas, si tenían. Chalmers contestó que haría lo que pudiera.

Había terminado. Lo peor había terminado.

Pero entonces cayó en la cuenta de que lo peor no había terminado, ni mucho menos empezado. ¡Los periódicos! ¡Oh, Dios, los periódicos! Lo que diría la gente en internet, en las redes sociales. ¡Dios santo! Agachó la cabeza y comenzó a llorar sacudiendo los hombros. ¡Sus libros! Ya nadie los compraría. Lo único bueno que había hecho nunca —aparte de Ben, aparte de querer a Carla— era su trabajo, y ahora quedaría manchado para siempre junto con su nombre. Retirarían sus libros de los estantes de las librerías, su legado acabaría por los suelos. Sí, Norman Mailer apuñaló a su esposa con una pluma y William Burroughs asesinó a la suya de un disparo, pero hoy en día la situación era muy distinta, ¿no? Los tiempos habían cambiado, y la gente era tan intolerante que si uno hacía algo así, ya nunca podía librarse de ello. Un acto fuera de lugar y lo cancelaban a uno.

Para cuando los detectives regresaron a la habitación, Chalmers con una botella de Evian que, por supuesto, era sin gas, Theo ya se había recompuesto. Se había enjugado las lágrimas de los ojos, sonado la nariz y armado de valor. Se había recordado a sí mismo qué era lo verdaderamente importante.

Los detectives querían mostrarle otra cosa, esta vez se trataba de la fotografía de una joven.

—¿Ha visto a esta persona antes, señor Myerson? —preguntó el detective Barker.

Theo asintió.

—Es la joven a la que han acusado de asesinato. Kilbride, ¿no? —Levantó la mirada hacia ellos.

—¿La había visto antes?

Theo lo consideró un momento.

—Sí sí. No podría jurarlo ante un tribunal, pero creo que esta es la mujer que en su momento les dije que había visto en el camino de sirga la mañana en la que murió Daniel. Les expliqué que la había visto desde la ventana de mi dormitorio. No era cierto. De hecho, yo... me parece que me crucé con ella. De camino a la barcaza, creo. Ella... andaba arrastrando los pies, o tal vez cojeando. Pensé que estaría borracha. Tenía tierra o sangre en la ropa. Supuse que se había caído. La mencioné cuando nos vimos por primera vez porque estaba intentando desviar su atención.

—¿Desviar nuestra atención de usted? —preguntó Barker.

—¡Sí, de mí! ¡Como es obvio, de mí!

Los detectives intercambiaron otra de sus inescrutables miradas.

—¿Le sorprendería saber que este cuchillo —comenzó a preguntar Barker—, el cuchillo que usted ha identificado como suyo y que, dice usted, usó para asesinar a Daniel Sutherland, fue hallado en el apartamento de la joven que aparece en la fotografía?

—Yo... —La palabra *sorpresa* ni siquiera se acercaba a describir lo que sentía—. ¿En su apartamento? —Un terrible pensamiento acudió a la mente de Theo: ¿era posible que se hubiera sacrificado innecesariamente?—. ¿Encontraron el cuchillo en su apartamento? —repitió como si fuera estúpido—. Ella... bueno. Debió de recogerlo. Quizá me vio tirarlo y... Tal vez ella fue la persona que vi más tarde, tal vez fue entonces cuando la vi...

413

—Acaba de decir que cree que la vio de camino a la barcaza —señaló Chalmers.

—Pero puede que fuera más tarde. Puede que fuera más tarde. Mis recuerdos de esa mañana no son exactamente *cristalinos*. Fueron días estresantes. Y muy emocionales. Yo..., desde luego, estaba muy alterado.

—¿Reconoce esto, señor Myerson?

Tenían otra cosa que mostrarle. Una bufanda.

Él asintió.

—¡Oh, sí! Es mía. Es de Burberry. Es buena. —Levantó la mirada hacia ellos—. La llevaba esa mañana. Creo que se me cayó.

—¿Dónde cree que pudo haberla perdido? —preguntó Chalmers.

—No tengo la menor idea. Como he dicho, mi recuerdo de estos acontecimientos dista de ser perfecto. ¿En la barcaza, quizá? ¿O tal vez por el camino de sirga? No lo sé.

—Imagino entonces que le sorprenderá saber que esto también lo hemos hallado en el apartamento de Laura Kilbride.

—¿De veras? Bueno, si la perdí al mismo tiempo que tiré el cuchillo... —Theo exhaló un suspiro, estaba agotado—. ¿Qué más da? Ya les he confesado que lo hice yo, ¿no? No sé cómo la chica consiguió mi bufanda, yo...

—La señorita Kilbride cree que alguien colocó la bufanda y el cuchillo en su apartamento para incriminarla —dijo Barker.

—Bueno... —Theo se sentía desconcertado—. Podría ser, pero desde luego no fui yo. En primer lugar, no tengo ni idea de dónde vive y, en segundo lugar, acabo de contarles que ambas cosas me pertenecen. ¿Por qué iba a colocarlas en su apartamento y luego decir que son mías? Eso no tendría ningún sentido, ¿verdad?

Barker negó con la cabeza. Parecía contrariado, pensó Theo; su semblante no era ni mucho menos el de un hombre que acababa de solucionar un caso.

—Efectivamente, no tiene sentido, señor Myerson, de verdad que no —respondió y, tras erguir la espalda, colocó los codos sobre la mesa y juntó las puntas de los dedos—. Y la cosa es que solo hemos encontrado una huella dactilar en el cuchillo, y es suya. Un pulgar, para ser exactos. Pero como el cuchillo le pertenece, encontrar una huella suya en él no resulta particularmente sorprendente. Sobre todo si tenemos en cuenta que la encontramos aquí. —Barker señaló un punto del lateral del mango donde este se juntaba con la hoja—. Que no es donde uno esperaría encontrar la huella del pulgar si el cuchillo hubiera sido usado para apuñalar a alguien, pero sí en caso de que lo hubiera sido para, digamos, cortar cebolla.

Theo se encogió de hombros y negó con la cabeza.

—No sé qué quiere que le diga. Lo hice yo. Maté a Daniel Sutherland por su relación con mi exesposa, Carla. Si me trae un papel, lo pondré por escrito. Firmaré una confesión. Aparte de eso, no creo que quiera decir

415

nada más, si no hay ningún inconveniente. ¿Hay algún inconveniente?

De improviso, Chalmers empujó su silla hacia atrás. Parecía molesta. Barker comenzó a negar con la cabeza con expresión triste. Ninguno de los dos lo creía, pensó Theo, y eso lo irritaba. ¿Por qué no lo creían? ¿Acaso no pensaban que fuera capaz de hacer algo así? ¿No parecía un hombre capaz de matar por amor, para proteger a su familia? Aunque, ¿qué más daba si lo creían?, pensó Theo en un arranque de virtuosismo. Había hecho lo correcto. La había salvado.

35

Carla solo quería oír cómo lo negaba.

Ese viernes por la noche, en casa de Theo, un par de días después de haber visto el cuaderno de Daniel, se durmió temprano, completamente borracha, y se despertó de golpe unas pocas horas después con un fuerte dolor de cabeza y la boca seca. Las escenas que Daniel había dibujado se proyectaban cual noticiario cinematográfico en la harapienta pantalla de su cabeza. A su lado Theo roncaba tranquilo. Carla se levantó. No tenía sentido permanecer ahí tumbada, ya no volvería a dormirse. Se vistió sin hacer ruido, cogió la bolsa de viaje que había preparado para pasar la noche y bajó silenciosamente la escalera. De pie ante el fregadero bebió un vaso de agua, y luego otro. La noche anterior había tomado más de una botella de vino, mucho más de lo que había bebido de una sentada en años, y el dolor que sentía ahora detrás de los ojos era insoportable. Encontró una caja de paracetamol en el cuarto de baño de la planta baja y se tomó tres comprimidos.

De vuelta en la cocina buscó un papel y un bolígrafo para dejarle una nota a Theo. «No podía dormir, me he ido a casa» o algo así. Él se sentiría dolido y no lo comprendería, pero en ese instante ella no tenía espacio para sus sentimientos. No tenía espacio para nada. Todo lo ocupaba Daniel.

No encontró ningún bolígrafo. No importaba, ya lo llamaría luego. Un poco más tarde. En algún momento tendrían que hablar al respecto. Él le pediría que le diese algún tipo de explicación que justificara por qué se sentía y actuaba del modo en que había estado haciéndolo.

—Pareces conmocionada, Cee —le había dicho él al llegar a su casa para la habitual cena de los viernes—. ¿No duermes bien? —Carla le había confesado que así era, y él había insistido: ¿cuándo había comenzado a dormir mal?, ¿cuál era la causa? Pero ella había preferido dejar el tema.

—Primero bebamos algo —le había dicho. Y antes de empezar con el vino ya se había tomado dos gintonics. Y no había probado bocado. No era de extrañar que se sintiera así ahora.

No era de extrañar.

A través de las puertas de la cocina vio que el césped del patio estaba cubierto de escarcha. En la calle haría frío. Se puso los guantes, cogió una de las bufandas de Theo que había en el recibidor y se cubrió los hombros con ella. Al cruzar la cocina advirtió que sobre la tabla de picar todavía estaba el cuchillo que Theo había usado la noche anterior para cortar los limones de sus gin-tonics.

Ella solo quería oír cómo lo negaba.

Salió al patio y lo cruzó mientras se ajustaba la bufanda para taparse bien el cuello. Luego abrió la verja trasera y, tras salir al desierto camino de sirga, giró a la izquierda, en dirección a casa.

Una suave niebla, plateada bajo la luz de la luna, se elevaba sobre las aguas. Las luces de las barcazas del canal estaban todas apagadas: debían de ser las cuatro y media, tal vez las cinco de la madrugada. Todavía estaba oscuro. Carla caminaba lentamente, con las manos hundidas en los bolsillos y la nariz debajo de la bufanda. Recorrió cien metros, luego doscientos; dejó atrás los escalones por los que solía subir para ir a casa y siguió adelante.

La mente pareció despejársele con el frío. Iría a verle. Oiría cómo lo negaba. Le oiría decir: «Eso no es cierto, no es real, solo es...». Solo *¿qué?* ¿Qué diantre podía ser? ¿Una fantasía? ¿Una pesadilla? ¿Qué significaba que en un momento dado de los últimos años se hubiera sentado a realizar esos dibujos en los que aparecían él mismo y ella? Y su hijo. ¿Qué significaba que los hubiera dibujado a todos de ese modo?

Lo único que quería era una explicación.

Al acercarse a la barcaza le sorprendió oír voces. En

su interior alguien discutía acaloradamente. En vez de detenerse y llamar a una ventana, tal y como había planeado, apretó el paso, siguió adelante y subió los escalones del puente que había a pocos metros. Desde ahí arriba se quedó mirando la barcaza. Su respiración, acelerada y cálida, formaba volutas blancas de vaho ante ella.

Al cabo de un par de minutos vio que Daniel salía a la cubierta de popa. Iba vestido con unos pantalones vaqueros y llevaba el torso desnudo. Tras ponerse una sudadera, bajó de la barcaza. Le pareció que decía algo, pero el viento y el rumor de las aguas ahogaban sus palabras. Carla observó cómo su sobrino movía la cabeza de un lado a otro, frotándose la nuca con una mano, luego daba unos pocos pasos en dirección al puente y se detenía un momento para encenderse un cigarrillo. Ella contuvo el aliento y deseó que Daniel levantara la mirada hacia ella. Tras darle unas cuantas caladas al cigarrillo, lo tiró y, mientras pasaba por debajo del puente en el que ella se encontraba, se cubrió la cabeza con la capucha de la sudadera.

Unos instantes después, una chica salió de la barcaza. Joven —demasiado, sin duda, para Daniel— y de aspecto desaliñado. Permaneció un momento de espaldas a Carla, mirando a un lado y al otro, como si no estuviera segura de en qué dirección debía ir. Tras echar un fugaz vistazo al puente, bajó la mirada, escupió al suelo y se alejó en dirección opuesta a Daniel, riéndose ella sola.

Empezaba a amanecer. Los primeros y más entregados corredores del día ya se habían calzado las zapatillas deportivas y se dirigían al camino de sirga; un par ya habían pasado por debajo del puente en el que estaba Carla, y pronto habría más. Hacía frío y no sentía deseo alguno de esperar. Quería regresar, no a su casa, sino a la cálida cama de Theo, y tomar una reconfortante taza de café. La confrontación podía esperar a otro día.

Y al pensar eso, justo en el momento mismo en que lo hacía, vio aparecer a Daniel bajo el arco del puente. Su cabeza estaba exactamente debajo de ella. Carla observó entonces cómo su sobrino regresaba a la barcaza, el cigarrillo sujeto con delicadeza entre los dedos índice y corazón —en movimiento, Daniel se parecía mucho a su madre—, y subía a la cubierta de popa. Una vez ahí Carla pensó que levantaría la mirada hacia ella y la vería. En vez de eso, sin embargo, su sobrino agachó la cabeza y desapareció en el interior de la barcaza.

Tras comprobar que no venía nadie por el camino de sirga, Carla se dirigió con rapidez a los escalones del puente, los bajó de dos en dos, corrió hacia la barcaza, saltó a la cubierta y entró. Debió de tardar menos de medio minuto, y ahora se encontraba a solas con Daniel. Él estaba de espaldas a ella, quitándose la sudadera, y se dio la vuelta de golpe alarmado por el ruido. Dejó caer la sudadera a sus pies. Por un momento su expresión permaneció inmutable, pero luego sonrió.

—Hola —dijo—. Menuda sorpresa.

421

Daniel extendió los brazos y se acercó a ella para darle un abrazo.

La mano de Carla, que en ese momento tenía metida dentro de la bolsa, se aferró al mango del cuchillo. Con un solo movimiento lo sacó y se lo clavó con todas sus fuerzas, presionando con el peso de su cuerpo. Vio que la sonrisa de su sobrino se desdibujaba. En la radio sonaba música. No lo hacía muy alto, pero sí lo suficiente para ahogar el ruido que hizo Daniel. Lo que dejó escapar no fue tanto un grito o un chillido como un alarido apagado. Carla retiró el cuchillo y volvió a clavárselo, y luego otra vez, esta segunda en el cuello, rebanándole el pescuezo para silenciarlo.

Mientras tanto no dejó de preguntarle una y otra vez si sabía por qué estaba haciendo eso, pero él ya no podía contestar. Carla nunca llegó a oír cómo lo negaba.

Después cerró con llave la puerta de la barcaza, se desnudó, se duchó, se lavó el pelo y se vistió con la ropa que llevaba en la bolsa de viaje. Las prendas ensangrentadas las metió en una bolsa de plástico que encontró debajo del fregadero y que puso en la bolsa de viaje; también metió el cuchillo envuelto en la bufanda de Theo. Se marchó de la barcaza dejando la puerta abierta y enfiló el camino de sirga a paso ligero, en dirección a la casa de Theo. No era más que una mujer de mediana edad que había salido a dar un paseo matutino; nada en ella llamaba la atención. Entró en el jardín por la verja trasera y en la casa por la puerta de la cocina, donde dejó la bolsa. Luego subió la escalera procurando no hacer ruido, entró en el dormitorio, donde Theo aún dormía, y se metió en el cuarto de baño. Ahí se deshizo de la ropa limpia y volvió a ducharse. Permaneció un largo rato debajo del chorro de agua caliente, agotada, con las manos doloridas, la mandíbula en tensión y los músculos de las piernas tan extenuados como si hubiera corrido un maratón.

Ojalá hubiera podido oír cómo lo negaba. ¿Por qué no le había dado la oportunidad de hacerlo? ¿Por qué había sacado el cuchillo? ¿Por qué había vuelto a casa de Theo, en vez de ir a la suya, si no era para proporcionarse a sí misma una coartada? Podía mentirse todo lo que quisiera, pero cuando permanecía en la cama despierta, como hacía ahora, noche tras noche, Carla sabía cuál era la verdad. Desde el momento en el que vio el dibujo de Daniel en el balcón, mirando desde arriba a su hijo con una sonrisa, supo exactamente lo que iba a hacerle. Todo lo demás, el resto, eran mentiras.

36

Cuando la guardia le dijo que tenía buenas noticias, lo primero que Laura pensó fue que su madre había ido a visitarla y, lo segundo, que le habría gustado que su madre no siguiera siendo, todavía, la primera persona en la que pensaba. Por supuesto, esa no era la noticia. Su madre no había ido a visitarla, ni tampoco había solicitado una visita. Su padre sí lo había hecho, iría al día siguiente, y eso estaba bien, pero Laura no podía evitarlo, quería a su mamá. De algún modo, y a pesar de todo, en sus momentos más oscuros todavía quería a su mamá.

La guardia, que debía de tener más o menos la edad de su madre y, en el fondo, también un comportamiento más maternal que ella, sonrió amablemente y le dijo:

—No es un visitante, cielo. Mejor que eso.

—¿Qué? —preguntó Laura—. ¿Qué es?

La guardia no estaba autorizada para decírselo, pero hizo salir a Laura de la habitación en la que la tenían encerrada y la condujo por un pasillo y luego, tras cruzar algunas puertas más, por otro, y después por otro más; mientras tanto Laura no dejaba de preguntarle:

—¿Qué es? ¿Qué es? Vamos, dímelo.

Al final resultó que se trataba de Tío Nervioso.

—¿Él? —Laura no pudo ocultar su decepción—. ¿*Él?*

La guardia se rio, le indicó a Laura que se sentara y le guiñó un ojo antes de cerrar la puerta.

—¡Me cago en la hostia! —masculló Laura, sentándose a la mesa.

Tío Nervioso la saludó alegremente.

—¡Buenas noticias, Laura! —anunció al tiempo que se sentaba delante de ella.

—Sí, eso me dice todo el mundo.

Y entonces, cosa increíble, resultó que en efecto había buenas noticias.

¡Retiraban los cargos! A Laura le entraron ganas de bailar. Le entraron ganas de rodear con los brazos a Tío Nervioso, de besarlo en la boca, arrancarse la ropa y ponerse a correr y gritar por el centro de detención. ¡Retiraban los cargos! ¡Retiraban los putos cargos!

Consiguió contenerse, pero se puso de pie y, aullando como un cachorro, preguntó:

—¡¿Puedo marcharme ya?! ¡¿Puedo marcharme sin más?!

—¡Sí! —Tío Nervioso parecía casi tan aliviado como ella—. Bueno, no. Es decir, ahora mismo no. Primero necesitaré que me firmes algunos formularios, y... ¿Hay alguien a quien quieras que llame? ¿Alguien que quieras que venga a recogerte, quizá?

Su madre. No, su madre no. Su padre. Aunque, claro, eso implicaría una confrontación con Deidre, lo cual le cortaría el rollo de golpe. Si lo pensaba, era realmente patético. No tenía a nadie, a nadie en absoluto.

—¿Podrías llamar a mi amiga Irene? —se oyó preguntar a sí misma.

—¿Irene? —Preparó el bolígrafo—. ¿Es una familiar o una amiga?

—Es mi mejor amiga —respondió Laura.

Era como volar.

No, no era para nada como volar. En realidad era como si hubiera tenido anudadas las entrañas durante semanas y meses y años y siglos y siglos y, de repente, hubiera aparecido alguien y hubiera deshecho los nudos, y todo hubiera comenzado, al fin, a relajarse: la dureza en su estómago se había mitigado, la quemazón había disminuido, la sensación torturadora y atroz de los calambres y el dolor habían desaparecido, y finalmente —finalmente— podía erguirse. Podía estirar la espalda y echar los hombros hacia atrás, las tetas hacia fuera y respirar. Podía llenar de aire los pulmones. Podía cantar, si quería, una canción que su madre solía cantar.

De modo que ahí estaba Laura, cantando: «*Bueno, te dije que te quería, ¿ahora qué más puedo hacer?*».

La guardia simpática le dijo que fuera a su habitación a recoger sus cosas y que luego se pasara por la cantina a comer algo; era probable que tardaran un poco en terminar todo el papeleo, y para entonces estaría muriéndose de hambre y seguramente no tenía nada en casa, ¿verdad? Los nudos de sus entrañas comenzaron a formarse de nuevo, pero Laura se irguió todavía más, estiró los brazos por encima de la cabeza y apretó el paso.

«Te dije que te quería, y tú me destrozaste el corazón.»

Ahí estaba Laura, sonriendo para sí, la cabeza le bullía y tenía una sensación de hormigueo en la piel. Iba dando brincos y caminando alegre hacia su celda cuando advirtió que, en dirección opuesta, se aproximaba una chica grandullona con un pendiente en la nariz. Era la misma que, tres días antes, en la cantina y sin venir a cuento, la había llamado «jodida tullida de mierda» y le había dicho que la próxima vez que la viera le rajaría la cara.

«Te dije que te quería, ¿ahora qué más puedo hacer?»

La chica grandullona todavía no había reparado en Laura y seguía hablando con su amiga, más pequeña y achaparrada pero de aspecto igual de fuerte, alguien con quien tampoco era buena idea tener problemas.

«¿Quieres que me rinda y muera por ti?»

Ahí estaba Laura, cantando pero con la cabeza gacha y la barbilla bien pegada al pecho. «No levantes la mirada, no la mires a los ojos, hagas lo que hagas no la mires a los ojos.» La chica grandullona estaba cada vez más cerca, se reía de algo que su amiga achaparrada había dicho, y su risa sonaba como un desagüe, igual que un desagüe; y ahí estaba Laura, riéndose también, con la cabeza todavía gacha pero riéndose, incapaz de contenerse porque era divertida, simplemente lo era, la risa esa que sonaba como un desagüe y que salía de la fea bocaza de la chica era muy divertida.

Ahí estaba Laura, que ya no iba con la cabeza gacha, la había levantado y había alcanzado a ver cómo la risa de la chica grandullona se transformaba en un gruñido, al tiempo que su amiga decía:

—¡¿Pero qué cojones...?!

Y ahí estaba Laura, riéndose como una idiota; su risa sonaba como una campanilla, como un enjambre de moscas.

Ahí estaba Laura, sintiendo cómo su cabeza impactaba contra el suelo de linóleo. Ahí estaba Laura, gritando de dolor cuando una bota le aplastó la mano. Ahí estaba Laura, esforzándose para respirar cuando la chica grandullona le hincó la rodilla en el pecho.

«Aquí estoy aquí estoy aquí estoy.»

Ahí estaba.

37

Habían pasado tres días desde que Irene salió de casa por última vez. ¿Tres, o cuatro? No estaba segura, solo sabía que se sentía terriblemente cansada. No tenía nada en la nevera, pero no se veía con fuerzas para salir a la calle, para ir al supermercado y soportar el ruido y a toda esa gente. Lo que de verdad quería hacer era dormir, pero ni siquiera contaba con la energía necesaria para levantarse del sillón y subir al dormitorio. De modo que seguía ahí sentada, junto a la ventana, jugueteando con el borde de la manta que le cubría las rodillas.

Estaba pensando en William. Hacía poco había oído su voz. Irene buscaba su cárdigan porque el tiempo seguía siendo pésimo, todavía hacía mucho frío, y había entrado en la cocina para ver si, como le pasaba a veces, se lo había dejado colgado del respaldo de la silla. Entonces lo oyó, claro como el agua: «¿Te apetece un té, Reenie?».

El encuentro con Theo Myerson la había dejado tremendamente alterada. Y, a pesar de que había tenido lugar hacía ya varios días, todavía se sentía intranquila. Había habido un momento —breve, pero aun así aterrador— en el que Theo había avanzado hacia ella con las manos extendidas, y de hecho ella había pensado que iba a hacerle daño. Casi llegó a sentir sus manos alrededor del cuello. Temerosa, ella se había encogido y él se había percatado del miedo que sentía, estaba segura de ello. Entonces él la había rodeado con los brazos y, con la delicadeza de una madre y sin dejar de temblar, la había levantado y la había llevado al sofá. Luego, sin decirle nada más, sin ni siquiera mirarla, se había dado la vuelta y ella había podido contemplar cómo se arrodillaba delante de la chimenea y, preso de la furia, arrancaba una a una las páginas del cuaderno de Daniel y las arrojaba a las llamas.

Poco después Irene se había marchado en un taxi que él había llamado. Se sentía casi avergonzada por el dolor que le había causado. Si él le hubiera hecho daño, pensaba, se lo habría merecido.

Por terrible que hubiera sido esa tarde, sin embargo, no fue lo peor de todo. Lo peor llegó más tarde. Un par de días después de su encuentro con Myerson, Irene recibió la llamada de un abogado. Este le explicó que Laura Kilbride iba a ser puesta en libertad del centro de detención y le preguntó si podía ir esa tarde al este de Londres a recogerla. Irene se sintió eufórica y excitada

—y también aliviada—, pero pocos minutos después, justo cuando había terminado de organizarlo todo y había llamado a un taxi para que la llevara al centro de detención, recibió otra llamada del mismo abogado. Al parecer, al final Laura no sería puesta en libertad porque le habían dado una paliza y había resultado gravemente herida, de modo que iba a ser trasladada de inmediato a un hospital. Irene se quedó tan contrariada que no llegó a anotar el nombre del abogado ni el del hospital, y al llamar al centro de detención para que le dieran más detalles, no fueron de ninguna ayuda: como no era familiar de Laura, no quisieron explicarle cuál era la gravedad de las heridas que había sufrido, ni por qué razón le habían dado una paliza, o dónde se encontraba en esos momentos.

Desde entonces Irene no había sido capaz de comer nada ni de dormir siquiera un minuto. Se sentía fuera de sí: una expresión extraña y, sin embargo, apropiada, pues, en efecto, se sentía como si estuviera suspendida sobre su propio cuerpo, viviendo acontecimientos que apenas parecían reales. Era como si estuviera leyendo acerca de ellos o viendo cómo se desarrollaban en la pantalla del televisor; le resultaban al mismo tiempo lejanos y, sin embargo, extrañamente intensos. Se sentía al borde de algo: reconocía esa sensación, era el comienzo del tránsito a un estado de conciencia distinto en el que el mundo se desdibujaba y ella iba a parar a otro sitio, un lugar aterrador, confuso y peligroso, pero donde existía la posibilidad de volver a ver a William.

Irene sentía los párpados cada vez más pesados, y había comenzado a reclinar la cabeza hacia el pecho, cuando notó que una sombra pasaba por delante de la ventana y se despertó con un sobresalto. Carla estaba en la calle, buscando algo en su bolso. Irene se inclinó hacia delante y dio unos golpecitos en la ventana. Carla se asustó, levantó la mirada y, al ver a Irene, la saludó con un movimiento de cabeza. No se molestó en sonreír. Irene le indicó con la mano que esperara un momento, pero Carla ya se había dado la vuelta; había encontrado lo que estaba buscando en el bolso —la llave de la puerta, presumiblemente— y había empezado a alejarse.

Irene volvió a sentarse en su sillón. Una parte de ella estaba desesperada por dejarlo estar y olvidarse de todo; al fin y al cabo, Laura ya no era sospechosa del asesinato de Daniel. El daño a la pobre chica ya estaba hecho. La policía tenía un nuevo sospechoso, Theo Myerson. Había salido en todos los periódicos. Todavía no había sido acusado formalmente, de modo que no se mencionaba su nombre, pero era un secreto a voces: un fotógrafo avispado había pillado a Myerson saliendo de un coche de policía delante de la comisaría, y esto, sumado a la noticia de que un hombre de cincuenta y dos años residente en el barrio de Islington estaba ayudando a la policía en su investigación, y al hecho de que los cargos contra

Laura Kilbride hubieran sido retirados, no dejaba mucho lugar a dudas.

Pobre Theo. Irene cerró los ojos. Recordó por un momento la cara que había puesto al ver los dibujos del cuaderno y sintió una punzada de culpa. Con los ojos todavía cerrados, Irene se vio también a sí misma: se imaginó mirándose desde fuera de la habitación, desde la calle, del mismo modo que Carla Myerson acababa de mirarla hacía unos segundos. ¿Qué habría visto Carla? Habría visto a una anciana desorientada, asustada y sola, con la vista perdida y pensando en el pasado, si es que pensaba en algo.

Ahí, en su imaginación, estaba todo lo que Irene temía: verse a sí misma reducida a un cliché de la vejez, convertida en una persona sin voluntad, sin esperanza ni futuro ni objetivos, sentada a solas en un cómodo sillón con una manta sobre las rodillas, en la sala de espera de la muerte.

Pues, como diría Laura: «A la mierda con eso».

Se levantó del sillón y se dirigió a la cocina, donde se obligó a beber un vaso de agua antes de comerse dos galletas integrales de chocolate que ya estaban algo rancias. Luego se preparó una taza de té, a la que añadió dos cucharadas de azúcar, y se la tomó. Esperó unos minutos a que el azúcar y los carbohidratos hicieran efecto y entonces, ya fortalecida, cogió su bolso y las llaves del número tres, abrió la puerta de su casa, recorrió los pocos pasos que la separaban de la de Angela y llamó con tanta fuerza como sus pequeñas y artríticas manos le permitieron.

Como esperaba, no hubo respuesta, de modo que introdujo la llave en la cerradura y abrió la puerta.

—¿Carla? —exclamó al entrar en el recibidor—. Carla, soy Irene. Necesito hablar contigo...

—Estoy aquí. —La voz de Carla sonó alta y alarmantemente cerca, como si surgiera del aire, de la nada. Asustada, Irene dio un paso atrás y casi tropieza en el umbral—. Aquí arriba —indicó Carla, e Irene se inclinó un poco hacia delante y levantó la mirada hacia el lugar desde el que parecía proceder la voz. Carla estaba sentada en lo alto de la escalera, tirando de los hilos sueltos de la moqueta. Tenía el aspecto de un niño que se ha escapado de la cama—. Cuando hayas terminado de decir lo que sea que has venido a decirme, deja por favor esa llave en la cocina —le pidió sin mirar a Irene—. No tienes ningún derecho a entrar en esta casa cuando te apetezca.

Irene se aclaró la garganta.

—No, supongo que no —aceptó. Se acercó a la escalera y, apoyando una mano en la barandilla, se inclinó para dejar las llaves en el tercer escalón—. Aquí tienes.

—Gracias. —Carla dejó de arrancar hilos de la moqueta por un momento y bajó la mirada hacia Irene. Tenía un aspecto espantoso: demacrada, con la piel grisácea y los ojos inyectados en sangre—. Delante de mi casa hay periodistas —comentó en un tono de voz tenue e irritado—, y la policía está registrando de arriba abajo la de Theo. Por eso estoy aquí. No tengo ningún otro sitio al que ir.

Irene abrió su bolso y, mirando en su interior, se puso a revolverlo en busca de algo.

—¿Tienes algo más para mí, Irene? —preguntó Carla. Su voz sonó áspera y ronca—. Porque si no es así, preferiría que...

Irene sacó de su bolso dos pequeñas cajitas. Una era la que contenía la medalla de san Cristóbal, y la otra, el anillo.

—He pensado que querrías recuperar esto —declaró en voz baja, y las dejó en el tercer escalón, junto a la llave.

—¡Oh! —Carla se quedó boquiabierta—. ¡La medalla de san Cristóbal! —Se apresuró a ponerse de pie y casi se cae por la escalera al abalanzarse sobre una de las cajitas. En cuanto la alcanzó, la cogió y se aferró a ella con fuerza—. La has encontrado —dijo sonriéndole a Irene con los ojos llorosos—. No puedo creer que la hayas encontrado. —Extendió una mano para coger la de Irene, pero ella se apartó.

—No la he encontrado —le explicó en un tono mesurado—. Me la dio Laura Kilbride. ¿Te dice algo ese nombre?

Pero Carla apenas la escuchaba. Se había vuelto a sentar, ahora en el tercer escalón, con la cajita abierta en el regazo. Cogió la pequeña medalla de oro, le dio la vuelta entre los dedos y se la llevó a los labios. Irene miraba a la mujer, sombríamente fascinada por esa teatral devoción. Se preguntó si Carla había perdido el juicio.

—Laura —repitió Irene—, la chica a la que arrestaron. La medalla y el anillo estaban en la bolsa que Laura te robó. ¿Me oyes, Carla? ¿No te dice nada todo esto? —Siguió sin obtener respuesta—. Dejaste la bolsa aquí mismo, en el recibidor. La puerta estaba abierta. Laura la vio y la cogió. Luego se sintió mal por ello, así que me devolvió a mí las cosas, solo que... ¡Oh, por el amor de Dios, Carla! —exclamó de repente, consiguiendo al fin que Carla levantara la mirada, sorprendida.

—¿Qué?

—¿De verdad vas a hacer esto? ¿Vas a permanecer sentada aquí fingiendo que no sabes de qué te hablo? ¿Vas a dejar que Theo cargue con la culpa?

Carla negó con la cabeza y su mirada volvió a posarse sobre la medalla de oro.

—No sé qué quieres decir —respondió.

—Theo no mató a ese chico —siguió Irene—. Fuiste tú quien lo hizo. Tú mataste a Daniel.

Carla parpadeó lentamente. Cuando volvió a levantar la vista hacia Irene, tenía los ojos vidriosos y, aun así, su rostro permanecía impasible.

—Mataste a Daniel e ibas a dejar que Laura fuera acusada por ello, ¿verdad? Ibas a dejar que una chica inocente pagara por lo que tú hiciste. ¿Sabías...? —añadió Irene con voz trémula y alzando el volumen—. ¿Sabías que le han dado una paliza mientras la tenían en custodia? ¿Sabías que ha sufrido unas heridas tan graves que han tenido que llevarla al hospital?

Carla agachó la cabeza.

—Eso no tiene nada que ver conmigo.

—Tiene *todo* que ver contigo —exclamó Irene. Su voz resonó por la casa vacía—. Tú viste lo que Daniel dibujó en su cuaderno. Puedes negarlo, pero no servirá de nada. Yo también vi los dibujos. Vi lo que había dibujado... Lo que había imaginado.

—¿Imaginado? —masculló Carla, entrecerrando los ojos y con una expresión repentinamente airada.

Irene retrocedió un paso, alejándose de la escalera y acercándose a la puerta de entrada. Ahí, en medio del recibidor vacío, se sintió a la deriva; estaba desesperada por sentarse, descansar, tener algo a lo que sujetarse. Se mordió el labio inferior y se aferró al bolso como si de un escudo se tratara, entonces se armó de valor y volvió a acercarse a Carla.

—Vi lo que dibujó —dijo—. Tú también lo viste. Y tu marido, antes de que arrojara las páginas al fuego.

Carla se estremeció al oír las palabras de Irene.

—¿Theo lo ha visto? —Frunció el ceño—. Pero si el cuaderno está aquí, se encuentra... ¡Oh! —Exhaló un suspiro y, agachando la cabeza, soltó una risita triste—. No está aquí, ¿verdad? Tú se lo diste. Tú se lo enseñaste. ¿Por qué? —preguntó—. ¿Por qué demonios harías eso? Qué mujer tan extraña y entrometida. Eres una auténtica tocapelotas, Irene. ¿Te das cuenta de lo que has hecho?

—¿Qué es lo que he hecho? —preguntó Irene—. ¡Vamos, Carla, dímelo! —Carla cerró los ojos y negó con la cabeza como un niño malhumorado—. ¿No? Bueno, en ese caso, ¿por qué no te cuento yo qué es lo que has hecho tú? Viste los dibujos de Daniel y decidiste que había matado a tu hijo, de modo que le quitaste la vida. El cuchillo que usaste estaba en la bolsa que Laura te robó, por eso terminó en su apartamento. Y luego tu marido, tu exmarido, quien, por alguna razón que no llego a comprender, te quiere más que a su vida, se inmiscuyó y cargó con la culpa. ¡Y tú te sientas aquí y dices que esto no tiene nada que ver contigo! ¿Es que no sientes nada? ¿No te da vergüenza?

Inclinada sobre su medalla con los hombros encorvados, Carla masculló:

—¿Que no siento nada? Por el amor de Dios, Irene. ¿No crees que ya he sufrido suficiente?

Y ahí estaba, pensó Irene, el quid del asunto. Después de todo lo que había tenido que soportar, ¿cómo iba a importarle lo demás?

—Sé que has sufrido mucho... —comenzó a decir, pero Carla no la dejó continuar.

—No sabes nada —ladró—. No podrías llegar a concebir...

—¿Tu dolor? Tal vez no puedo, Carla, pero ¿de veras crees que el hecho de haber perdido a tu hijo de una manera tan terrible y trágica te da algún derecho? —Carla se agachó como si estuviera a punto de saltar sobre ella;

su cuerpo temblaba de dolor o furia, pero Irene no pensaba acobardarse, y prosiguió—: ¿Crees que el hecho de haber sufrido esa terrible pérdida te da derecho a arrasar con todo y a hacer lo que te plazca?

—¿Lo que me plazca? —Agarrándose con una mano a la barandilla, Carla se puso de pie en el tercer escalón y se alzó sobre Irene—. Mi hijo está muerto —soltó de repente—. Mi hermana también, y murió sin haber obtenido perdón. El hombre al que amo va a ir a la cárcel. ¿Crees que algo de todo esto me proporciona algún placer?

Irene retrocedió un paso.

—Theo no tiene por qué ir a la cárcel —indicó—. Tú podrías evitarlo.

—¿Y de qué serviría? —preguntó Carla—. ¿De qué...? —Se dio la vuelta con expresión de asco—. No sirve de nada intentar explicártelo. ¿Cómo diantre podrías entender lo que es amar a un hijo?

Otra vez eso. A lo que siempre se reducía todo. No puedes entenderlo, tú no eres madre. Nunca has experimentado el amor, no de verdad. Sea lo que sea, careces de la capacidad de sentir ese amor ilimitado e incondicional. También la de sentir un odio desenfrenado.

Irene cerró y abrió los puños a ambos lados de su cuerpo.

—Es posible que no pueda entender un amor como ese —aceptó—. Es posible que tengas razón. Pero ¿enviar a Theo a la cárcel? ¿Qué tiene que ver eso con el amor?

Carla frunció los labios.

—Él lo entiende —respondió en un tono contenido—. Si, como dices, Theo ha visto el cuaderno de Daniel, entonces sin duda entiende por qué tuve que hacer lo que hice. Y tú, ahí delante, con tu indignación y tu superioridad moral, también deberías entenderlo, porque no lo hice solo por Ben, sino también por Angela.

Irene negó con la cabeza con incredulidad.

—¿Por Angela? ¿De verdad vas a quedarte ahí plantada diciendo que mataste a Daniel *por Angela*?

Carla extendió una mano y, con sorprendente delicadeza, la colocó sobre la muñeca de Irene y cerró los dedos a su alrededor para atraer a la anciana hacia ella.

—¿Cuándo fue? —susurró con una expresión repentinamente seria y casi esperanzada—. ¿Cuándo crees tú que Angela se enteró?

—¿Se enteró?

—De lo de Daniel. De lo que había hecho. Lo que *era*.

Irene apartó la mano al tiempo que negaba con la cabeza. No, Angela no podía haberse enterado. La idea de que viviera con algo así era demasiado horrible para siquiera contemplarla. No. Y, en cualquier caso, no había nada de lo que enterarse, ¿verdad?

—Era ficción —insistió Irene—. Algo que tal vez dibujó para intentar procesar una experiencia que había vivido de pequeño, y por alguna razón se representó a sí mismo como el villano. Puede que se sintiera culpable, quizá creía que debería haber estado vigilando a Ben, o tal vez fue un accidente... Es posible que se tratara de un mero error. —Irene era consciente de que, en parte, estaba intentando convencerse a sí misma—. A lo mejor solo fue un desliz infantil. Era muy pequeño, difícilmente podía llegar a comprender las consecuencias.

Carla asintió mientras escuchaba a Irene.

—Lo he considerado. He considerado todo esto que dices, Irene. De veras, lo he hecho. Pero piensa en esto: era un niño; de acuerdo, por aquel entonces lo era. Pero ¿y más adelante? Digamos que tienes razón, digamos que fue un desliz infantil o un accidente. Eso, sin embargo, no explica su comportamiento posterior. Él sabía que yo culpaba a Angela por lo que había pasado, y dejó que lo hiciera. Permitió que la castigara, y también que Theo la rechazara. Fue testigo de cómo ella se hundía poco a poco bajo el peso de la culpa y no hizo nada al respecto. Aunque, en realidad, eso no es cierto. —Carla negó despacio con la cabeza—. Sí que hizo algo: empeoró las cosas. Le dijo a su psicólogo que la muerte de Ben era culpa de Angela. Y permitió que yo creyera que Angela lo maltrataba. Para él todo esto era... Dios mío, ni siquiera sé qué era para él. ¿Un juego, tal vez? Jugaba con nosotros, con todos nosotros. Manipulándonos por mera diversión, supongo. Para obtener una sensación de poder.

Eso era algo monstruoso, impensable. ¿Qué mente tan retorcida podía pensar así? Irene se sorprendió a sí misma sospechando que tal vez era la mente de Carla la que estaba monstruosamente retorcida: ¿no era su interpretación de los acontecimientos tan perturbadora como las imágenes mismas del cuaderno de Daniel? Y, sin embargo, cuando pensaba en Angela despotricando de su hijo y expresando su deseo de que no hubiera nacido, la versión de los acontecimientos de Carla adquiría una tremenda verosimilitud. Irene recordó entonces aquella cena de Navidad que nunca llegó a celebrarse, cuando Angela declaró envidiar a Irene por no haber tenido hijos; y recordó también la disculpa que le ofreció al día siguiente. «Una dejaría que el mundo ardiera —había dicho— con tal de que ellos fueran felices.»

Carla se dio la vuelta y comenzó a subir despacio la escalera. Cuando llegó a lo alto, se volvió hacia Irene.

—De modo que, como ves, *en efecto*, en parte fue por ella. Suena terrible en voz alta, ¿verdad? Maté a su hijo por ella. Pero, de algún modo, es cierto. Lo hice por mí, por mi hijo y por Theo; pero también por ella. Por la ruina en la que había convertido la vida de Angela.

Cuando Irene hubo regresado a su casa pensó en que, si bien a veces podía resultar pesado, otras, el hecho de que, al ver a ancianas como ella, gente como Carla las desestimara por considerarlas necias, distraídas, olvidadizas y tontas, también tenía sus cosas buenas. Al menos había sido una suerte que ese día Carla opinara que no era más que una vieja en la antesala de la muerte, ajena a las cosas de este mundo y desconocedora de sus complicaciones y sus desarrollos tecnológicos, sus dispositivos, sus teléfonos móviles y sus aplicaciones de grabación de voz.

38

El tiempo había vuelto a cambiar, y el ambiente glacial de la última semana había dado paso súbitamente a un bendito frente de aire cálido procedente del Mediterráneo. Dos días antes Miriam se acurrucaba frente a su estufa de leña con el abrigo y la bufanda puestos; ahora, hacía el suficiente calor para que pudiera sentarse en la cubierta de popa a disfrutar de su café matutino y leer las noticias.

Lo que había publicado el periódico esa mañana era digno de una obra de ficción: Theo Myerson había sido puesto en libertad, si bien todavía afrontaba cargos por haber hecho perder el tiempo a la policía y por entorpecer el curso de la justicia, mientras que su esposa era ahora a quien acusaban de asesinato después de que la policía hubiera obtenido (a través de una fuente anónima) la grabación de su dramática confesión.

Así pues, después de todo resultaba que la persona a

quien Miriam había estado intentando incriminar por el asesinato de Daniel Sutherland era, en realidad, la persona que había asesinado a Daniel Sutherland. ¿No resultaba irónico? Ciertamente, no decía nada bueno sobre el talento de Miriam para incriminar a gente inocente.

¡Digno de una obra de ficción! Miriam no pudo evitar reír. ¿Intentaría Myerson convertir todo este embrollo en una novela? Quizá debería hacerlo *ella*. ¡Eso sí supondría un auténtico cambio de tornas! Podría coger elementos de la vida de Myerson y usarlos como material literario, distorsionarlos a placer, robarle su voluntad, sus palabras, su poder.

Aunque, claro, tal vez hubiera un modo de proceder más sencillo —y seguramente más lucrativo—: ¿Y si llamaba al *Daily Mail*? ¿Cuánto le pagarían por una exclusiva de primera mano sobre Theo Myerson? Bastante, supuso ella, pues Myerson era el tipo de persona —rica, lista, sofisticada, de izquierdas, un claro ejemplo de decadente élite metropolitana— que el *Daily Mail* odiaba.

Se terminó el café, entró en la barcaza y, tras sentarse a la mesa de la cocina frente a su portátil, ya había empezado a teclear «cómo vender una exclusiva a un periódico» en Google cuando, justo en ese momento, llamaron a una de las ventanas de la barcaza. Miriam levantó la vista y casi se cae del taburete. ¡Myerson!, inclinado en el camino de sirga, mirándola por una de las ventanas.

No sin recelos, la mujer volvió a salir a la cubierta de popa. Theo estaba a unos pocos metros, con las manos en los bolsillos, y la miraba con expresión taciturna. Parecía haber envejecido desde la última vez que lo había visto, cuando lo arrestó la policía. Aquel día aún conservaba su habitual aspecto corpulento y rubicundo; ahora estaba visiblemente más delgado, consumido y alicaído. Abatido. A Miriam se le encogió el corazón. Debería haber estado saltando de alegría, ¿acaso no era eso lo que deseaba? Verlo humillado, sufriendo. ¿Por qué diantre ahora sentía pena por él?

—Mira —dijo Myerson—. Ya basta, ¿de acuerdo? Yo solo... Estoy seguro de que eres consciente de que estoy pasando por algo que... —Se encogió de hombros—. Ni siquiera puedo expresarlo con palabras. Sí, me doy cuenta de la ironía. En cualquier caso, preferiría no implicar a la policía. Este último mes ya he tratado con ellos más de lo necesario; lo suficiente para toda una vida. Pero si sigues acosándome, no me dejarás otra alternativa.

—¿Cómo dices? ¿*Acosarte*? Si ni siquiera me he acercado a ti.

Theo exhaló un suspiro de agotamiento. Del bolsillo interior de su chaqueta sacó un trozo de papel, que desdobló despacio y con mucho cuidado. Comenzó a leerlo en un tono de voz plano, carente de inflexión:

—«El problema de las personas como usted es que se piensan que están por encima de todo. Esa historia no era suya, era mía. ¡¡¡No tenía derecho a usarla como lo hizo!!! Debería pagar a la gente por usar sus historias. Debería tener que pedirles permiso. ¿Quién se cree que es para usar mi historia...?». Etcétera, etcétera. Hay media docena más, iguales que esta. Bueno, no son iguales del todo, al principio eran educadas muestras de interés en mi obra, claramente a modo de anzuelo para que respondiera contando algo acerca de mi inspiración para la novela, pero la cosa se deterioró enseguida. Ya puedes imaginar qué dicen. Sabes lo que dicen. Tú escribiste lo que dicen. ¡Por el amor de Dios, Miriam, tienen matasellos de Islington! Se nota que intentaste disimular quién eres, pero...

Desconcertada, Miriam se lo quedó mirando.

—Esa carta no es mía. Quizá también le robaste la historia a otra persona. A lo mejor es lo que haces siempre.

—¡Oh, por el amor de Dios!

—¡No es mía!

Theo retrocedió un paso al tiempo que soltaba una larga y estremecedora bocanada de aire.

—¿Es dinero lo que quieres? —le preguntó—. Aquí lo dices: «Debería pagar a la gente por usar sus historias». ¿Es eso lo que quieres? ¿Qué cantidad? ¿Qué cantidad es necesaria para que me dejes...? —la voz se le quebró, y Miriam notó horrorizada que las lágrimas acudían a sus ojos—, ¿...para que me dejes en paz de una vez?

Miriam se enjugó rápidamente las lágrimas y bajó de la barcaza. Extendió una mano.

—¿Podría verlas, por favor? —preguntó. Theo se las dio sin decir nada.

El papel era fino, de mala calidad, y la letra era buena, pero infantil.

Myerson:

¿Por qué no contesta a mis cartas? El problema de las personas como usted es que se piensan que están por encima de todo. Esa historia no era suya, era mía. ¡¡¡No tenía derecho a usarla como lo hizo!!! Debería pagar a la gente por usar sus historias. Debería tener que pedirles permiso. ¿Quién se cree que es para usar mi historia sin pedírmelo? Ni siquiera hizo un buen trabajo. El asesino de la historia es débil. ¿Cómo puede un hombre débil hacer lo que hizo? Aunque usted qué sabrá. No mostró respeto.

Miriam negaba con la cabeza.

—Esto no lo he escrito yo —insistió, dándole la vuelta a la carta—. No puedes pensar en serio que es mía. Esta persona apenas sabe escribir.

Comenzó a leer la siguiente.

La policía le ha arrestado así que quizá no es mucho mejor que los demás después de todo. Quizá debería hablar yo con la policía para contarle que me robó la historia. Debería haber una tarifa al menos, pero lo que realmente no entiendo es cómo sabía lo de Black River.

A Miriam el corazón le dio un vuelco.

Le dejaré en paz y no volveré a escribirle si me cuenta cómo se enteró de lo de Black River.

Un agujero pareció abrirse bajo sus pies.
Leyó una frase en voz alta.
—«Cómo se enteró de lo de *Black River*.»
—Es una canción —dijo Theo—. No es ninguna referencia al lugar, es...
—Sé lo que es —respondió Miriam. El mundo comenzó a teñirse de negro y la oscuridad la envolvió con tanta rapidez que fue incapaz de zafarse de ella. Abrió la boca, pero no pudo llenar de aire sus pulmones, no funcionaban; ni el diafragma, tampoco los músculos de las piernas o los brazos. Comenzó a temblar violentamente y la visión se le nubló por completo. Lo último que vio antes de desmayarse fue el desconcertado rostro de Theo Myerson.

—Sonaba en su coche, en la radio. Me refiero a la canción. Recuerdo que el tipo comenzó a toquetear el dial. Quería cambiar de emisora, pero Lorraine le pidió que no lo hiciera. Estaba cantándola. Estaba cantándola, y le preguntó: «¿No te gusta esta? Es *Black River*».

Myerson dejó un vaso de agua en la mesita de noche y luego permaneció de pie, mirándola, incómodo. Debía de haber sido embarazoso: Theo Myerson, ayudándola a ponerse de pie después de haberse desmayado —*desvanecido*, como una ridícula damisela victoriana en un día caluroso— en el camino de sirga, y luego los dos, caminando juntos como una vieja pareja de vuelta a la barcaza, donde él la había acostado en la cama como si fuera una niña. Como si fuera una inválida. Miriam se habría sentido mortificada de haber sido capaz de sentir mortificación, de haber sido capaz de sentir cualquier otra cosa que no fuera una especie de confuso terror. Estaba tumbada de espaldas, con la vista puesta en los tablones de madera del techo, intentando concentrarse en su respiración, dentro y fuera, intentando concentrarse en el aquí, en el ahora. Pero no podía, no estando él ahí fuera.

—¿A quién más se lo enseñaste? —preguntó Theo—. Me refiero a tu... manuscrito. ¿Quién más lo ha leído?

—No se lo he enseñado a nadie más —respondió Miriam—. Salvo a Laura Kilbride, pero eso fue hace poco, y según los periódicos, no está en condiciones de ponerse a escribir cartas. No se lo he enseñado a nadie más.

—Eso no puede ser cierto. Se lo enseñaste a un abogado, ¿no? —insistió Theo, que se alzaba sobre ella, frotándose la calva de su gran cabeza—. ¡Tuviste que hacerlo! A mi abogado se lo enseñaste cuando presentaste tu... queja. —Cambió el peso del cuerpo de un pie a otro—. Tu demanda.

Miriam cerró los ojos.

—Nunca llegué a enviarle a nadie todo el manuscrito. Solo una selección de páginas donde señalaba varias similitudes. No incluí la escena en la que Lorraine cantaba, a pesar de que... a pesar de que tal vez era la prueba más clara de tu robo. —Theo hizo un mohín; pareció que quería decir algo, pero que luego se lo pensaba mejor—. No quería mencionar esa escena, no quería ni siquiera pensar en ella, en la última vez que oí su voz así, la última vez que la oí feliz, despreocupada. La última vez que la oí sin miedo.

—Dios mío. —Theo exhaló poco a poco una bocanada de aire—. ¿Te importa? —preguntó señalando la cama y, durante un desconcertante momento, Miriam no estuvo segura de qué era lo que le estaba preguntando. Finalmente él instaló su gran trasero en la esquina del colchón, a dos o tres centímetros de los pies de Miriam—. No puede ser, Miriam. Está muerto. Jeremy está muerto. Tú lo dijiste, la policía lo dijo...

—Yo deseé que así fuera, y la policía es lo que supuso. Mucha gente dijo que lo había visto en multitud de sitios distintos: Essex, Escocia, Marruecos. La policía lo comprobó, o al menos aseguró que lo había hecho. No sé hasta qué punto se lo tomaron en serio... Pero todo esto ya lo sabes, ¿no? Está en el libro.

Theo hizo una mueca.

—¿No había algo sobre un pie...? —aventuró él, sonrojándose.

Miriam asintió.

—Unos niños que jugaban en una playa, cerca de Hastings, encontraron un pie humano pocas semanas después de que Jeremy desapareciera. Era del tamaño y color adecuados, y su grupo sanguíneo era el mismo que el de Jeremy. Todo esto fue antes de que existieran los análisis de ADN, de modo que no había forma de comprobarlo con seguridad, pero se dio por sentado que era suyo. Pensaron que tal vez el cuerpo se había estrellado contra las rocas en algún lugar de la costa, o que se había quedado enganchado en la hélice de algún barco. En cualquier caso eso supuso el final de la investigación. Dejaron de buscarlo.

—Pero... —Theo negó con la cabeza—. Piensa en ello. Si de alguna manera consiguió escaparse, fingió su propia muerte y cambió de identidad, debería haber habido otras, ¿no? Otras chicas, quiero decir, otras mujeres. Un hombre así, un hombre capaz de hacer lo que os hizo a ti y a tu amiga, no lo hace una sola vez y luego deja de hacerlo, ¿no?

—Quizá sí. —Miriam rechazó la idea—. ¿Dónde está escrito que todos desarrollen un gusto por ello? Quizá lo probó y no terminó de gustarle. Quizá le asustó. Quizá no le satisfizo del modo en que esperaba que lo hiciera. O quizá... —La barcaza se balanceó a causa de la estela que dejó a su paso otra embarcación, y Miriam volvió a abrir los ojos y a fijar la mirada en el techo—. Quizá no lo hizo solo una vez. Quizá siguió haciéndolo y, simplemente, no se relacionaron los casos. Por aquel entonces era más fácil, ¿no? Los hombres como él podían seguir actuando, ir de un lado a otro, existiendo en los márgenes, deambular sin rumbo durante años. Podría haberse ido al extranjero, podría haber cambiado de nombre, podría estar... —Su voz vaciló—. *En cualquier parte.*

Myerson arrastró el trasero por el borde de la cama para sentarse al lado de Miriam en vez de a sus pies. Luego extendió una mano y —la mujer apenas podía creérselo— tomó una de las de ella.

—Tengo su dirección de correo electrónico —dijo—. La policía podría localizarlo. Podría entregarles sus cartas, podría explicarles..., *podríamos* explicárselo todo. —Se la quedó mirando fijo a los ojos—. Todo.

Miriam retiró la mano. *¿Todo?* Myerson estaba ofreciéndole, entendía ella, una disculpa. Un reconocimiento. Si iban a la policía con esas cartas, tendrían que explicar el motivo por el que Theo había sido su destinatario, y también por qué ambos habían deducido que solo una persona en el mundo podía saber lo de la canción y la importancia que esta tenía. Y, al hacerlo, Theo se vería obligado a desenmascararse y reconocer que Miriam había sido la inspiración de su novela. Ella conseguiría todo lo que quería.

Miriam parpadeó lentamente y negó con la cabeza.

—No —respondió—. No, eso no servirá. —Se pasó el dorso de la mano por la cara y se incorporó sobre los codos—. No te pondrás en contacto con la policía, te pondrás en contacto con él. Responderás a sus preguntas. A algunas, por lo menos. —Se quedó un momento callada para formular bien lo que quería decir—. Sí, te pondrás en contacto con él y le pedirás disculpas por no haber contestado a sus cartas. Y quedarás con él.

Theo asintió con los labios fruncidos y frotándose la cabeza.

—Puedo hacerlo. Puedo decirle que nos veamos para responder en persona a sus preguntas. Y, cuando llegue, la policía estará ahí, esperándole.

—No —rechazó Miriam con firmeza—. La policía no estará esperándole.

Durante un largo momento Theo le sostuvo la mirada. Luego la apartó.

—Está bien —accedió.

39

Ahí estaba ella, en la habitación de invitados de casa de Irene, observando la cama individual hecha con cuidado, a los pies de la que habían colocado una toalla de color amarillo canario doblada con cuidado. La estancia contaba también con un armario ropero, una librería y una mesita de noche sobre la que Laura había colocado la fotografía pintarrajeada en la que aparecía ella con sus padres. Se la quedó mirando un momento antes de darle la vuelta y ponerla de cara a la pared.

Podía oír la risa sorprendentemente juvenil de Irene en la planta baja. Escuchaba algo en la radio, un programa en el que la gente tenía que hablar tanto rato seguido como pudiera sin repetirse o vacilar. Laura no terminaba de pillarlo, pero Irene se moría de la risa, algo que en sí mismo resultaba hilarante.

Cuando hubo sacado y colocado todas sus cosas —no tenía muchas, pero le costaba hacerlo todo con una sola mano—, Laura se sentó en la cama y se recostó contra la pared. El borde de la escayola que le habían puesto en la muñeca había comenzado a deshilacharse, y se entretuvo tirando ociosamente de los hilitos de yeso mientras escuchaba el leve murmullo de las voces al otro lado de la pared. La casa —la casa de Angela— estaba en venta, y las visitas de posibles compradores eran constantes. Nadie había hecho todavía una oferta. O eso le había dicho el agente.

—Mirones, recopilan material para sus lamentables podcast sobre crímenes reales —protestó él cuando se lo encontró en la calle, fumando con frenesí.

Algunos habían llamado a la puerta de casa de Irene, pero Laura los había echado. También habían llegado auténticos periodistas, pero Irene no tenía intención de hablar con nadie. Ya lo había hecho: con la policía. Y tampoco pretendía escuchar nada más. En cuanto a la grabación, Laura se sentía muy orgullosa de la anciana, más de lo que lo había estado nunca de ningún miembro de su propia familia. Había empezado a llamarla Miss Marple, pero Irene había puesto fin a eso con rapidez, sorprendentemente irritada.

Ahora, además de escuchar programas de radio, leer novelas y ayudar a Laura a lidiar con todas las cuestiones legales que tenía que afrontar (como la demanda que había presentado solicitando una indemnización por las lesiones sufridas, su inminente comparecencia ante un tribunal y todo eso), la anciana solía hablarle de hacer un viaje, ellas dos juntas. Siempre había querido ir a un lugar llamado Positano donde, al parecer, habían ambientado esa película sobre Hannibal Lecter. O algo así.

Laura le dijo que no podía permitirse ir de viaje, o al menos no hasta que recibiera la indemnización, pero Irene le respondió que eso no era ningún problema.

—Teníamos ahorros, William y yo —le explicó, y cuando Laura le dijo que no podían gastarse sus ahorros, Irene se limitó a chasquear la lengua.

—¿Por qué no? Cuando me muera no podré llevármelos conmigo.

Laura se había sentido algo mareada. Un bajón de azúcar, tal vez, o quizá era el narcótico efecto de ver que sus horizontes, tan estrechos durante tanto tiempo, volvían a expandirse.

Pero todavía no podían ir a ningún lado. Laura todavía estaba recuperándose de sus lesiones: conmoción cerebral, una costilla rota y la mano izquierda destrozada. Aquella chica, la grandullona con el pendiente en la nariz, le había pisado con fuerza la muñeca con su enorme pie del 42.

—Hay veintisiete huesos en la mano —le había explicado el médico, señalándole la imagen de la pantalla para enseñarle el alcance de los daños—, y a ti te han roto quince. Has tenido mucha suerte...

—Sin duda me siento muy afortunada —le había contestado Laura.

El médico había sonreído con benevolencia.

—Has tenido mucha suerte de que las fracturas hayan sido limpias. Con la fisioterapia adecuada deberías poder volver a mover la mano con normalidad.

De vuelta a rehabilitación, como en los viejos tiempos.

—Parece que hayamos regresado al punto de partida —gimió la madre de Laura, después de llorar con histrionismo junto a su cama del hospital durante lo que probablemente fueron solo unos pocos minutos, pero que a Laura le parecieron días—. No me puedo creer que volvamos a estar aquí, que estés herida de gravedad, en el hospital...

—Al menos esta vez no ha sido porque el tipo con el que estás echándote una cana al aire me haya atropellado con su coche y luego se haya dado a la fuga, ¿no?

Su madre no se quedó mucho rato. Su padre tampoco porque Deidre lo esperaba en el coche, aparcada en doble fila.

—¡Con un poco de suerte, se la llevará la grúa! —bromeó él con una risita nerviosa, al tiempo que miraba por encima del hombro por si ella le oía. Tras darle un apretón en la mano sana y un beso en la frente, le prometió a Laura que volvería a visitarla pronto.

—Quizá, cuando estés mejor, podríamos pasar más

tiempo juntos —añadió, deteniéndose un momento en la puerta cuando ya salía—. Tal vez incluso podríamos vivir juntos. ¿Qué te parecería, cielo?

Laura negó con la cabeza.

—No puedo, papá. Eso ya lo intentamos. Es imposible que Deidre y yo podamos vivir bajo el mismo techo...

—¡Oh, eso ya lo sé! —dijo él, asintiendo vigorosamente—. Lo sé muy bien. Sé que no podríais volver a vivir juntas. Me refería a un poco más adelante. Ya sabes, cuando la deje...

Laura le dedicó una sonrisa tranquilizadora a su padre. No pensaba hacerse ilusiones.

Huevo también fue a visitarla. Detective Barker, se llamaba. Al final había conseguido recordarlo, aunque en su corazón siempre sería Huevo. Fue a decirle lo mucho que sentía que le hubieran hecho daño, y también que Miriam, la mujer del canal, había retirado la demanda que había presentado contra ella.

—Ha admitido que tenía tu llave. Tuvimos que hablar con ella sobre una serie de declaraciones que hizo durante la investigación y que resultaron no ser del todo ciertas.

—Me dejas pasmada —respondió Laura, sonriéndole—. Realmente pasmada.

Él enarcó una ceja.

—Tienes que oír lo que nos ha contado ahora. Asegura que ella intentaba ayudarte a pesar de creer que eras culpable, y que al mismo tiempo pretendía incriminar a Carla Myerson, quien creía que era inocente pero que, como ahora sabemos, en realidad era culpable.

—Es imposible inventarse algo así —opinó Laura.

Esta vez fue él quien le sonrió a ella.

—Estaremos en contacto, Laura —le dijo cuando ya se iba—. Todavía está pendiente el asunto del robo de la bolsa de Carla, con el cuchillo y las joyas.

—Y no te olvides de lo del tenedor —le recordó Laura.

—Sí, claro. El tenedor.

Por la noche, tumbada en su cama individual y arropada bajo las raídas sábanas, Laura colocó la palma de la mano sana en la pared, al otro lado de lo que había sido el dormitorio de Daniel. Había algo extrañamente circular en todo ese asunto, en el hecho de que todo hubiera comenzado con ella en la cama con Daniel y terminara también con ella, separada de su dormitorio por solo unos pocos centímetros de ladrillos victorianos.

Solía recordar aquella noche en la barcaza y el amanecer de la mañana siguiente, y lo extraño era que lo que la atormentaba no era Daniel y su repentino cambio de comportamiento, ese súbito paso del encanto a la crueldad, ni tampoco la expresión de su rostro cuando se abalanzó sobre él, enseñando los dientes.

No, lo que no podía quitarse de la cabeza era el momento en el que salió de la barcaza, el momento en el que descendió de la cubierta a tierra y echó un vistazo a su derecha. El momento en el que vio, bajo la luz tenue y grisácea del amanecer, a una mujer mirándola desde lo alto del puente. Lo que la atormentaba ahora era que, ni siquiera si su vida hubiera dependido de ello, habría sido capaz evocar la expresión de esa mujer. No podía decir si parecía triste o enfadada, destrozada o decidida.

EPÍLOGO

Un hombre ha sido hallado muerto en una barcaza del canal.

(Detenme si te parece que has oído esto antes.)

Carla oyó los rumores y las bromas tontas de las otras mujeres durante el almuerzo. «¿Otro más, Cazza? Estás muy ocupada, ¿no?» Por la tarde fue a la biblioteca; no le estaba permitido leer noticias sobre crímenes en internet, pero convenció a uno de los guardias (un «¡superfán de Myerson!») para que le imprimiera el artículo en casa y se lo llevara.

SOSPECHOSO DE ASESINATO HALLADO MUERTO

El cadáver en avanzado estado de descomposición de Jeremy O'Brien, de 58 años, también conocido como Henry Carter y James Henry Bryant, ha sido hallado en una barcaza parcialmente sumergida en el Regent's Canal. O'Brien, a quien se buscaba en relación con el asesinato en 1983 de la adolescente Lorraine Reid, y que presumiblemente se había quitado la vida tras su desaparición, pocos días después del asesinato de Reid.

La policía ha declarado que, en la década de los ochenta, O'Brien se fue a vivir con su hermanastro a España, donde empleaba el nombre de James Henry Bryant. En 1988 sufrió un grave accidente de coche que le dañó la columna vertebral, y desde entonces usaba silla de ruedas. La policía cree que regresó a Inglaterra el año pasado, después de la muerte de su hermanastro, y que estaba viviendo en una residencia del norte de Londres bajo el nombre de Henry Carter.

A pesar de las similitudes entre el asesinato de O'Brien y el de Daniel Sutherland, de 23 años, acaecido seis meses atrás —ambos cadáveres fueron hallados en barcazas del canal y ambos murieron a causa de heridas de cuchillo en el pecho y el cuello—, la policía ha asegurado que no existen vínculos ente ambos asesinatos, señalando que la mujer condenada por haber matado a Daniel Sutherland —Carla Myerson, encarcelada en la prisión HMP Bronzefield desde julio— se declaró culpable del crimen y realizó una confesión completa.

Carla dejó de leer. Dobló la hoja de papel y se la devolvió al guardia.

—Gracias —dijo—. Theo me ha comentado que te ha enviado por correo un ejemplar firmado de su último libro.

Unos días después Carla recibió una carta de una criminóloga en la que le preguntaba si podía visitarla para hablar sobre su caso. No sentía ningún deseo en particular de hablar con nadie sobre su caso, pero sí de conversar con alguien educado. Dijo que sí.

La criminóloga, una mujer imposiblemente joven de ojos vivos y aspecto lozano, resultó ser una estudiante con esperanzas de obtener un sobresaliente en su tesis (¡y quizá incluso un contrato para la publicación de un libro!), un trabajo cuyo tema central giraba alrededor de Carla. Ya había habido una falsa confesión en este caso, ¿podía ser que fueran dos? ¿Cabía la posibilidad de que Carla hubiera sido víctima de un error judicial? ¿Existía un asesino en serie que iba detrás de hombres que vivían en el Regent's Canal o cerca de este? ¿Existía un asesino en serie que iba detrás de otros asesinos?

La pobrecilla se lo había tomado tan dolorosamente en serio que Carla se sintió un poco mal por reventar su burbuja especulativa. No se había producido ningún error judicial, le dijo con tranquilidad a la joven, ni tampoco había ningún asesino en serie en el canal. Los dos casos no tenían nada que ver entre sí.

—Pero su marido, él pensaba...

—¡Oh! —Carla sonrió como disculpándose—. Ha estado hablando con Theo. Me temo que lo que él le diga debe cogerlo con pinzas. Es un soñador, vive en su propio mundo.

—Entonces ¿definitivamente fue...? ¿Definitivamente lo hizo? —preguntó la estudiante. En su joven rostro podía percibirse con claridad la decepción que sentía.

Carla asintió.

—Lo hice, sí.

—Pero... ¿por qué? ¿Podemos hablar de por qué lo hizo?

Carla negó con la cabeza.

—Ya le advertí en mi correo electrónico que no estaba preparada para hablar con detalle de las circunstancias. Lo siento.

—¿De verdad? Es que es usted tan atípica; de clase media, educada, no está casada...

—¿Qué tiene que ver eso con nada? —preguntó Carla—. Mi estado civil, quiero decir.

—Bueno, es que las mujeres asesinas suelen ajustarse a roles de género más tradicionales: casadas y con hijos, ya sabe. Usted, en cambio, no encaja del todo en ese perfil.

—Estuve casada y tuve un hijo —le recordó Carla con tristeza.

—Sí, pero... Está bien. —No sabía qué más preguntar. Echó un infeliz pero esperanzado vistazo alrededor de la estancia, como lo haría alguien atrapado con una persona aburrida en una fiesta, buscando a otra más interesante con quien hablar—. Bueno —dijo al fin—, ¿podría al menos decirme una cosa? ¿Se arrepiente?

En la confesión que le hizo a Irene —no así la que le había hecho a la policía, que no había sido ni mucho menos tan completa, sino apenas una confesión parcial; los detectives solo habían obtenido migajas, con ellos se había negado a desarrollar nada en profundidad—, Carla rechazó la idea de que Daniel hubiera cometido un desliz infantil. Afirmó que lo suyo se había tratado de tortura y manipulación, y lo dijo en serio.

Ahora, sin embargo, cuando dejaba que su mente divagara (y no tenía muchas otras cosas que hacer), iba a lugares a los que hubiera preferido no llegar.

Se preguntaba si, tal vez, lo que en ese primer arrebato de furia había considerado manipulación, no podía en realidad haberse tratado de otra cosa. ¿Y si el flirteo de Daniel no era calculado? ¿Y si simplemente era el modo que tenía él de quererla? ¿Y si no sabía hacerlo de otra forma? Puede que la historia que ella se había contado a sí misma no fuera más cierta que el mito que el propio Daniel se había construido.

Era una carretera oscura por la que transitar, y se volvía todavía más oscura cuando una se daba cuenta de que solo tenía un sentido: cuando empezabas a recorrerla, ya no había salida ni vuelta atrás.

Últimamente, cuando Carla pensaba en lo que había hecho, veía sus actos bajo una luz distinta. Ahora que ya no estaba anestesiada por el miedo o la excitación (sí, ese momento febril le había parecido excitante) se daba cuenta de lo que había hecho. Sangre (¡cuánta sangre!), el ruido que salió de Daniel, ese nauseabundo gorjeo en su garganta, la salvaje blancura de sus ojos, el olor metálico, el olor a orina, el aroma de su sufrimiento, de su terror.

Debió de sufrir un episodio de locura. ¿Podía contarse a sí misma esa historia? ¿Podía llegar a convencerse de que el dolor y la pena la habían enajenado, de que había actuado sin pensar?

Sentada en la sala de visitas de la cárcel para mujeres más grande de Europa, compartiendo espacio con las desorientadas, las tristes y las desfavorecidas, así como, claro está, la peor calaña de las mujeres británicas, se preguntó a sí misma: ¿Era ese su sitio?

Al fin y al cabo, ¿qué podría haber hecho de forma distinta en caso de no haber sufrido esa locura? Si hubiera estado cuerda, ¿podría haberlo dejado estar? ¿Podría haber escogido la posibilidad de seguir adelante con su vida?, ¿podría haber escondido en algún lugar lo que sabía sobre lo que había hecho Daniel? Ahora bien, ¿cómo podría haber escogido una de esas opciones estando cuerda? ¿Cómo podría haber escogido vivir en un mundo en el que Daniel todavía estaba vivo, en el que podía verlo y respirar el mismo aire que él respiraba? Un mundo en el que existía la posibilidad de que todavía sintiera algo por él: cierto cariño, algo parecido al amor.

Tenía que poner fin a esa posibilidad.

—¿Señora Myerson? ¿Se arrepiente?

NOTA DE LA AUTORA

Las localizaciones de este libro están inspiradas en las calles y las casas que se encuentran en la sección del Regent's Canal que atraviesa los barrios de Islington y Clerkenwell de Londres, o cerca de ella. Ninguna de las descripciones de las casas o las calles es completamente fiel; me he tomado licencias artísticas cuando lo he considerado conveniente.

AGRADECIMIENTOS

Gracias a Sarah Adams y a Sarah McGrath por sus incisivas correcciones y su paciencia aparentemente ilimitada.

Gracias a Lizzy Kremer y Simon Lipskar, los mejores agentes literarios a ambos lados del Atlántico, por su brillante asesoramiento y su incondicional apoyo.

Gracias a Caroline MacFarlane, ganadora de la subasta benéfica de CLIC Sargent, por permitirme usar su nombre.

Gracias a Petina Gappah, Frankie Gray y Alison Fairbrother; los primeros lectores de la novela.

Y gracias a Simon Davis, porque Dios sabe que los últimos tres años no deben de haber sido fáciles.

PERMISOS DE REPRODUCCIÓN

Mapa de las páginas 8-9: Copyright © Liane Payne, 2021.

Extracto del poema «My History As», *Brute*, Emily Skaja, página 11: Copyright © 2019, Emily Skaja. Reproducido con permiso de The Permissions Company, LLC en representación de Graywolf Press, Minneapolis, Minnesota, graywolfpress.org, y con permiso de Little, Brown Book Group.

Extractos de la canción *Sugar Boy*, páginas 427-428: compuesta y escrita por Elizabeth Caroline Orton, Ted Brett Barnes y Ali Friend. Copyright © 1996 BMG Gold Songs. Todos los derechos en nombre de BMG Gold Songs administrados por BMG Rights Management (US) LLC. Todos los derechos reservados. Reproducido con permiso de Hal Leonard Europe Ltd, Warp Publishing, y Warner Chappell Music Ltd (PRS).